사악한 것이 온다

Something Wicked This Way Comes

# 사악한 것이 온다

레이 브래드버리 장편소설 공보경 옮김

문학동네

일러두기

1. 주석은 모두 옮긴이주다.
2. 본문 중 고딕체는 원서에서 이탤릭체 및 대문자로 강조한 부분이다.
3. 장편 문학작품·기타 서적은 『 』, 음악·영화 등은 〈 〉로 구분했다.

내 인생을 바꿔놓은 연기를 보여준

진 켈리를 추모하며,

사랑을 담아

**차
례**

프롤로그 011

/

**1장** 도착 013

**2장** 추적 145

**3장** 출발 275

/

짧은 후기 344

인간은 사라져갈 것을 사랑한다.

W. B. 예이츠


그들은 악한 일을 저지르지 않고는 잠을 이루지 못하며,

남을 넘어지게 하지 않고는 잠을 설치는 자들이다.

그들은 악한 방법으로 얻은 빵을 먹으며,

폭력으로 빼앗은 포도주를 마신다.

잠언 4장 16~17절


앞으로 닥쳐올 일을 전부 다 알지는 못하지만,

무슨 일이 일어나도 나는 웃어넘기고 말 거야.

『모비 딕』 중 스터브의 말

# 프롤로그

그 일은 10월, 소년에게 더없이 즐거운 달에 일어났다. 그렇다고 다른 달이 즐겁지 않다는 건 아니고, 속설에 따르면 나쁜 달과 좋은 달이 있다. 이를테면 학기가 시작되는 9월은 나쁜 달, 아직 시작되지 않은 8월은 좋은 달이다. 7월은 학교에 갈 일이 전혀 없는 정말 멋진 달이다. 그리고 6월은, 두말할 필요 없는 최고의 달이다. 소년들을 가둬두었던 학교의 문이 활짝 열리고, 아직 9월까지는 까마득하게 남았으니까.

그렇다면 10월은 어떤가. 학기가 한창 진행되어 소년들이 고삐를 다소 늦추고 달릴 즈음이다. 프리킷 할아버지 집 현관에 던져놓을 쓰레기라든가 10월의 마지막 밤 YMCA 모임에 입고 갈 털북숭이 원숭이 옷을 생각할 여유도 생긴다. 그리고 10월 20일을 즈음해 사방에서 연기 냄새가 풍기고, 해질녘 하늘이 누르께한 회색으로 물들고, 모퉁이마다 장대가 내려와 홑이불이 펄럭이면 핼러윈을 손꼽아 기다리게 된다.

그러나 괴상하고 무시무시하고 어둡고 길었던 그해 핼러윈은 다른 때보다 일찍 왔다.

10월 24일 자정에서 세 시간이 지나 핼러윈이 찾아왔다.

그해 오크 스트리트 97번지에 사는 제임스 나이트셰이드의 나이는 열세 살 십일 개월 이십삼 일이었고, 옆집에 사는 윌리엄 핼러웨이는 열세 살 십일 개월 이십사 일이었다. 두 소년 앞에 열네 살이라는 나이가 바짝 다가와 손에 잡힐 듯 말 듯 했다.

10월의 그주, 둘은 하룻밤 새 훌쩍 자라 다시는 소년으로 돌아갈 수 없게 되어버렸다⋯⋯

1장

/

# 도착

# 1

피뢰침 장수는 폭풍우가 치기 직전 마을에 도착했다. 10월 말의 어느 구름 낀 날, 그는 이따금 뒤를 돌아보며 일리노이주 그린타운의 거리로 걸어들어왔다. 그의 등뒤, 그다지 멀지 않은 곳에서 거대한 번개가 발을 구르고 있었다. 무시무시한 이빨을 지닌 짐승처럼 사나운 폭풍우가 어딘가에 도사리고 있음이 분명했다.

어깨에 걸친 큼지막한 가죽가방에는 쇠로 만든 특대형 퍼즐 조각이 들어 있어 걸음을 옮길 때마다 쩔그렁거렸다. 집집마다 돌아다니며 물건을 설명하던 피뢰침 장수는 마침내 손질 상태가 엉망인 잔디밭에 이르렀다.

아니, 사실 그의 발길을 멈추게 한 건 잔디밭이 아니었다. 피뢰침 장수는 고개를 들어 완만하게 비탈진 잔디밭에 나란히 엎드린 두 소년을 바라보았다. 비슷하게 보통 체격인 두 소년은 지난여름 그린타운에서 손으로 움직이는 모든 것들에 손자국을 남겨놓고, 학기가 시작된 뒤로는 이곳과 호수와 강 사이의 모든 길에 발자국을 남긴 것에 뿌듯해하며, 이제는 잔가지를 깎아 호루라기를 만들면서 지나간 과거와 다가올 미래를 얘기하고 있었다.

"어이, 애들아! 어른 계시냐?" 폭풍우색 옷을 입은 남자가 소리쳤다.

두 소년은 고개를 저었다.

"혹시 돈 가진 거 있니?"

두 소년은 또 고개를 저었다.

"흠……" 피뢰침 장수는 걸음을 옮기려다 말고 어깨를 움츠렸다. 자신의 목덜미를 내려다보는 집들의 창문과 차가운 하늘을 별안간 의식한 듯했다. 그는 공기 중의 냄새를 맡으며 천천히 몸을 돌렸다. 앙상한 나무를 바람이 후드득 흔들었다. 구름의 좁은 틈새를 뚫고 나온 햇빛이 얼마 남지 않은 떡갈나무 잎사귀를 금색으로 물들였다. 그러나 해가 다시 숨자 공기는 회색으로 가라앉고 그에게는 아무것도 남지 않았다. 피뢰침 장수는 퍼뜩 정신을 차렸다.

그는 잔디밭 가장자리를 따라 천천히 올라가며 물었다.

"얘야, 이름이 뭐니?"

머리카락이 큰엉겅퀴처럼 백금색인 소년이 한쪽 눈을 감고 고개를 살짝 기울였다. 그러고는 한여름의 빗방울처럼 크고 맑은 다른 쪽 눈으로 피뢰침 장수를 쳐다보며 대답했다.

"윌, 윌리엄 핼러웨이예요."

폭풍우색 옷을 입은 남자는 고개를 돌리며 물었다. "너는?"

두번째 소년은 가을 잔디에 배를 깔고 엎드린 채 이름을 가짜로 대야 할지 고민하는 듯 가만있었다. 잘 닦은 호두 열매 같은 색의 머리카락은 뻣뻣하고 지저분하게 자라 있었다. 자기 내면의 아득한 곳을 바라보는 듯한 두 눈은 갓 캐낸 수정 같은 초록색이었다. 마침내 소년이 마른 풀잎을 아무렇게나 입에 물고서 대답했다.

"짐 나이트셰이드요."

피뢰침 장수는 이미 알고 있었다는 듯 고개를 끄덕였다.

"나이트셰이드라. 멋진 이름이구나."

"딱 어울리는 이름이죠." 윌 핼러웨이가 나섰다. "저는 10월 30일 자정 일 분 전에 태어났고, 짐은 자정 일 분 후 10월 31일이 되면서 태어났거든요."

"핼러윈에요." 짐이 덧붙였다.

말투에서 알 수 있듯, 두 소년은 서로 이웃에 사는 어머니들이 함께 병원에 가서 이 분 간격으로 각자의 아들을 세상에 내놓은 일을 사람들에게 자랑스럽게 들려주는 걸 즐겼다. 생일을 함께 축하하는 데도 남다른 전통이 있었는데, 매년 케이크를 한 개만 준비해 자정 일 분 전에 윌이 촛불을 켜고, 자정 일 분 후 10월의 마지막 날이 시작되는 순간 짐이 촛불을 끄는 식이었다.

윌이 이런 얘기를 신나게 떠들었고, 짐은 잠자코 맞장구를 쳤다. 폭풍우가 오기 전 바쁘게 그린타운을 돌아다니던 피뢰침 장수는 두 소년을 번갈아 바라보며 엉거주춤한 자세로 그 얘기를 들었다.

"그래, 핼러웨이. 나이트셰이드. 돈 가진 거 없댔지?"

양심이 바른 게 탈이라는 듯 피뢰침 장수는 가죽가방을 뒤적이더니 기다란 쇠막대 하나를 꺼냈다.

"옛다, 공짜다! 왜냐고? 이 두 집 중 하나가 곧 번개에 맞을 거거든! 피뢰침이 없으면, 펑! 불타서 재가 되겠지. 집이고 뭐고 다까맣게 타버릴 거다! 받아라!"

피뢰침 장수는 쇠막대를 내밀었다. 짐은 꼼짝하지 않았으나 윌은 쇠막대를 받쳐쥐고 숨을 몰아쉬었다.

"우아, 묵직해! 재미있게 생겼네. 이렇게 생긴 피뢰침은 처음봐. 이거 좀 봐, 짐!"

그제야 짐이 고양이처럼 유연하게 몸을 일으키고 고개를 돌렸다. 초록색 눈이 커졌다가 실처럼 가늘어졌다.

금속 막대는 초승달과 십자가를 붙여놓은 모양이었다. 중심 막대 윗부분에는 소용돌이 모양을 비롯해 잡다한 장식이 납땜되어 있었다. 피뢰침 표면에는 처음 보는 글자, 발음하면 혀가 꼬일 듯한 이름, 천문학적 단위의 숫자, 억센 털과 껍데기와 발톱을 지닌 곤충 모양 따위가 빼곡하게 새겨져 있었다.

"이건 이집트에서 숭배하던 풍뎅이네요." 곤충 모양을 유심히 관찰하던 짐이 말했다.

"그래, 맞다, 꼬마야!"

짐은 눈을 가늘게 떴다. "그리고 이건…… 불사조의 발자국인가?"

"그래!"

"왜 이런 게 조각되어 있죠?"

"왜냐고? 왜 이집트 문자, 아라비아 문자, 아비시니아 문자, 촉토 문자를 썼냐는 거냐? 흠, 바람이 무슨 언어로 말을 할까? 폭풍우는 어느 나라 출신일까? 비는 또 어느 나라에서 왔을까? 번개는 무슨 색깔이지? 한바탕 울리고 잦아든 천둥은 어디로 갈까? 얘들아, 세인트 엘모의 불을 끄고, 장난꾸러기 고양이처럼 지구 곳곳을 뛰어다니는 푸른빛 덩어리에 마법을 걸려면, 그 어떤 말도 통할 수 있도록 준비해둬야 해. 이건 세상에서 유일한 피뢰침이야. 모든 언어와 목소리와 표식을 아우르며 폭풍우 소리를 듣고 느끼고 알고 대꾸할 수 있지. 다른 나라에서 요란하게 고함치는 천둥이 넘어와도 이 피뢰침이라면 부드럽게 타이를 수 있다고!"

그러나 윌은 남자 너머 먼 곳을 보고 있었다.

"그런데 번개가 어느 집을 칠까요?"

"어느 집? 잠깐. 기다려봐." 피뢰침 장수는 두 소년의 얼굴을 뚫어지게 살폈다. "고양이가 아기 숨결을 빨아들이듯 번개를 끌어들이는 사람이 있지. 음극인 사람과 양극인 사람이 있거든. 어둠 속에서 빛나는 사람과 컴컴하게 잠겨버리는 사람도 있고. 그래, 너희 둘은…… 아마도……"

"번개가 이 근처에 떨어질 거라고 어떻게 확신해요?" 별안간 짐이 눈을 빛내며 말허리를 잘랐다.

피뢰침 장수는 허를 찔린 듯 잠시 주춤했다.

"그건 나에게 번개를 감지하는 코와 눈과 귀가 있기 때문이야. 이 두 집을 본 순간 딱 알았다! 잘 들어봐라!"

그들은 귀기울였다. 자신들의 집이 서늘한 오후의 바람을 맞으며 몸을 숙인 것 같기도 하고 아닌 것 같기도 했다.

"강과 마찬가지로 번개도 어딘가로 흘러갈 길이 필요해. 두 집의 다락방 중 하나가 바짝 마른 강바닥처럼 번개를 받아들이고 싶어 안달이 나 있어! 바로 오늘밤에 말이야!"

"오늘밤에요?" 짐이 신이 나서 일어나 앉았다.

"오늘밤 오는 건 평범한 폭풍우가 아니야! 이 톰 퓨어리가 하는 얘기를 잘 들어라. 퓨어리 말인데, 피뢰침 장수치고 참 온순한 이름 아니니? 내가 붙인 거냐고? 아니! 그럼 이름 때문에 이런 직업을 갖게 됐냐고? 그건 맞아! 어른이 돼서 나는 구름을 머금은 불덩어리가 세상 곳곳을 활개치고 다니며 사람들을 위협하고 숨게 만드는 광경을 보았지. 그래서 생각했어. 허리케인과 폭풍우의 경로를 계산한 뒤 이 쇠막대들을 들고 미리 앞질러가자. 기적의 수호자들을 내 손에 쥐고! 지금까지 십만 명에 달하는 사람들, 신을 두려워하고 경건하게 살아가는 가정을 내가 보호하고 안전하게 지켜왔어. 그러니 내 말 잘 들어, 얘들아. 너희에겐 이 물건이 절실히 필요해. 명심해라! 지붕 꼭대기에 이 막대를 박고, 해가 저물기 전에 접지선을 땅속에 묻어야 해!"

"그러니까 어느 집이냐고요!" 윌이 물었다.

피뢰침 장수는 몸을 뒤로 젖히고 커다란 손수건으로 코를 푼 다음, 고요히 똑딱이는 거대한 시한폭탄에 다가가듯 천천히 잔디밭을 가로질렀다.

그러고는 윌의 집 현관 기둥에 손을 대고 몸통과 아래 바닥을 훑은 뒤 눈을 감고 건물에 몸을 기댔다. 집의 뼈대가 들려주는 이야기를 들으려는 듯.

잠시 후 그는 머뭇거리며 바로 옆에 있는 짐의 집으로 조심스럽게 발길을 옮겼다.

짐이 벌떡 일어나 그 모습을 지켜보았다.

피뢰침 장수는 손을 뻗어 현관 기둥의 오래된 페인트를 만지더니 손끝을 부르르 떨었다.

"바로 여기다."

그 말에 짐은 의기양양해졌다.

피뢰침 장수는 뒤돌아보지 않은 채 물었다. "짐 나이트셰이드, 여기가 네 집이냐?"

"맞아요."

"그렇지 싶었다." 남자가 중얼거렸다.

"저기, 그럼 우리집은요?" 윌이 물었다.

피뢰침 장수는 윌의 집쪽으로 코를 씰룩거렸다. "아니, 네 집은 아니야. 홈통으로 불꽃이 약간 튈 수는 있겠지만, 진짜 쇼는 이 나이트셰이드의 집에서 일어날 거다! 자, 그럼!"

서둘러 잔디밭을 가로지른 피뢰침 장수가 커다란 가죽가방을 집어들었다.

"이만 가야겠구나. 폭풍우가 오고 있으니. 꾸물대지 말거라, 짐. 내 말을 안 들었다간…… 펑! 5센트 동전, 10센트 동전, 1센트 동전이 죄다 전기로 녹아버릴 거다. 에이브러햄 링컨의 얼굴이 미스 컬럼비아에 녹아 붙을 것이고, 25센트 동전 뒷면의 독수리도 네 바지 안에서 수은처럼 녹아내릴 거야. 그게 다가 아니다! 번개에 맞은 사람은 눈을 뜨는 순간, 그리스도가 십자가 위에서 본 것과 같은 이 세상 마지막 풍경을 보게 된다지! 하늘에서 내려온 불길이 네 몸을 장난감 호루라기처럼 불고, 네 영혼을 빛나는 마지막 계단 위로 빨아올리는 광경이 브로니판 사진처럼 선명하게 눈알에 새겨질 거란 말이야! 맙소사, 어서 이걸 망치로 지붕에 때려박지 않으면 새벽에 넌 이미 죽은목숨이다!"

쇠막대로 가득한 가죽가방을 쩔그럭거리던 피뢰침 장수는 휘이 돌아 걸음을 서두르며, 하늘과 지붕과 나무를 초조하게 바라보다 눈을 감고 공기 중의 냄새를 맡으면서 중얼거렸다. "그래, 상황이 좋지 않아, 이리로 오고 있어, 아직은 멀리 있지만, 빠르게 달려오고 있어⋯⋯"

폭풍우처럼 어두운 옷을 입은 남자는 구름 빛 모자를 푹 눌러쓰고 이내 사라졌다. 바람이 나무를 흔들고 하늘이 갑자기 나이를 먹어버린 듯했다. 짐과 윌은 바람에 코를 킁킁대며 전기 냄새를 맡으려 해보았다. 피뢰침은 둘 사이에 쓰러져 있었다.

"짐, 가만히 서 있지 마. 아까 그 아저씨가 너희 집에 번개가 떨어질 거라잖아. 어서 지붕에 올라가서 막대를 박아야 하지 않을까?"

짐은 미소를 지었다. "아니. 재미난 구경거리를 왜 망쳐?"

"재미는 무슨! 미쳤어? 내가 사다리 가져올게! 넌 망치랑 못이랑 철사 가져와!"

하지만 짐은 움직일 생각도 하지 않았다. 자리를 박차고 나갔던 윌이 잠시 후 사다리를 들고 돌아왔다.

"짐. 네 엄마를 생각해. 엄마가 번갯불에 타면 좋겠어?"

월은 짐의 집 측벽에 사다리를 세우고 먼저 올라가 밑을 내려다보았다. 짐은 마지못해 사다리로 걸어와 느릿느릿 올라왔다.

구름 그림자에 덮인 언덕 쪽에서 천둥소리가 들렸다.

짐의 집 지붕 위 공기에서는 상쾌하면서도 낯선 냄새가 풍겼다.

짐도 결국 그 사실을 인정했다.


2


이 세상에 물고문, 능지처참, 성벽 위에서 어릿광대와 돌팔이 약장수에게 펄펄 끓는 용암을 쏟아붓는 이야기를 담은 책만큼 멋진 것은 없다.

이건 온통 그런 책만 읽어온 짐 나이트셰이드가 한 말이다. 퍼스트내셔널 은행 터는 법, 투석기 만드는 법, 검은 우산으로 악동의 밤*에 입을 박쥐 의상을 만드는 법 같은 것들.

짐이 그 내용을 날숨처럼 들려주면,

월은 들숨처럼 받아들였다.

짐의 집 지붕에 피뢰침을 박은 후 월은 의기양양해했지만 짐은 겁쟁이 짓을 한 것 같아 창피했다. 어느새 날이 저물었다. 저녁식사를 마치고, 일주일에 한 번은 꼭 가는 도서관에 갈 시간이 되었다.

---

* 영국, 캐나다, 미국 일부 지역에서 아이들이 이웃에 못된 장난을 쳐도 허용되는 날. 지역에 따라 날짜가 다른데 대부분 핼러윈 전날인 10월 30일이다.

여느 소년들과 마찬가지로 윌과 짐은 어디를 가든 걷는 법이 없었고, 목표를 정한 후에는 팔다리를 쭉쭉 뻗으며 뛰었다. 승자는 없었다. 이기려는 건 아니었다. 그저 우정을 나누며 나란히 그림자를 드리우고 달리는 게 좋았다. 둘의 테니스화가 잔디밭, 잘 손질된 관목, 다람쥐가 살고 있는 나무 사이 좁은 길을 나란히 달리고, 둘의 손이 도서관 문고리를 동시에 잡고, 둘의 가슴팍이 결승선 테이프를 동시에 끊었다. 지는 사람도 이기는 사람도 없이, 언젠가 사이가 틀어질 날을 대비해 우정을 비축하는 것이었다.

그날 저녁 여덟시 짐과 윌이 바람을 타고 중심가로 달리는 동안 따뜻했던 공기가 선선해졌다. 팔에 날개가 돋친 듯 달리던 둘은 불현듯 새로운 공기의 흐름을 느꼈다. 맑은 가을 강물이 아이들을 목적지로 밀어붙였다.

도서관 계단을 올라갔다. 세 칸, 여섯 칸, 아홉 칸, 열두 칸! 도착! 짐과 윌은 도서관 문을 동시에 때렸다.

둘은 서로를 보며 싱긋 웃었다. 바람이 솔솔 부는 고요한 10월의 밤도, 녹색 갓을 쓴 램프와 먼지 쌓인 파피루스로 가득한 도서관도 마음에 들었다.

짐이 귀를 쫑긋 세웠다. "무슨 소리지?"

"뭐, 바람소리?"

"음악 같은데……" 짐은 지평선을 보며 눈을 가늘게 떴다.

"음악 같은 건 안 들려."

짐은 고개를 흔들었다. "사라졌어. 잘못 들었나봐. 어서 들어가자!"

그들은 문을 열고 들어갔다.

그리고 걸음을 멈추었다.

도서관의 심연이 그들을 기다리고 있었다.

바깥세상에서는 별다른 일이 일어나지 않지만, 이 특별한 밤, 종이와 가죽을 벽돌처럼 쌓아올린 이 땅에서는 언제든 무슨 일이든 일어날 수 있었다. 잘 들어보면, 개마저 귀를 막을 만큼 날카로운 소리로 일만 군중이 내지르는 비명이 들렸다. 백만 부대가 대포를 나르는 소리와, 단두대 날을 예리하게 가는 소리, 중국인들이 사열종대로 끝없이 행진하는 소리도 들렸다. 눈에 보이지도 귀에 들리지도 않지만, 짐과 윌은 말뿐 아니라 눈과 코의 감각도 타고났다. 도서관은 머나먼 나라에서 온 향신료의 정제 공장이자, 외국의 사막이 편히 잠든 곳이었다. 앞쪽 책상에는 상냥하고 나이 지긋한 '와트리스 씨'가 앉아 책에 보라색 도장을 찍고 있었다. 더 안쪽에는 티베트와 남극대륙과 콩고가 펼쳐져 있었다. 저쪽에서 또다른 사서 '윌스 씨'가 베이징과 요코하마와 셀레비스섬을 들고 외몽골을 지나고 있었다. 그리고 세번째 서가 뒤쪽 어둠 속에는 빗자루로 쓸며 바닥을 정리하는 늙수레한 남자가 보였다.

윌은 남자를 가만히 바라보았다.

그 남자, 그가 하는 일과 이름은 윌에게 언제나 놀라웠다.

찰스 윌리엄 핼러웨이. 그는 윌의 할아버지도 아니고, 누군가 상상하듯 먼 친척도 아니고, 바로…… '아빠'다.

그도 이쪽을 바라보며 자기 아들이 격리된 심해 세계에 찾아온 것을 보고 놀라워하는 걸까? 윌이 올 때마다 그는 항상 놀라 할말을 잃었다. 마치 오래전 만났던 두 사람이 한쪽은 나이를 먹고 다른 한쪽은 여전히 아이인 것을 알고 놀라듯이……

남자가 미소를 지었다.

둘은 조심스럽게 서로에게 다가갔다.

"너냐, 윌? 아침보다 키가 2센티미터는 더 자란 거 같구나." 찰스 핼러웨이는 시선을 옮기며 말을 이었다. "짐? 눈빛이 어둡고 뺨이 창백해. 너무 무리한 거 아니냐?"

"지옥 같았어요." 짐이 말했다.

"지옥만큼 지독한 곳도 없지. '알리기에리'의 '알' 항목에 있단다."

"알레고리 같은 건 몰라요."

아버지는 웃음을 터뜨렸다.

"이런, 실수했구나. 알리기에리란 단테 알리기에리를 말하는 거란다. 이 책을 보렴. 도레*의 삽화가 온갖 광경을 보여주지. 지옥을 이보다 잘 묘사하긴 힘들 거야. 여기 보렴. 이들은 진창에 아가미까지 빠져 있어. 몸이 뒤집혀 발만 보이는 이도 있고."

"대단한데요!" 짐이 책장을 엄지로 훌훌 넘겼다. "그런데 공룡은 없어요?"

아버지는 고개를 저었다. "그건 다음 통로에 있단다." 그러고는 빙글 돌아 다음 서가를 가리켰다. "저기지. 『익수룡, 파괴를 일삼는 하늘의 연!』, 아니면 『파멸의 북소리: 뇌룡의 전설』은 어떠니?

---

* 폴 귀스타브 도레. 프랑스의 판화가.

확 끌리지?"

"끌려요!"

아버지가 윌에게 윙크했고, 윌도 따라 윙크했다. 옥수수색 머리카락의 소년과 달처럼 하얀 머리카락의 남자, 여름 사과 같은 얼굴의 소년과 겨울 사과 같은 얼굴의 남자가 나란히 섰다. '아빠, 아빠.' 윌은 속으로 생각했다. '왜, 왜 아빠는 깨진 거울에 비친 나처럼 보일까요?'

문득 새벽 두시에 화장실에 갔다가 그길로 밖에 나가 도서관의 높은 창문에 밝혀진 불빛을 몰래 지켜봤던 일이 떠올랐다. 녹색 갓 램프 아래서 아버지는 홀로 책을 읽으며 뭐라고 중얼거리고 있었다. 불빛을 보면서, 그 노인이―윌은 이 표현을 계속 쓰기로 했다―아버지가 그림자 속에 있으리라고 바로 알아챈 것이 윌은 묘하게 슬펐다.

도서관 수위이자 윌의 아버지인 노인이 물었다. "윌, 너는 어떠냐?"

"네?" 윌은 흠칫 놀라 되물었다.

"흰 모자 책이 필요하니, 검은 모자 책이 필요하니?"

"모자가 왜요?"

"봐라, 짐은 말이다." 아버지가 책등을 손가락으로 쭉 훑었다. "챙 넓은 검은 모자가 취향이라 그런 모자에 어울리는 책을 읽는단다. 아마 중간 이름이 '모리아티'*지, 짐? 앞으로 짐의 취향은 푸

---

* 코넌 도일의 '셜록 홈스 시리즈'에 나오는 홈스의 숙적.

만추*에서 여기 마키아벨리로 옮겨갈 거다. 중간 크기의 짙은 색 페도라라 할 수 있지. 혹은 특대형 검은색 스테트슨 카우보이 모자, 『파우스트 박사』**까지 갈지도 모르고. 하지만 윌, 너는 흰 모자 쪽이야. 여기 있는 간디, 그다음은 세인트 토머스를 읽을 테고, 더 나아가면, 흠…… 석가모니까지 갈 테지."

"괜찮다면 전 『신비의 섬』을 읽고 싶어요." 윌이 대답했다.

"흰 모자니 검은 모자니 하는 건 다 뭐예요?" 짐이 얼굴을 찌푸리며 물었다.

"그건 말이지……" 아버지는 윌에게 쥘 베른의 『신비의 섬』을 건네며 말을 이었다. "오래전 얘기지만, 나 역시 어떤 색 모자를 쓸지 결정해야만 했어."

"아저씨는 어떤 모자를 고르셨는데요?"

아버지는 놀랐다가 어색하게 웃었다. "막상 그렇게 물으니 뭐라 대답해야 할지 모르겠구나, 짐. 윌, 엄마한테 곧 집에 들어간다고 전해다오. 둘 다 이만 돌아가거라. 와트리스 씨!" 그는 책상 앞에 앉아 있는 사서를 나지막이 불렀다. "공룡이랑 신비의 섬을 대출한답니다."

잠시 후 도서관 문이 닫혔다.

밖으로 나오자 넓은 하늘 가득 별이 또렷하게 떠 있었다.

짐은 북쪽으로, 남쪽으로 코를 쿵쿵거리며 냄새를 맡았다. "쳇,

---

* 영국 소설가 색스 로머의 작품에 등장하는 사악한 중국인 악당.
** 창작의 위기에서 영혼을 담보로 악마와 거래하는 작곡가의 이야기를 그린 토마스 만의 장편소설.

폭풍우가 어디 온다는 거야? 그 피뢰침 장수가 장담했잖아. 번개가 우리집 배수관을 타고 쉭쉭 내려오는 광경을 보고 싶은데!"

윌은 셔츠를 펄럭여 바람이 피부와 머리카락을 훑고 지나가는 것을 느꼈다. 그리고 소심하게 대꾸했다. "오겠지. 내일 아침쯤."

"어떻게 아는데?"

"팔에 온통 소름이 끼치거든."

"대단하네!"

짐이 바람을 타고 뛰어갔다.

연을 쫓아가듯 윌도 곧 따라서 달렸다.


3


멀리 사라지는 아이들을 바라보며, 찰스 핼러웨이는 그들과 함께 달리고 싶은 충동을 꾹 억눌렀다. 바람이 아이들에게 무엇을 하는지, 어디로 데려가는지 찰스는 알고 있었다. 그들 인생에서 다시는 비밀이 되지 않을, 그런 비밀이 가득한 곳으로 이끌 것임을. 마음속에서 어두운 그림자가 번져나와 속삭였다. 슬픔으로 가슴이 아리지 않으려면 이 밤과 손잡고 달려야 한다고.

'저것 봐!' 그는 생각했다. '윌은 그저 달리고 싶어서 달리지만, 짐은 저 앞에 무언가가 있어서 달리는 거야.'

하지만 이상하게도, 둘은 함께 달리고 있다.

무엇 때문일까. 찰스는 도서관의 조명을 끄고 다니면서 생각했다. 소용돌이 모양 지문에 그 답이 있을까? 왜 어떤 이들은 베짱이처럼 새된 불협화음을 내고, 끊임없이 더듬이를 떨고, 커다란 신경절을 끝없이 구부렸다가 폈다가 부풀렸다가를 반복하는 걸까? 그들은 평생 용광로에 불을 때고, 입술에 땀이 맺히고 눈이 번들거리는데, 그 모든 일은 갓난아기 때부터 시작된 것이다. 줄리어스 시저의 여위고 굶주린 친구들. 그저 서서 숨쉬는 그들 또한 어둠을 먹는 자들이다.

짐 역시 그렇다. 가시덤불 같은 머리카락에, 푸른여로 같은 녀석.

그럼 윌은? 글쎄, 윌은 여름 나무의 높은 가지에 마지막으로 남은 복숭아라고나 할까. 소년들이 지나가는 모습을 바라보며 윌은 울부짖는다. 그 소년들은 보기에도 좋고 느낌도 좋고, 다 좋아 보인다. 아, 그들이 다리 위에서 강으로 오줌 줄기를 내뿜거나 싸구려 잡화점에서 간간이 연필깎이를 훔치기 때문은 아니다. 단지 나무 아래로 지나가는 그 모습에서 삶이 짐작되는 것이다. 누군가에게 얻어맞고 상처받고 베이고 긁히며, 왜, 대체 왜 자신에게 이런 일이 일어나는지 언제나 의문을 가진다.

하지만 짐은 살면서 그런 일이 일어나기 마련임을 알고 있다. 어떻게 시작해 어떻게 끝나는지 지켜보고, 예상했던 상처를 혀로 핥지만, 절대 이유를 묻지 않는다. 원래 알고 있었으니까. 항상 알고 있으니까. 오래전, 늑대를 길들여 키우고 사자를 밤의 벗으로 삼았던 조상들이 그러했듯. 짐은 머리가 아니라 몸으로 알고 있다. 윌이 상처에 붕대를 감는 동안에도, 짐은 태세를 갖추고 이리저리 움직이며 불가피한 일격을 피한다.

그런 두 소년이 함께 달린다. 나란히 뛰기 위해 짐은 속도를 늦추고, 윌은 속도를 높인다. 윌과 함께 있기에 짐은 폐가의 창문 두 개를 깨뜨릴 수 있고, 짐이 지켜보기에 윌은 마지못해 한 개를 깨뜨린다. 서로의 찰흙덩어리에 손을 대고 주무르고 싶어한다. 그렇게 어떤 모양이 나올지를 즐기는 것, 그것이 우정이다.

'짐, 윌, 너희는 서로에게 이방인이다.' 그는 생각했다. '어서 가거라. 나도 언젠가는 너희를 따라잡을 테니……'

도서관 문이 활짝 열렸다가 쾅 하고 닫혔다.

오 분 후, 찰스는 밤마다 한잔하는 모퉁이 술집으로 들어갔다. 때마침 한 남자의 말소리가 들렸다.

"……전에 어디서 읽었는데, 알코올이 발견되었을 때 이탈리아인들은 그걸 수세기 동안 찾아 헤맨 굉장한 묘약이라고 생각했대. 불로장생의 약 말이야! 자네도 들어봤어?"

"모르겠는데요." 바텐더가 등을 돌린 채 대답했다.

"그렇겠지." 남자가 말을 이었다. "증류주 얘기야. 9세기인가 10세기에 만들어졌지. 물처럼 보이는데 불이 붙으니 신기했을 거야. 입과 위장을 태울뿐더러 실제로도 불이 붙으니 물과 불이 섞인 거라고 생각했어. 물불, 불로장생의 약으로 통했는데, 이걸 만병통치약이라고 생각한 건 어쩌면 틀리지 않았는지도 몰라. 제법 기적을 일으켰으니까. 한잔할래요?"

"나는 필요 없는데, 내 안의 누군가는 필요로 하는군요." 찰스가 대답했다.

"누구길래?"

예전의 나, 라고 찰스는 생각했다. 가을밤, 보도를 따라 낙엽처럼 달리던 소년.

그러나 입 밖에 내지는 않았다.

그저 눈을 감고 잔을 기울이며 가만히 귀기울였다. 활활 태우려고 했으나 한 번도 불붙은 적 없는 내면의 모닥불, 그 심연 안에서 살랑거리는 그림자가 고개를 드는 소리를 듣기 위해.


4


월은 뜀박질을 멈추고 금요일 밤의 마을을 바라보았다.

법원 건물의 큰 시계가 밤 아홉시를 알리는 첫 종을 울리자 온 마을의 불이 켜지고 상점가가 왁자지껄해졌다. 하지만 마지막 종소리가 사람들의 의치를 흔들며 잦아들 즈음, 이발사는 손님 몸에 두른 천을 걷어내고 얼굴에 분을 발라준 후 서둘러 가게 밖으로 내보냈다. 약국 앞 분수는 뱀 둥지처럼 쉿쉿 소리를 내며 멈추었고, 사방에서 반짝이던 네온사인의 윙윙거림도 더이상 들리지 않았다. 누군가 집어가기를 기다리는 무수한 금속, 유리, 종이 제품을 가득 품고 거대한 빛을 발하던 싸구려 잡화점 역시 별안간 캄캄해졌다. 서둘러 셔터를 내리고 문을 닫고 열쇠를 자물쇠에 넣어 찰카닥 잠근 후, 사람들은 발뒤꿈치에 감겨드는 신문 뭉치를 쥐떼처럼 매달고 사라졌다.

자! 모두 가버렸다!

"우아! 다들 폭풍우가 온 줄 알고 도망가나봐!" 윌이 소리쳤다.

"아니! 우리 때문이야!" 짐이 외쳤다.

철문과 금속 블라인드를 쾅쾅 때리면서, 불이 완전히 꺼진 가게, 반만 꺼진 가게, 그리고 어둠에 잠긴 가게 앞을 지나 윌과 짐은 요란하게 달려갔다. 숨이 끊긴 듯 고요한 길 위 유나이티드 담뱃가게의 모퉁이를 돌아가는데 인디언 인형*이 어둠 속에서 미끄러지듯 나타났다.

"와악!" 윌이 비명을 질렀다.

담뱃가게 주인 테틀리 씨가 인디언 인형 뒤에서 두 소년을 내다보았다.

"왜, 깜짝 놀랐냐?"

"아니거든요!"

하지만 사실 윌은 몸이 떨렸다. 기이한 비가 차가운 해일처럼 초원에 밀려오는 느낌이었다. 마을에 번개가 번쩍일 때면 담요를 열여섯 장쯤 겹쳐서 베개 아래로 숨고만 싶었다.

"테틀리 씨?" 윌이 속삭이듯 물었다.

이제는 상한 담뱃잎처럼 새까만 어둠 속에 인디언 목각 인형 두 개가 서 있는 듯 보였다. 장난을 치던 테틀리가 입을 벌리고 귀를 쫑긋 세운 채 그대로 얼어붙은 것이다.

"테틀리 씨?"

---

* 19세기부터 20세기 초까지 미국의 담뱃가게에는 유럽인에게 처음으로 담배를 알린 아메리카 원주민의 목각 인형을 상징으로 세워두었다.

그는 바람을 타고 들려온 어떤 소리를 감지했다. 정확히 뭔지는 알 수 없었다.

짐과 윌은 뒷걸음쳤다.

테틀리는 그들에게 눈길을 주지 않았다. 미동조차 하지 않고 그저 귀를 기울였다.

둘은 테틀리를 내버려둔 채 다시 뛰었다.

하지만 도서관에서 네 블록 떨어진 텅 빈 거리에서 소년들은 세 번째 인디언 목각 인형과 마주쳤다.

이발소의 크로세티 씨가 가게 앞에서 손을 부들부들 떨며 문을 잠그고 있었다. 아이들이 멈춰 선 것도 알아채지 못했다.

왜 멈췄느냐고?

눈물 때문이었다.

크로세티의 왼뺨을 타고 눈물 한 방울이 흘러내렸다. 호흡도 거칠었다.

"크로세티 아저씨, 바보처럼 뭐예요! 별일 아니에요, 왜 젖먹이처럼 울고 그래요!"

크로세티가 몸을 떨며 코를 킁킁거렸다. "냄새 안 나니?"

짐과 윌도 코를 킁킁거렸다.

"감초 냄새요!"

"무슨 소리야. 솜사탕 냄새잖아!"

"수년간 이 냄새를 맡은 적이 없는데." 크로세티가 중얼거렸다.

짐이 코웃음을 쳤다. "지금도 나잖아요."

"그래, 하지만 아무도 알아채지 못하잖아. 그런데 지금 내 코가 맡았어! 그래서 눈물이 나는 거야. 왜냐고? 옛날 옛적 소년들이 이걸 먹었던 게 기억났거든. 아, 왜 나는 삼십 년간 이런 생각을 떠올리지도, 냄새를 맡지도 못한 걸까?"

"바빠서 시간이 없었잖아요, 크로세티 씨." 윌이 위로했다.

"시간, 시간이라." 크로세티는 눈물을 닦아냈다. "대체 어디서 나는 냄새지? 이 마을에는 솜사탕 파는 곳이 없는데. 서커스단에서나 팔지."

"네, 맞아요!" 윌이 말했다.

"흠, 이제 다 울었다." 이발사 크로세티가 코를 훌쩍이고는 다시 문을 잠그러 돌아섰다. 그동안 윌은 이발소 간판 기둥이 빙글빙글 돌면서 어둠 속에서 뱀 모양의 붉은 띠를 만들어 끝없이 감아올리는 광경을 바라보았다. 시선이 따라 올라가자 붉은 띠는 더 위쪽 어둠으로 다시 사라졌다. 윌은 그 비밀을 풀기 위해 낮 시간에도 헤아릴 수 없을 만큼 자주 여기에 와서 간판 기둥의 띠가 나타났다 사라지는 광경을 지켜보았다.

크로세티가 간판 기둥 스위치에 손을 가져갔다.

"잠깐만요. 끄지 마요." 윌이 나지막이 말했다.

크로세티는 간판 기둥의 놀라운 특징을 새삼 알아챈 듯 유심히 응시하더니 천천히 고개를 끄덕였다. "이건 어디서 와서 어디로 가는 걸까, 응? 누가 그 해답을 알까? 너도 모르고, 나도 모르고. 아무도 모르겠지. 아, 참으로 불가사의하구나. 그래. 켜두자!"

'다행이야.' 윌은 생각했다. '우리가 잠들어도 이 기둥은 새벽까지 계속 어둠에서 붉은 띠를 감아올려 다시 어둠으로 되돌릴 테니까.'

"잘들 자라!"

"안녕히 주무세요."

두 소년은 감초와 솜사탕 냄새가 희미하게 풍기는 바람 속에 크로세티를 남겨두고 달려갔다.

5

찰스 핼러웨이는 양쪽으로 열리는 술집 여닫이문에 손을 갖다 대다 멈칫했다. 손등의 회색 솜털이 마치 더듬이처럼, 10월의 밤 공기 속에 스쳐지나간 무언가를 느꼈다. 어디선가 큰불이 나서 용광로가 발을 내디디지 말라고 경고한 걸까. 아니면 새로운 빙하기가 도래해 땅덩어리를 얼어붙게 하고, 한 시간 만에 십억 명의 생명을 앗아간 걸까. 그도 아니면, 시간이 거대한 유리를 타고 흘러내려 이내 모든 것을 파묻어버릴 어둠이 치고 들어온 걸까.

아니, 알고 보면 술집 창문 너머, 길 건너편에 어두운색 정장을 입은 남자가 보여서일 수도 있다. 남자는 둘둘 만 커다란 종이 뭉치를 한쪽 팔 아래 끼우고 다른 손에는 솔과 양동이를 들고서, 휘파람으로 아련한 곡조를 불고 있었다.

또다른 계절을 알리는 그 곡조를 들을 때마다 찰스 핼러웨이는 서글퍼졌다. 10월에 전혀 어울리지 않지만 그 노래는 어떤 날, 어떤 달에 불러도 듣는 이의 가슴을 뒤흔들었다.

크리스마스에 나는 종소리를 듣네.
종소리 타고 울려퍼지는 낡고 친숙한 캐럴,
힘 있고 부드럽게
반복되는 후렴은
땅 위에는 평화, 사람들에게는 축복!*

찰스 핼러웨이는 전율했다. 가슴 터지도록 엄습한 두려움이 온
몸으로 퍼져나갔다. 죄의식으로 물들고 죄악으로 더럽혀진 얼굴,
인생이 경고 없이 던진 돌, 도망쳐 숨어 있다가 다시 돌아와 또 던
져진 돌에 부서진 작은 창문처럼 피폐하고 지친 얼굴의 어른 남녀
사이에서 지상의 순진무구한 아이들이 크리스마스 전날 눈 덮인
거리를 헤매는 모습을 보았을 때처럼 웃고 싶기도 하고 울고 싶기
도 한 심정이었다.

그 종소리는 더욱 크고 깊게 울려퍼지네,
하느님은 살아계신다. 주무시지도 않으신다!
죄악은 패하고,
정의는 승리하리라
땅 위에는 평화, 사람들에게는 축복!

---

* 미국 시인 헨리 워즈워스 롱펠로가 1863년에 지은 시 「크리스마스 종소리」에 곡
을 붙인 캐럴.

휘파람소리가 잦아들었다.

찰스 핼러웨이는 술집을 나섰다. 휘파람을 불던 남자는 앞쪽 전봇대 옆에서 팔을 놀리며 조용히 작업하고 있었다. 그리고 어느 상점의 열린 문 안으로 모습을 감추었다.

왜 그랬는지 모르겠지만, 찰스 핼러웨이는 거리를 가로질러가, 임대되지 않아 비어 있는 상점 안쪽에서 포스터를 붙이는 남자를 지켜보았다.

잠시 후 남자가 솔과 물풀이 담긴 양동이, 종이 뭉치를 들고 나왔다. 사납게 번득이는 남자의 두 눈이 찰스를 응시했다. 남자는 돌연 미소를 지으며 손을 펼쳐 보였다.

찰스는 조용히 바라보았다.

그 손바닥에는 가늘고 검은 비단실 같은 털이 덥수룩했다. 마치……

남자는 곧 주먹을 쥐고 흔들더니 모퉁이를 휙 돌아 사라졌다. 어리둥절해진 찰스 핼러웨이는 갑작스레 여름의 열기에 휩싸인 듯 상기된 얼굴로 몸을 휘청이며 빈 상점 안을 들여다보았다.

딱 하나 달린 조명등 아래 톱질대 두 개가 나란히 서 있었다.

그 위에 길이 2미터가 못 되는 네모난 얼음덩어리가 마치 눈송이와 수정의 장례식처럼 놓여 있었다. 스스로 광채를 내며 희미하게 빛나는 연청색 얼음. 어둠 속에서 그것은 위대하고 싸늘한 보석처럼 보였다.

그 앞에 세워진 작고 하얀 플래카드에 달필로 쓰인 문구가 램프의 불빛에 드러났다.

쿠거와 다크의 아수라장 그림자 쇼
판토치니 인형극, 마리오네트 인형 서커스,
그리고 소박한 초원의 카니발.
곧 도착합니다!
우리 카니발의 수많은 볼거리 중 하나는
바로,

세상에서 가장 아름다운 여인!

찰스는 진열창 안의 포스터를 뚫어져라 바라보았다.

세상에서 가장 아름다운 여인!

그리고 다시 얼음덩어리로 시선을 옮겼다.

소년 시절 유랑극단 마술 쇼에서 보았던 것과 비슷했다. 지역 얼음회사에서 제공한 한겨울처럼 차가운 얼음덩어리 안에 서리처럼 얼어붙은 아가씨들이 열두 시간 내내 전시되어 있었다. 이윽고 희극 공연의 흰색 막이 오르고, 온갖 볼거리가 등장했다가 퇴장하고 나서, 마침내 얼음덩어리의 순서가 되었다. 마술사들이 땀 흘리며 힘겹게 얼음을 조각내자 서리로 뒤덮인 창백한 아가씨들이 미소를 지으며 되살아나 손을 흔들며 커튼 뒤 어둠 속으로 퇴장했다.

세상에서 가장 아름다운 여인!


그러나 지금 눈앞의 진열창 속 덩어리에는 얼어붙은 강물뿐이
었다.

아니, 완전히 비어 있는 건 아니다.

찰스는 가슴이 별나게 두근거렸다.

이 거대한 겨울 보석 안에 혹시 특별한 공간이 있지 않을까? 관
능적인 공간, 길게 늘인 공허한 공간이 얼음의 꼭대기부터 바닥까
지 굽이치는 건 아닐까? 그 공허가 뜨거운 육신으로 채워져 있는
건 아닐까? 그 안을 채우려고 기다리는 건…… 여인의 육체?

분명 그렇다.

얼음. 그 안에서 수평을 흐르는 공허한, 그러나 사랑스러운 무無.
그 공간을 차지하기 위해 감히 얼음 안으로 흘러드는, 눈에 보이지
않는 인어의 정교한 몸짓.

얼음은 차가웠다.

하지만 그 안의 공간은 따뜻해 보였다.

찰스는 자리를 뜨려고 했다.

그러나 한동안은 빈 상점, 톱질대 두 개, 얼음덩어리를 바라보
며, 북극의 관이 그곳에 들어와 거대한 '인도의 별'*처럼 자리잡기
를 기다리며 어둠 속에 가만히 서 있었다……

_____

* 실론(지금의 스리랑카)에서 발견된 536캐럿의 대형 스타사파이어.

# 6

히커리가와 메인가 모퉁이에서 걸음을 멈춘 짐 나이트셰이드는 숨을 고르며 가로수 잎사귀가 무성한 히커리가의 어둠을 가만히 응시했다.

"윌⋯⋯?"

"안 돼!" 자기 입에서 격한 목소리가 나오자 깜짝 놀란 윌이 걸음을 멈추었다.

"바로 저기야. 다섯번째 집. 일 분이면 돼, 윌." 짐이 부드럽게 애원했다.

"일 분⋯⋯?" 윌이 그쪽을 흘끗 쳐다보았다.

그곳은 '극장거리'였다.

올 여름까지 둘이서 이따금 들러 복숭아, 자두, 살구를 훔쳐 먹던 평범한 거리였다. 그런데 8월 말, 새콤하게 익은 청사과를 따려고 원숭이처럼 나무를 타고 올라갔을 때 '그 일'이 벌어졌다. 그리고 길가의 집들과 과일 맛, 나무 사이를 스치는 공기마저 몽땅 달라져버렸다.

"윌! 어서 가보자. 구경거리가 벌써 시작됐을 거야!" 짐이 나지막이 말했다.

그래, 구경거리. 윌은 타는 목으로 힘겹게 침을 삼켰다. 짐이 윌의 팔을 꽉 쥐었다.

여기가 더이상 사과나 자두, 살구의 거리가 아닌 건 측면에 창문이 난 그 집 때문이었다. 짐은 연극의 장막처럼 커튼을 드리운 그 집 창문을 '무대'라고 불렀다. 오늘도 창문의 커튼은 올라가 있고, 기묘한 무대에서 배우들이 신비로운 대화를 나누고 긴 혼잣말을 하고 웃음을 터뜨리고 한숨 짓기를 이어갈 테지만, 월은 그게 무슨 뜻인지 전혀 알 수 없었다.

"마지막으로 딱 한 번이야, 월."

"맨날 마지막이래!"

짐의 얼굴에 열이 확 오르며 두 뺨이 상기되고 눈은 초록빛 불덩어리처럼 타올랐다. 월과 함께 나무에 올라 사과를 땄던 밤이 떠오른 것이다. 그날 밤, 짐이 소리 죽여 말했다. "야, 저기 좀 봐!"

월은 나뭇가지를 꼭 잡고 매달린 채 잔뜩 흥분해서 극장 안을 들여다보았다. 무대 위 낯선 이들은 구경꾼이 있는 줄도 모르고 셔츠며 속옷을 훌훌 벗어던졌다. 그리고 발가벗은 채 흥분한 말처럼 부르르 떨며 서로의 몸을 만졌다.

'뭐하는 거지? 왜 저렇게 웃는 거야? 어디 아프기라도 한 건가?!' 월은 생각했다.

차라리 조명이 꺼져버리길 바랐다.

그래도 미끄러운 나무를 꼭 잡고 조명이 환한 무대를 관람하며 귀기울이던 중에 그만 손에서 힘이 풀리면서 그대로 땅 위에 쿵하고 떨어지고 말았다. 순간 정신이 아득해졌다. 다시 어둠 속에서 몸을 일으켜 올려다보니 짐은 나뭇가지에 여전히 잘 매달려서는, 벽난로를 앞에 둔 것처럼 뺨이 붉게 달아오르고 입을 벌린 채 무대에 집중하고 있었다.

"짐, 짐, 내려와!" 월이 불렀지만 짐은 들은 체도 하지 않았다.

"짐!" 마침내 아래를 내려다본 짐은 이 멋진 구경을 그만두고 내려오라는 월의 멍청한 요구에 낯선 사람을 보는 듯한 표정을 지었다. 할 수 없이 월은 혼자 달아났다. 머릿속이 터질 듯했지만 이내 새하얘졌다. 무슨 생각을 해야 할지 도무지 알 수 없었다.

"월, 제발……"

월은 조금 전 도서관에서 빌린 책들을 들고 짐을 바라보았다.

"도서관 다녀왔잖아, 그걸로 충분하지 않아?"

짐은 고개를 저었다.

"그럼 이거 들고 먼저 가."

짐은 월에게 책을 넘기고는 바람결에 속닥거리는 나무 아래로 살금살금 잰걸음을 옮겼다. 그러나 세번째 집 앞에서 뒤를 돌아보았다.

"월, 너 같은 녀석을 뭐라고 하는지 알아? 꼰대 성공회파 침례교인!"

짐은 이 말을 내뱉고는 가버렸다.

월은 책을 가슴팍에 꼭 껴안았다. 손에 밴 땀으로 책이 축축해졌다.

'돌아보지 말자!' 월은 생각했다.

'절대 돌아보지 않아! 안 돌아볼 거야!'

월은 오로지 집 쪽만 바라보며 걸음을 서둘렀다.

# 7

집까지 절반쯤 갔을 때, 윌은 거칠게 숨을 몰아쉬며 등뒤로 다가오는 인기척을 느꼈다.

"극장 문 닫았어?" 윌이 돌아보지도 않고 물었다.

짐이 조용히 옆으로 다가와 말했다. "아무도 없더라고."

"잘됐네!"

"흥, 침례교 목사 같은 자식!" 짐이 내뱉었다.

모퉁이를 돌자 회전초가 눈앞을 스쳐가는가 싶더니 커다란 종잇조각이 바람에 날아와 짐의 다리에 붙어 펄럭거렸다.

윌이 웃으며 종이를 집어 날려보냈다. 그리고 갑자기 웃음을 멈추었다.

창백한 광고전단지가 바닥을 굴러 나무 사이로 날아가는 모습을 보던 둘은 별안간 한기를 느꼈다.

"잠깐……" 짐이 천천히 입을 열었다.

두 소년은 갑자기 전단지를 향해 뛰어갔다. "찢지 마! 조심해!"

손에 잡힌 전단지가 작은 북처럼 툭툭 소리를 내며 펄럭였다.

"10월 24일에 도착합니다!"

전단지를 수놓은 로코코풍 글씨를 읽느라 둘의 입술이 달싹였다.

"쿠거와 다크의……"

"카니발!"

"10월 24일이래! 내일이잖아!"

"그럴 리 없어." 윌이 말했다. "원래 노동절* 이후로는 카니발이 없는데……"

"무슨 상관이야? 봐봐, 1001가지 볼거리가 있대! 메피스토펠레스, 용암을 마시는 자! 일렉트리코 씨! 괴물 몽골피에! 몽골피에**는 뭐지?"

"열기구. 대형 열기구를 말하는 거야." 윌이 대답했다.

"마드모아젤 타로! 줄에 매달리는 사나이. 악마의 단두대! 문신한 사나이! 우아!"

"그냥 문신한 늙은 남자가 나올지도 모르지."

전단지에 따뜻한 숨을 뱉으며 짐이 반박했다. "아니, 특별한 문신을 한 사나이일 거야. 봐봐! 기인들이 잔뜩 있어! 기인 집합소라고!" 전단지의 다른 부분을 훑어보며 짐이 말을 이었다. "해골 사나이! 멋지지 않냐, 윌? 그냥 바짝 마른 정도가 아니라 해골이래! 여기 좀 봐! 먼지 마녀! 그런데 먼지 마녀는 뭐지?"

"지저분한 늙은 집시겠지……"

짐은 실눈을 뜨고 허공을 보며 말했다. "아니. 먼지에서 태어나 먼지에서 자라고 먼지로 돌아가는 집시일 거야. 또 있어. 이집트 거울 미로! 만 명으로 늘어난 당신을 볼 수 있습니다! 성 안토니의 유혹의 사원!"

"세상에서 가장……" 윌이 앞부분을 읽자,

---

* 9월 첫째주 월요일.

** 1783년 인류 최초로 열기구 이륙에 성공한 프랑스 발명가 형제.

"······아름다운 여인." 짐이 뒷부분을 마저 읽었다.

둘은 서로를 쳐다보았다.

"이런 카니발 쇼에 세상에서 최고로 아름다운 여인이 등장한다고, 월?"

"카니발 여자 본 적 있어, 짐?"

"내 눈엔 회색곰 같던걸. 하지만 여기 쓰여 있는 걸 보면······"

"됐어, 그만해!"

"화났어, 월?"

"아니, 그냥······ 앗!"

바람이 그들 손에서 전단지를 앗아갔다.

전단지는 나무 위로 날아가 까불거리며 멀리 사라져버렸다.

"어쨌든 여기 적힌 건 사실이 아니야." 월은 숨을 몰아쉬며 말했다. "카니발은 이렇게 늦게 오지 않는다고. 말도 안 돼. 누가 그런 걸 보러 가겠어?"

"나." 어둠 속에서 짐이 조용히 대답했다.

'나도.' 월은 생각했다. 번득이는 단두대의 날, 빛의 아코디언을 펼치는 이집트 거울, 차를 마시듯 용암을 홀짝거리는 유황색 피부의 악마라면 보고 싶은 마음이 없지는 않았다.

"저 음악은······" 짐이 중얼거렸다. "증기오르간인데. 오늘밤 이리로 오는 게 분명해!"

"카니발은 원래 새벽녘에 와."

"그래, 하지만 아까 감초랑 솜사탕 냄새가 났잖아?"

월은 그 냄새와, 어둠에 물드는 주택들 너머에서 바람줄기를 타고 오는 음악소리, 인디언 목각 인형 옆에서 귀기울이던 테틀리 씨, 눈물 한 방울을 흘린 크로세티 씨, 붉은 혀를 빙글빙글 말며 영원의 세계로 떠나보내던 이발소 기둥 등을 생각했다.

월의 이가 딱딱 맞부딪혔다.

"이만 집에 들어가자."

"아, 벌써 다 왔네!" 짐이 움찔하며 외쳤다.

어느새 집 앞에 다다른 둘은 각자 현관문 앞길에 들어섰다.

문 앞에서 짐이 몸을 기울이며 나지막이 물었다.

"월, 아직 화 났어?"

"무슨 소리야. 화 안 났어."

"앞으로 한 달 동안 그 거리, 그 집, 그 극장에 안 갈게. 아니, 일년 동안! 맹세할게."

"응, 그러자."

그들은 각자의 현관 문고리를 잡았다. 월은 짐의 지붕을 올려다보았다. 차가운 별을 배경으로 피뢰침이 반짝였다.

폭풍우가 올지 모른다. 혹은 오지 않을지도.

어느 쪽이든, 짐의 지붕 위에 세운 기묘한 장치에 월은 마음이 놓였다.

"잘 자!"

"잘 자."

두 집의 현관문이 쾅 하고 닫혔다.

# 8

월은 거실 문을 열고, 이번에는 소리 없이 살짝 닫았다.

"훨씬 낫구나." 어머니가 말했다.

안쪽에는 월이 좋아하는 익숙한 극장 무대가 펼쳐져 있었다. 아버지가 책을 들고 앉아 있는 모습. 그러나 눈빛은 텅 빈 어딘가를 향한 듯했다. (벌써 와 계시다니! 우리가 꽤 멀리까지 돌아다녔나 보다.) 벽난로 옆 의자에 앉은 어머니가 뜨개질을 하면서 물이 끓는 주전자처럼 콧노래를 부르고 있었다.

두 분 가까이 가고 싶었지만 왠지 망설여졌다. 가까이 있는데도 멀리 떨어진 느낌이었다. 문득 너무도 큰 이 세상과 마을, 방에 비해 그들이 터무니없이 작게 느껴졌다. 자물쇠로 잠그지도 않은 이 방에 있다보면, 밤의 어둠에서 뛰쳐나온 무언가에게 속수무책으로 당할 것 같았다.

'그래. 나도 당할 수 있어.' 월은 생각했다.

그러자 커다란 존재였던 부모님에게 예전보다 한층 애정이 샘솟았다.

어머니는 손가락을 부지런히 놀리며 입으로 바늘코 수를 헤아렸다. 무척 행복해 보였다. 어느 겨울날 낮에 온실에 들어갔던 일이 떠올랐다. 밀림처럼 무성히 자란 두꺼운 잎사귀를 밀치고 들어가자 황량한 온실에 연분홍색 장미가 홀로 피어 있었다. 이 방에서 신선한 우유향을 풍기며 행복해하는 어머니가 바로 그 장미 같았다.

행복하다고? 어떻게? 바로 옆에 있는 도서관 수위이자 잡일꾼, 이방인 같은 남자는 지금 제복을 입지 않았다. 그는 한밤중에 홀로 둥근 대리석 천장 아래서 외풍이 드는 통로를 조용히 비질할 때 훨씬 더 행복해 보이지 않았던가.

왜 어머니는 저토록 행복한 얼굴이고 아버지는 저토록 슬픈 얼굴인지 윌은 의아했다.

아버지는 구겨진 종이 뭉치를 한 손에 느슨하게 쥔 채 벽난로 안쪽을 응시하고 있었다.

윌은 흠칫 놀랐다.

바람이 나무 사이로 경쾌하게 날려보내던 창백한 전단지가 떠올랐다. 로코코풍 글씨는 보이지 않지만 아버지의 손안에서 구겨져 있는 건 색깔도 재질도 그것과 똑같았다.

"엇!"

윌은 저도 모르게 다가섰다.

어머니가 등불처럼 환한 미소를 지었다.

아버지는 범죄 현장에서 붙잡힌 범인처럼 당황한 표정이었다.

'그거, 그 전단지요……' 윌은 말하고 싶었다.

하지만 아버지가 전단지를 의자 안쪽으로 쑤셔넣었다.

어머니는 윌이 도서관에서 빌려 온 책을 받아들고 책장을 훌훌 넘기며 말했다.

"이 책 정말 멋지구나, 윌!"

쿠거와 다크의 카니발에 대해 묻고 싶어 안달하며 윌이 입을 열었다.

"우아, 바람이 어찌나 거센지 집까지 쓸려왔어요. 거리엔 온통 종잇조각들이 휘날리고 있고요."

아버지는 움찔하지도 않았다.

"뭐 새로운 소식 없어요, 아빠?"

아버지의 손은 여전히 의자 안쪽에 있었다. 그는 고개를 들어 우울하면서도 약간은 근심어리고 지친 눈빛으로 아들을 바라보았다.

"도서관 앞 사자 석상이 바람에 날려갔단다. 지금은 기독교인을 찾아 마을을 배회하고 있을 테지. 그렇지만 한 명도 찾지 못할 거야. 유일한 기독교인이 이 집에 포로로 잡혀 있거든. 게다가 그 여자는 요리 솜씨가 아주 좋지."

"싱겁기는." 어머니가 말했다.

위층으로 올라가며 윌은 예상했던 소리를 들었다.

무언가를 벽난로에 던져넣은 듯 부드럽게 타오르는 한숨 같은 소리. 벽난로 옆에 서서 전단지가 재로 변하며 오그라드는 모습을 가만히 바라보는 아버지의 모습이 그려졌다.

"……쿠거…… 다크…… 카니발…… 마녀…… 볼거리들……"

당장 내려가 아버지와 나란히 손을 내밀고 불을 쬐고 싶었다.

하지만 윌은 그대로 천천히 계단을 올라가 방문을 닫았다.


윌은 자려고 누웠다가 벽에 귀를 대고 옆방의 아버지 목소리를 들은 적이 몇 번 있었다. 들을 만한 얘기면 계속 벽에 귀를 댔고, 그렇지 않은 얘기면 이내 돌아누웠다. 지나간 세월에 대해, 당신 자신에 대해, 마을에 대해, 신이 세상을 주관하는 일반적이면서도

의미심장한 방식에 대해 얘기가 나오면 윌은 열심히, 마음 편하게, 몰래 귀기울였다. 그런 때는 주로 아버지가 얘기했으니까. 윌은 아버지와 집에서든 밖에서든 자주 대화를 하진 않았다. 하지만 그런 때는 달랐다. 위로 올라가 무언가를 타넘고 내려오는 듯한 아버지의 목소리에는 비행 곡선을 그리는 백조처럼 부드럽게 허공을 휘젓는 손놀림이 함께했고, 그것이 윌의 귀를 기울이고 마음의 눈을 뜨게 해주었다.

아버지의 목소리에 실린 특이한 감정은 진실을 말하는 울림과 비슷했다. 급변하는 도시의 황야에 울리는 진실한 목소리는 어느 소년의 마음이든 사로잡기 마련이다. 윌은 종종 벽에 귀를 대고 꾸벅꾸벅 졸면서, 노래하듯 이야기를 풀어놓는 아버지의 목소리가 잦아들기 한참 전부터 시간을 멈추곤 했다. 아버지의 목소리는 깊은 가르침을 주는 한밤중의 학교 같았다. 그리고 가르침의 주제는 늘 인생이었다.

오늘밤도 윌은 눈을 감은 채 서늘한 벽에 머리를 갖다댔다. 아버지의 목소리가 콩고의 북소리처럼 지평선 너머에서 들려왔다. 침례교회 성가대의 소프라노처럼 맑은 어머니의 목소리는 노래하지 않음에도 노래하는 듯 들렸다. 아버지가 드러누워 텅 빈 천장을 바라보며 얘기하는 모습을 윌은 머릿속에 그려보았다.

"……윌을 보면 내가 너무 늙은 것 같아…… 아버지라면 아들하고 야구 놀이도 해야 하는데……"

"꼭 그럴 필요는 없어. 당신은 좋은 아빠인걸." 어머니가 상냥한 목소리로 위로했다.

"……너무 늦었지. 윌이 태어났을 때 이미 마흔이었으니. 당신은 젊었는데. 사람들이 딸인 줄 알 정도였으니. ……이런, 늙기만 하면 자꾸 감상적인 생각이 드는군."

윌은 아버지가 어두운 방안에서 일어나 앉는 소리를 들었다. 성냥불을 켜고 파이프에 불을 붙이는 소리도. 바람에 창문이 덜컹덜컹 흔들렸다.

"……포스터 다발을 들고 다니는 남자를 봤어……"

"……카니발이라니…… 연말이 다 됐는데?"

윌은 그만 듣고 싶었으나 그럴 수 없었다.

"……세상에서…… 가장 아름다운…… 여인이라."

아버지가 중얼거리자 어머니가 작게 웃음을 터뜨렸다.

"내가 그 정도까진 아니지, 알면서 그래."

'아니! 그건 전단지 문구야!' 윌은 생각했다. '아빠는 왜 그 얘길 엄마한테 안 하는 거지?'

하지만 그 답은 이미 알고 있었다. '왜냐하면 무슨 일이 일어날 거니까. 그래, 무슨 일이 일어나고 있어!'

윌은 세상에서 가장 아름다운 여인이라고 적힌 전단지가 까불거리며 나무 사이로 날아가는 모습을 분명히 보았다. 얼굴에 열이 확 올랐다. 짐, 극장거리, 그 창문으로 보이는 벌거벗은 남녀, 중국 가극처럼 정신 사나운 장면, 옛 중국 가극처럼 미치도록 괴상한 장면, 유도, 주짓수, 인도식 퍼즐, 그리고 점점 더 큰 슬픔을 안고 꿈결처럼 아득하게 사라져가던 아버지의 목소리. 별안간 아버지가 몰래 불태워버린 전단지에 대해 언급하지 않았다는 사실이 두려워져 윌은 창밖을 내다보았다. 저기! 부드러운 솜털처럼 하얀 종이가 공중에서 춤추고 있었다.

"아니야." 윌은 중얼거렸다. "이런 시기에 마을로 오는 카니발은 없어. 있을 수 없는 일이야!" 윌은 이불 밑으로 기어들어가 손전등을 켜고 책을 폈다. 제일 먼저 눈에 들어온 건 백만 년 전 사라진 밤하늘을 향해 포효하는 선사시대 파충류의 그림이었다.

'이런, 허둥대느라 짐의 책을 가져와버렸네. 그럼 내 건 짐에게 있겠어.'

그래도 꽤 멋진 그림이었다.

잠의 세계로 빠져드는 동안 윌은 아래층에서 아버지가 돌아다니는 소리를 들은 것 같았다. 곧 현관문이 닫히는 소리가 났다. 아버지는 이렇다 할 이유 없이 밤중에 도서관에 가곤 한다. 비질을 하고 책을 읽으러, 중심가로, 멀리…… 멀리……

어머니는 아버지가 집을 나선 줄도 모른 채 편히 잠들었다.

# 9

이 세상에 이토록 입에 착 붙는 이름은 또 없을 것이다.

"짐 나이트셰이드. 바로 내 이름이지."

짐은 늪에 빠지듯 한껏 기지개를 켜고는 침대로 쓰러져 길게 누웠다. 살과 뼈가 기분좋게 풀어졌다. 오른손에는 도서관에서 빌린 책을 펴지 않은 채 느슨히 쥐고 있었다.

짐의 눈 밑에는 황혼처럼 어두운 그늘이 져 있었다. 세 살 때 거의 죽다 살아난 적이 있는데, 어머니 말로는 아직도 기억이 생생한 그때부터 쭉 그랬다고 한다. 머리카락은 호두 열매 같은 고동색이고, 관자놀이와 이마, 손목과 날렵한 손등에 비치는 정맥은 검푸른 색이었다. 이름처럼 몸 전체에 어둠을 간직한 채 해가 갈수록 말수가 줄고 미소도 사라진 소년이 바로 짐이었다.

짐의 문제는 눈에 들어온 세상사에서 좀처럼 시선을 돌리지 못한다는 점이었다. 그런 식으로 삶에 맞서다보면 누구든 열세 살 즈음에 이십 년 치 세월의 때가 묻게 되는 법이다.

반면 윌 핼러웨이는 세상을 직시하기보다 눈을 감거나 시선을 돌리는 데 익숙했다. 덕분에 열세 살이 되도록 육 년 치의 세상밖에 보지 않았다.

짐은 자신의 어두운 그림자를 속속들이 알았으며, 타르 종이에 비친 그 그림자를 정확히 잘라내 깃발로 삼을 수도 있었다.

윌은 뒤따라오는 제 그림자를 보고 가끔 화들짝 놀라긴 했지만 그 이상 상관하지 않았다.

"짐, 아직 안 자니?"

"네, 엄마."

방문이 열렸다가 닫혔다. 침대 옆에 어머니가 앉는 게 느껴졌다.

"어머나, 손이 얼음장이구나. 창문을 저렇게 활짝 열어놓으면 안 돼. 감기 조심해야지."

"알겠어요."

"그런 투로 '알겠다'라고 하지 마라. 아이 셋을 낳아서 둘을 잃어버린 입장이 안 돼보면 인생을 안다고 할 수 없는 거야."

"전 자식 같은 건 안 낳을 거예요."

"말로는 무슨 소린들 못하겠니."

"알아요. 다 안다고요."

짐의 어머니는 잠시 뜸을 들이다가 물었다. "뭘 아는데?"

"이 세상에 사람을 더 만들어낼 필요가 없다는 거요. 어차피 다 죽으니까."

차분하고 고요한 짐의 목소리에 슬픔이 어려 있었다.

"그게 다예요."

"그럴지도 모르지. 그래도 네가 있어서 다행이야. 너까지 죽었으면 엄마는 오래전에 삶을 포기했을 거야."

"엄마." 긴 침묵이 흘렀다. "아빠 얼굴 기억나요? 제가 아빠를 닮았어요?"

"아마 네가 집을 떠나는 날이 그 사람이 내 곁에서 영원히 사라지는 날일 테지."

"누가 떠난다 그래요?"

"글쎄, 침대에 얌전히 누워 있는 지금도 넌 너무 빨리 뛰어다녀. 자면서 너처럼 많이 움직이는 사람은 본 적이 없구나. 약속해, 짐. 어디로 떠나든 돌아올 땐 아이를 많이 낳아오렴. 내 곁에서 그애들을 마음껏 뛰어놀게 해주는 거야. 응석은 다 받아줄 테니까."

"나한테 상처를 줄 수 있는 존재를 곁에 두진 않을 거예요."

"그래도 너는 돌을 수집하잖니? 언젠가는 그 돌 때문에 다칠지도 모르는데."

"아뇨, 그러진 않을 거예요."

짐은 어머니를 바라보았다. 오래전 다친 흉터가 지금도 눈가에 남아 있었다.

어둠 속에서 어머니가 말했다. "너도 살다보면 상처를 받게 될 거야. 그래도 때가 되면 말해주렴. 작별인사 한마디 말이야. 안 그러면 내가 널 보내주지 않을 테니까. 인사도 없이 갑자기 빼앗긴다면 끔찍하지 않겠니?"

어머니가 일어나 창문을 내렸다.

"남자애들은 왜 이렇게 창문을 활짝 열어놓는지 모르겠어."

"피가 뜨겁잖아요."

"피가 뜨겁다라." 어머니가 말했다. "우리가 온갖 슬픔을 안고 살아서 그렇겠지. 이유는 묻지 마렴."

방문이 닫혔다.

혼자 남은 짐은 창문을 다시 열고 터 없이 맑은 밤 속으로 몸을 내밀었다.

'폭풍우야, 너 거기 있니?' 속으로 물었다.

'그래.'

저멀리…… 서쪽 저멀리서…… 정말 그것이 달려오고 있는 듯했다!

피뢰침 그림자가 집 앞 차로에 길게 드리워졌다.

짐은 차가운 공기를 들이마시고 몸속의 열기를 담아 토해냈다. 그리고 생각했다.

'올라가서 피뢰침을 뽑아 내던져버릴까?'

'그럼 무슨 일이 일어날까?'

'그래.'

'어떻게 되는지 보자!'

## 10

자정이 막 지난 시각.

발을 끌며 걷는 소리.

피뢰침 장수가 텅 빈 거리를 걸어왔다. 야구 글러브 같은 손에 든 가방은 거의 비어 가볍게 흔들렸고, 얼굴에는 편안한 미소가 어려 있었다. 모퉁이를 돌아 걸음을 멈추었다.

종이처럼 보드라운 흰 나방들이 빈 상점의 진열창에 붙어 파닥였다.

별처럼 깨끗한 유리로 된 관 모양 진열창 안에는 두 톱질대 위에 알래스카스노우사의 얼음덩어리가 놓여 있었다. 거인의 반지를 통과할 만한 크기였다.

그 안에는 세상에서 가장 아름다운 여인이 봉인되어 있었다.

피뢰침 장수의 얼굴에서 미소가 사라졌다.

꿈처럼 아련한 냉기에 갇힌 여인은 눈사태에 묻혀 천 년간 잠든 듯 보였다. 아침공기처럼 깨끗하고, 새벽의 꽃처럼 신선했으며, 완벽한 미인을 본 남자가 눈을 질끈 감고 눈꺼풀 안에 새겨넣은 모습처럼 사랑스러웠다.

피뢰침 장수는 갑자기 생각난 듯 숨을 토했다.

오래전, 로마와 피렌체의 대리석 건물 사이를 걸으며 이런 여인들이 얼음 대신 돌에 갇힌 모습을 본 적이 있었다. 루브르 박물관을 걸으면서도 여름의 물감으로 채색되어 그림 안에 갇힌 여인들을 보았다. 그리고 소년 시절, 영화관 자유석으로 향하며 스크린 뒤쪽 서늘한 구멍에 숨어들어 흘끗 고개를 들었을 때, 기이한 어둠 속에서 그제껏 한 번도 본 적 없는 엄청난 크기의 미인을 올려다본 적도 있었다. 반듯한 골격과 달처럼 하얀 피부에 압도당해 그는 화면 뒤에서 얼어붙었다. 오직 눈만 움직일 뿐이었다. 여자의 입술 움직임을 따라, 새의 날갯짓처럼 깜빡이는 눈을 따라, 눈처럼 창백하고 죽음처럼 희미한 광채를 뿜는 두 뺨을 따라.

그렇게 오래전 보았던 이미지들을 떠올린 후, 그는 지금 얼음 속에 있는 것이 전혀 다른 여자임을 깨달았다.

이 여자의 머리카락은 무슨 색깔이지? 흰색에 가까운 금발 같지만 얼음 밖으로 나오면 다른 색깔일지도 몰랐다.

키는 어느 정도일까?

텅 빈 상점의 유리창, 밤처럼 부드럽게 진열창을 스치며 조용히 안을 살피는 나방 너머, 얼음의 프리즘에 굴절된 여자는 보는 각도에 따라 더 커 보이기도 하고 작아 보이기도 했다.

하지만 그런 건 중요치 않았다.

세상 가장 비범한 존재 앞에서 피뢰침 장수는 전율했다.

만약 기적이 일어나 저 여자가 사파이어 속에서 눈을 뜨고 그를 바라본다면 그 눈동자가 어떤 색인지 알 수 있을 텐데.

그래, 눈동자 색을 알아낼 방법이 있다.

이 고독한 한밤의 상점으로 들어가서……

얼음에 손을 가져다대면 그 온기로……

얼음을 녹일 수 있다.

피뢰침 장수는 두 눈을 질끈 감고 한참을 그 앞에 서 있었다.

숨을 내쉬었다.

여름처럼 뜨끈한 숨결이 치아에 닿았다.

손이 상점 문에 닿았다. 문이 열렸다. 북극처럼 차가운 공기가 주변을 에워쌌다. 그는 상점 안으로 들어섰다.

문이 닫혔다.

눈송이처럼 하얀 나방들이 진열창에서 파닥거렸다.


# 11


자정이 지나고 마을의 시계가 새벽 한시, 두시, 이어서 세시를 알렸다. 거대한 시계의 울림은 높은 다락방의 낡은 장난감에서 먼지를 떨어내고, 더 높은 다락방의 낡은 거울에서 수은 조각을 벗겨내고, 어린아이들의 잠자리에 시계에 관한 꿈을 불러왔다.

그 시각, 윌은 기차소리를 들었다.

저멀리 넓은 초원 너머에서 희미하게 들리는 역동적인 엔진소리, 기차가 하얀 눈을 따라 용이 활강하듯 달리는 소리.

윌은 벌떡 일어났다.

길 건너편 짐의 방에서도 마치 거울로 비추듯 똑같이 짐이 일어나 앉았다.

백만 킬로미터쯤 떨어진 곳에서 증기오르간이 부드럽고 애잔한 연주를 시작했다.

윌은 한걸음에 창가로 달려가 창밖으로 몸을 내밀었다. 짐도 마찬가지였다. 둘은 파도처럼 흔들리는 숲의 나무들을 말없이 내다보았다.

소년의 방이 으레 그렇듯 짐과 윌의 방도 높은 곳에 있었다. 적막한 창밖으로 대포의 발포 거리만큼 멀리, 도서관과 시청, 철도역과 외양간, 농경지 너머 인적 없는 초원을 내다볼 수 있었다!

저기 세상 끝을 따라, 아름다운 달팽이 껍데기 같은 철로에 어슴푸레 빛이 내달리고, 레몬색이나 체리색 깃발이 밤하늘의 별을 향해 요란하게 흔들렸다.

저기 지구의 낭떠러지 위에, 직은 증기 깃털이 곧 찾아올 폭풍우 구름의 선발대처럼 피어올랐다.

이윽고 기차가 모습을 드러냈다. 반딧불처럼 불꽃이 튀고, 가을 벽난로처럼 묵직하게 포효했다. 기관차, 급탄차, 줄줄이 번호가 매겨진 객차는 깊고 편한 잠에 빠져 꿈결을 헤매는 듯했다. 고요한 언덕이 지옥의 불길로 붉게 물들었다. 유성처럼 시커먼 석탄덩어리를 기관차 보일러에 삽으로 부지런히 퍼넣는, 팔이 물소처럼 튼실한 남자를 멀리서도 상상할 수 있었다.

기관차!

둘은 창문 안쪽으로 사라졌다가 쌍안경을 들고 다시 나타났다.

"저 기관차 좀 봐!"

"남북전쟁 때 거야! 1900년 이후로는 저렇게 굴뚝이 달린 기관차가 다니지 않아!"

"나머지도 전부 오래됐어!"

"깃발! 짐승우리! 카니발이다!"

그들은 귀를 기울였다. 처음에 윌은 콧구멍으로 숨을 빠르게 쉬느라 휘파람 같은 소리가 난 줄 알았다. 그런데 아니었다. 기차 안에서 증기오르간이 한숨 지으며 우는 소리였다.

"꼭 교회 음악 같은데!"

"바보. 카니발이 왜 교회 음악을 연주하겠냐?"

"바보란 말 좀 하지 마." 윌이 나무랐다.

"바보." 짐은 아랑곳하지 않았다. "종일 꾹 참았어. 다들 잠들었을 때 마음껏 해야겠다. 바아보!"

아이들의 창가로 음악이 또렷하게 전해졌다. 윌의 양팔에 종기만한 소름이 돋았다.

"교회 음악 맞아. 약간 다르긴 하지만."

"꼭 가위눌린 기분이야. 우리 카니발 세우는 거 구경 가자!"

"새벽 세시인데?"

"뭐 어때!"

짐이 창문 안쪽으로 들어갔다.

윌은 짐이 방안에서 춤추듯 뛰어다니며 셔츠를 걸치고 바지를 끌어올리는 모습을 바라보았다. 그동안 검은 깃털로 뒤덮인 객차와 감초색 짐승우리를 실은 장례 기차가 밤 깊은 초원 저멀리서 숨

을 몰아쉬며 달려왔다. 증기오르간은 세 가지 찬송가를 섞어 아우
성치듯 요란하게 연주했다. 어쩌면 찬송가가 아닐 수도 있었다.

"자, 가보자!"

짐은 배수관을 타고 내려가 곤히 잠든 잔디밭에 발을 디뎠다.

"짐! 기다려!"

윌이 서둘러 옷을 입었다.

"짐, 혼자 가지 마!"

그리고 짐의 뒤를 따라갔다.


## 12


연이 바람을 타고 아주 높이 올라갈 때, 마치 바람의 흐름을 아
는 듯한 총명함이 목격될 때가 있다. 하늘을 어행히다 헌 지점을
택해 착륙하는데, 그대로 두지 않고 이리저리 뛰면서 억지로 연줄
을 잡아당기면 연은 줄을 끊어버리고 쉴 곳을 찾아 날아가버리고,
거꾸로 당신이 연을 쫓아 숨이 턱에 닿도록 뛰어야 한다.

"짐! 기다려!"

짐은 그야말로 줄을 끊고 사납게 날아가는 연이었다. 땅에 매여
허둥지둥 달리는 윌을 능숙하게 이끌며, 말 한마디 없이, 낯선 얼
굴로 하늘 높이 나는 지혜를 보여주었다.

"짐, 같이 가!"

윌은 생각했다. '맙소사, 늘 이런 식이야. 내가 이렇게 소리쳐도

짐은 저렇게 가버려. 내가 돌덩이를 기울이면 짐은 그 밑에서 차가운 덩어리를 끄집어내 전속력으로 뛰어가! 뒤따라 언덕을 올라가면 짐은 교회 첨탑에서 날 비웃고 있어. 나는 은행에 예금계좌가 있지만 짐이 가진 건 머리에 난 털, 입속에서 날름거리는 혀, 입고 있는 셔츠랑 테니스화가 전부잖아. 그런데도 왜 짐이 더 부자로 보일까? 내가 바위에 앉아 햇볕을 즐기고 있을 때, 내 오랜 친구 짐은 달빛에 팔의 솜털을 바짝 세우고 두꺼비와 춤을 추기 때문일까? 나는 암소를 돌보고, 짐은 독 있는 큰도마뱀을 길들이지. 내가 짐에게 멍청이!라고 소리치면, 짐은 겁쟁이!라고 받아치지. 그래서 우리는…… 아, 저기 있다!'

마을을 벗어나 들판을 가로지른 둘은 철교 아래 멈춰 섰다. 언덕 너머 달이 걸렸고 주변의 잡초는 이슬에 흠뻑 젖어 떨고 있었다.

콰쾅!

카니발 기차가 우레 같은 소리를 내며 철교를 건넜다. 증기오르간이 울부짖었다.

"오르간을 연주하는 사람이 없어!" 짐이 눈을 크게 뜨고 말했다.

"농담하지 마!"

"우리 엄마를 걸고 맹세해, 봐봐!"

멀리, 저멀리 증기오르간 파이프가 하늘에서 쏟아지는 별빛을 받아 희미하게 반짝이며 지나가는 것이 보였다. 그러나 높다란 건반 앞에는 아무도 없었다. 그저 얼음물처럼 차가운 바람이 파이프로 들어가 음악을 토해낼 뿐이었다.

둘은 달려갔다. 기차는 이끼 끼고 녹슨 해저의 장례식 종을 묵직하게 울리며 구부러진 철로를 따라 멀어져갔다. 기관차의 기적이 거대한 증기를 쌔액 내뿜었다. 월은 얼음 진주 속에서 기겁했다.

몇 번이나 그랬는지 몰라도, 월은 가끔 늦은 밤 잠결에 멀리서 서글프게 울리는 기적소리를 들은 적이 있었다. 기차가 아무리 가까이 다가와도 기적은 아련하게만 울렸다. 그러다 눈을 뜨면 뺨에 난 눈물자국에 의아해하다 누운 채 다시 귀기울이며 생각했다. 그래! 기적 때문이야. 항상 마을을 피해서 잠의 썰물로 가라앉으며, 동쪽으로, 서쪽으로 더 깊숙한 시골을 향해 사라져가는 기차의 기적소리.

그 기차와 구슬픈 기적소리는 역과 역 사이 어딘가로 사라졌다. 기적이 어디서 울렸는지, 기차가 어디로 가는지도 짐작할 수 없었다. 기차는 그저 마지막 창백한 숨을 남기고 지평선 너머로 사라져 갈 따름이었다.

하지만 이번 기차의 기적소리는 달랐다!

밤마다 꿈속에서 인생의 비탄을 한데 모은 듯한 통곡의 소리였다. 달을 동경하는 개의 울부짖음, 1월에 현관문 틈새로 불어들어 피를 얼리는 차가운 강바람의 소리, 화재를 알리는 몇백 개의 사이렌, 그리고 더더욱 지독하게도, 죽음이 코앞에 다가와 숨이 끊겨가면서도 죽음을 벗어나려 발버둥치는 무수한 인간들의 비통한 울음, 신음, 한숨이 전부 합쳐져 폭발하는 듯한 소리였다!

월의 눈에 갑자기 눈물이 고였다. 그는 주저앉았다가 창피해서 신발 끈을 고쳐 묶는 척했다.

문득 돌아보니 양손으로 귀를 틀어막은 짐의 눈도 촉촉이 젖어 있었다. 기적소리가 악을 썼다. 짐도 뒤질세라 악을 썼다. 기적이 새된 비명을 지르자 윌도 맞서서 비명을 질렀다.

그러자 기차가 땅을 벗어나 불의 폭풍우로 뛰어든 것처럼 모든 소리가 뚝 사라졌다.

언덕 아래로 부는 달짝지근한 사탕 바람에 검은 색종이를 흩날리고 검은 깃발을 나부끼며 기차는 미끄러지듯 언덕을 내려갔다. 공기가 너무 차가워서 뒤를 쫓던 둘은 숨을 들이마실 때마다 아이스크림을 삼키는 기분이었다.

마침내 둘은 마지막 언덕에 올라 아래를 내려다보았다.

"저것 봐." 짐이 속삭였다.

기차는 롤프의 달 초원에 멈춰 있었다. 마을의 연인들이 달이 뜨는 광경을 보러 자주 찾아오는 곳이라 그렇게 불렸다. 초원은 아주 넓고 길뿐더러 봄에는 풀, 늦여름에는 건초, 겨울에는 눈이 가득해 마치 내해內海 같았다. 달이 뜰 무렵 그 빛을 등뒤로 받으며 파도 치는 해안가를 걸으면 더없이 즐거웠다.

그리고 지금 카니발 기차는 숲 근처 낡은 철로 위, 마른 풀 속에 웅크리고 있었다. 둘은 살금살금 다가가 덤불에 숨어 상황을 살폈다.

"너무 조용한데." 윌이 속삭였다.

기차는 메마른 가을 들판 한가운데에 그저 가만히 서 있었다. 달빛 아래서 시커멓게 빛나는 기관차에도, 급탄차에도, 줄이은 객차에도 아무런 인기척이 없었다. 철로 위에서 금속이 차갑게 식어가는 소리만 어렴풋하게 들렸다.

"쉿!" 짐이 말했다. "저기서 뭐가 움직인 것 같아."

월은 온몸의 솜털이 한꺼번에 곤두서는 기분이었다.

"우리가 구경하는 걸 알면 싫어할까?"

"아마 그렇겠지." 짐이 흥미진진한 듯 대꾸했다.

"그럼 증기오르간을 왜 그리 시끄럽게 연주했을까?"

"이유를 알게 되면 말해줄게." 짐이 웃었다가 속삭였다. "저기 좀 봐!"

하늘에서 그대로 내려온 듯한 거대한 진녹색 열기구가 달을 스쳤다.

약 180미터 상공에서 열기구는 바람을 타고 고요히 멀어졌다.

"풍선 아래 사람이 타고 있어!"

그때, 키 큰 남자 한 명이 내해의 조수 상태를 가늠하는 선장처럼 기차의 승강계단을 내려왔다. 거무스름한 옷을 입은 남자가 얼굴에 그림자를 드리운 채 초원 한가운데로 나아가더니 셔츠와 같은 검은색 장갑을 낀 손을 하늘로 뻗었다.

그리고 무슨 신호를 보내듯 손짓했다.

갑자기 기차가 되살아났다.

우선 한쪽 창문으로 누군가 머리를 내밀고, 이어서 팔 하나가 나오더니, 또다른 머리가 마리오네트 인형 극장의 꼭두각시처럼 나타났다. 잠시 후 검은 옷을 입은 남자 둘이 시커먼 천막 기둥을 들고 풀밭을 가로질렀다.

짐은 달처럼 눈을 빛내며 몸을 내밀었지만, 월은 그들이 너무 조용하다는 사실에 오히려 움츠러들었다.

보통 카니발 천막을 치는 장소라면 벌목 현장처럼 시끌벅적하고, 짐을 내리고 굴리고 부딪히는 소리에, 사자의 포효 같은 먼지가 피어오르기 마련이다. 잔뜩 성난 얼굴의 남자들이 바쁘게 돌아다니고, 음료수 병이 쨍그랑거리고, 말의 쇠가 부르르 떨리고, 기계와 코끼리가 땀방울 속에서 쿵쿵거리고, 얼룩말은 우리 안에서 마치 덫에 걸린 양 날뛰어야 옳다.

그런데 이 카니발은 꼭 오래된 영화 같았다. 고요한 극장 안에 희고 검은 옷차림의 유령이 출몰하고, 은백색 입을 열어도 달빛만 뿜어져나올 뿐 그 어떤 동작도 소리를 내지 않아, 관객들은 바람이 뺨의 솜털을 스치는 소리까지 들을 수 있는 무성영화.

기차에서 더 많은 그림자가 내려와 시커먼 것이 눈을 빛내며 웅크리고 있는 짐승우리와, 이따금 파이프에 스며든 산들바람에 희미한 소리를 낼 뿐 역시 침묵하고 있는 증기오르간 곁을 지나갔다.

들판 한가운데에 카니발 단장이 서 있었다. 곰팡이 핀 거대한 초록색 치즈 같은 열기구는 하늘 위에서 움직이지 않았다. 그리고 갑자기 사방이 캄캄해졌다.

윌이 마지막으로 본 건 열기구가 구름처럼 달을 가리며 내려오는 광경이었다.

어둠 속에서 윌은 사람들이 작업을 서두르는 기척을 느낄 수 있었다. 열기구가 거대한 거미처럼 밧줄과 기둥을 놀리며 하늘에 벽걸이 융단을 짜고 있는 듯했다.

이윽고 구름이 훌쩍 떠올랐다. 열기구가 상승한 것이다.

어느새 초원에는 큰 천막 기둥과 철사의 뼈대가 세워지고, 천이

씌워지기만 기다리고 있었다.

구름덩어리가 하얀 달 위를 흘러갔다. 윌은 그림자에 숨은 채 몸을 떨었다. 짐이 살금살금 기어와 그의 발목을 힘주어 잡았다.

"가만있어!" 윌이 속삭였다. "천막을 치려나봐!"

"아니, 그게 아냐……"

평범한 천막이 아님을 둘은 이미 알고 있었다. 천을 두르는 게 아니라, 기둥 높이 솟은 철사로 하늘의 구름덩어리를 붙잡아 찢어내고, 바람에 날려가지 않도록 거대한 괴물의 그림자로 한 땀 한 땀 꿰매어 천막을 만들어가고 있음을. 그리고 마침내 거대한 깃발이 맑고 고요하게 나부끼는 소리가 들렸다.

돌연 사람들이 움직임을 멈추었다. 어둠 속의 어둠마저 정지했다.

윌은 엎드린 채 눈을 꼭 감고 시커멓고 매끄러운 날개가 퍼덕이는 소리를 들었다. 거대한 고대의 새가 밤의 초원에 둥지를 틀기 위해 날갯짓하며 내려오는 소리 같았다.

달을 가린 구름이 바람에 밀려났다.

열기구는 사라지고 없었다.

사람들도 보이지 않았다.

기둥에 걸친 천막 천이 검은 비처럼 잔물결을 쳤다.

갑자기 마을에서 너무 멀리 와버린 기분이 들었다.

윌은 본능적으로 흘끗 뒤돌아보았다.

마른 풀과 그것들이 흔들리는 소리뿐이었다.

천천히 다시 고개를 앞으로 돌려 고요하고 어둡고 텅 빈 듯한 천막을 바라보았다.

"느낌이 안 좋아." 윌이 말했다.

짐은 천막에서 시선을 떼지 않은 채 "그래, 맞아"라고 속삭였다.

윌이 일어섰다. 짐은 여전히 바닥에 엎드려 있었다.

"짐!" 윌이 외쳤다.

짐은 뺨이라도 맞은 것처럼 고개를 치켜들더니 무릎을 세우고 엉거주춤 일어났다. 하지만 시선은 여전히 앞쪽, 괴이한 날개와 뿔과 사악한 미소로 가득한, 쇼의 내용을 써놓은 검은 깃발에 고정되어 있었다.

어딘가에서 새가 비명을 질렀다.

그 소리에 짐은 벌떡 일어나 숨을 몰아쉬었다.

구름 그림자가 언덕에서 마을 끝까지 내달리며 둘을 공포로 몰아넣었다.

짐과 윌은 곧장 달음박질쳤다.


# 13

활짝 열린 도서관 창문으로 차가운 바람이 파고들었다.

찰스 핼러웨이는 그 앞에 한참 동안 서 있었다.

그러다 무언가를 발견하고 고개를 들었다.

아래쪽 길을 따라 그림자 두 개가 미끄러졌다. 그 앞에 그림자를 닮은 두 소년이 정신없이 달려가는 모습이 보였다. 둘의 발소리가 밤공기를 부드럽게 흔들었다.

"짐! 윌!" 노인은 외쳤다.

큰 목소리는 아니었다.

아이들은 집을 향해 점점 멀어졌다.

찰스 핼러웨이는 초원 쪽을 살폈다.

도서관을 홀로 돌아다니며 아무도 듣지 못할 소리로 속삭이는 빗자루의 얘기를 들어주던 때, 그 역시 기차의 기적소리와 증기오르간이 띄엄띄엄 찬송가를 연주하는 소리를 들었다.

"세시." 그는 좀더 큰 목소리로 말했다. "새벽 세시야……"

초원에서는 천막이, 카니발이 기다리고 있었다. 사람들이 마른 풀의 파도를 헤치고 건너오기를. 풀무처럼 부푼 거대한 천막은 태곳적 야수의 체취를 담은 공기를 뿜어내고 있었다.

하지만 그 적적한 어둠을, 깊은 동굴 속을 들여다보는 건 밤하늘의 달뿐이었다. 바깥에는 밤의 짐승들이 질주하던 자세 그대로 회전목마에 걸려 있었다. 그 너머에는 허무의 공간을 몇 겹씩 비추는 깊디깊은 거울 미로가, 하얗게 바랜 은빛에 흐르는 세월을 비추며 잔잔하고 고요하게 펼쳐져 있었다. 무엇이든 미로 입구에 선다면 그 그림자는 공포를 띤 반사광을 담고서 깊게 묻힌 달들을 풀어줄 것이었다.

만약 사람이 미로 입구에 선다면 무한대로 늘어나는 자기 모습을 보게 될까? 그 무수한 상들이 제각기 갈수록 늙어가는 얼굴을 서로 바라보게 될까? 쉰, 예순, 일흔, 아니, 여든, 아흔, 아흔아홉 살의 내가 깊은 미로의 고운 먼지 속으로 사라지는 걸 보게 될까?

미로는 묻지 않았다.

대답도 해주지 않았다.

그저 북극 바다의 부빙浮氷처럼 가만히 기다릴 뿐이었다.

"세시……"

찰스 핼러웨이는 한기를 느꼈다. 피부가 도마뱀처럼 차가워지고, 위장이 녹슨 피로 가득차고, 입에서 눅눅한 밤이슬 맛이 났다.

하지만 도서관 창문에서 시선을 뗄 수 없었다.

저멀리 초원에서 무언가가 반짝거렸다.

거대한 유리에 비친 달빛이었다.

그 빛이 암호로 무언가를 말해준 듯했다.

저기로 가볼까, 가지 말까. 찰스 핼러웨이는 생각했다.

저게 마음에 들어, 아니, 안 들어.

잠시 후 도서관 문이 닫혔다.

집에 가는 길에 그는 빈 상점의 진열창 앞을 지났다.

진열창 안에는 톱질대 두 개만 남아 있었다.

그 사이에 물이 흥건히 고여 있었다. 작은 얼음조각 몇 개가 떠 있고, 얼음 속에 긴 머리카락 몇 가닥이 들어 있었다.

찰스 핼러웨이는 더는 살펴보지 않기로 마음먹고 발길을 돌려 걷기 시작했다. 빈 상점의 진열창처럼 거리도 적막했다.

저멀리 초원의 거울 미로 안에서 그림자가 나풀거렸다. 누군가의 목숨의 일부가, 미처 태어나지 못하고 갇힌 채 새로운 삶이 주어지기를 기다리는 듯.

미로는 차가운 시선을 고정한 채, 새들이 찾아와 날카로운 비명을 지르고 날아가기를 기다리고 있었다.

그러나 새는 한 마리도 오지 않았다.


## 14


"세시"라고 말하는 목소리가 들렸다.

윌은 자기 머리 위에 지붕이, 발아래에 바닥이 있고, 벽과 문이 지나치게 노출되어 출입이 자유롭지만 깊은 밤의 어둠이 가려주고 있음에 기뻐하며 귀를 기울였다. 추위가 완전히 가시진 않았지만 점점 따뜻해지는 기분이었다.

"세시……"

집에 돌아온 아버지가 복도를 걸으며 혼잣말하는 소리였다.

"세시……"

윌은 생각했다. '세시라면 아까 기차가 도착한 시각인데. 아빠도 그걸 보고, 듣고, 따라간 걸까?'

'아냐, 그럴 리 없어!' 윌은 몸을 웅크렸다. '안 될 건 뭐야?' 부들부들 떨렸다. 대체 뭐가 두려운 걸까?

마치 폭풍우의 전조처럼, 시커먼 파도처럼 초원으로 들이닥친 카니발 때문에? 그 사실을 우리만 알고, 세상모르고 잠든 마을 사람들은 아무도 모르기 때문에?

'그래.' 윌은 곱씹었다. '그래서일 거야……'

"세시……"

새벽 세시. 찰스 핼러웨이는 침대 가장자리에 앉아 생각에 잠겼다. 기차는 왜 이 시간에 도착했을까?

특별한 시간이니까. 그는 속으로 중얼거렸다. 여자들은 이 시간에 절대 잠에서 깨지 않아. 아기와 어린아이처럼 깊이 잠들지. 그렇다면 중년의 남자는? 그들은 그 시간을 잘 알지. 자정이면 그럭저럭 괜찮아. 깼다가도 다시 잠들 수 있으니까. 새벽 한시나 두시에는 좀 뒤척이더라도 다시 잠들면 돼. 아침 다섯시나 여섯시라면 새벽이 지평선 아래까지 와 있으니 희망이 있어. 하지만 세시는, 아, 새벽 세시는 좋지 않아! 의사들 말로는 신진대사가 가장 떨어지는 시간이라고 하지. 영혼이 빠져나가고 몸속의 피가 천천히 도는 시간. 죽음을 간신히 면하고 있지만 죽음에 가장 가까운 상태야. 잠을 죽음의 한 조각이라고 할 수 있지만, 새벽 세시에 눈이 번쩍 뜨인다면 생매장된 거나 마찬가지야! 눈을 뜬 채 꿈을 꾸는 거지. 깨어날 힘이 있다면 반쯤 잠긴 꿈을 엽총으로 쏴죽일 수 있을 테지! 그러나 그럴 힘은 없어. 바짝 말라붙은 우물 바닥에 못박힌 듯 누워 있을 뿐이야. 달이 그 위를 지나가며 천진난만한 얼굴로 내려다보지. 해가 뜨려면 멀었고 새벽은 한참 더 기다려야 하니, 지금껏 살면서 겪은 바보 같은 일들과, 지금은 죽고 없는 가까운 이들과 함께했던 어리석지만 유쾌했던 기억을 하나하나 떠올려야 해. 전에 어디서 읽었는데, 병원에서 환자가 가장 많이 사망하는 시각 역시 새벽 세시라지……?

"그만!" 찰스는 작게 외쳤다.

"찰스?" 아내가 잠에 취해 중얼거렸다.

그는 천천히 신발을 벗었다.

아내가 잠결에 미소를 지었다.

왜일까?

아내는 불멸이다. 아들이 있으니.

네 아들이기도 하지 않나!

그러나 세상의 어떤 아버지가 그 사실을 진정으로 실감할 수 있을까? 아무런 부담도, 고통도 느끼지 않았으면서, 어떤 남자가 여자들처럼 어둠 속에 잠들었다가 갓난아기와 함께 일어날 수 있을까? 어머니들의 부드러운 미소에는 근사한 비밀이 있다. 아, 여자란 참으로 기묘하고 경이로운 시계다. 그들은 시간 속에 둥지를 튼다. 영겁의 시간에 결속된 육신을 빚어낸다. 그렇게 천부적인 힘을 느끼며 살고 있지만 굳이 언급하지 않는다. 스스로가 시간이자 애정과 행동으로 우주적 순간을 빚어내는 존재가 어째서 시간을 언급할 필요가 있겠는가? 자신이 영원히 살리라는 걸 알고 있는 따뜻한 시계를, 아내를, 남자는 질투하고 때로는 증오한다. 그래서 우리는 어떻게 행동하는가? 세상에도, 자기 자신에게도, 그 어떤 것에도 매달릴 수 없기에 끔찍하게 비열해진다. 우리는 영속성에 맹목적이지만 모든 것은 덧없이 무너지고 녹아내리고 썩어 없어져버린다. 스스로 시간을 빚어낼 수 없는 우리는 어떻게 되는가? 잠들지 못한다. 눈이 뜨이는 것이다.

새벽 세시. 그건 우리에게 주어진 보상이다. 아침이 밝기 전, 영혼의 한밤중. 썰물이 빠지고 영혼이 쇠락한다. 그리고 절망의 시간에 기차가 도착한다…… 왜일까?

"찰스……?"

아내의 손이 그를 잡았다.

"당신…… 괜찮아…… 찰스?"

아내는 반쯤 잠에 빠져 있었다.

찰스는 대답하지 않았다.

뭐라고 대답해야 할지 몰랐다.


# 15


레몬같이 노란 태양이 떠올랐다.

하늘은 둥글고 푸르렀다.

새들이 청아하게 울며 공중에 원을 그렸다.

윌과 짐은 창밖으로 몸을 내밀었다.

변한 건 아무것도 없었다.

달라진 건 오직 짐의 눈에 담긴 표정뿐이었다.

"어젯밤 그거……" 윌이 물었다. "진짜 일어난 일 맞지?"

둘은 초원 쪽을 바라보았다.

공기가 시럽처럼 달콤했다. 어디에도, 심지어 나무 밑에도 그림
자가 보이지 않았다.

"육 분 후에 나갈 거야!" 짐이 소리쳤다.

"난 오 분!"

사 분 후, 콘플레이크를 뱃속 가득 채운 둘은 발아래 낙엽이 붉
고 고운 먼지가 되도록 밟으며 마을 외곽으로 달려갔다.

이윽고 둘은 거친 숨을 내쉬며 달리던 땅에서 시선을 들었다.

카니발이 눈앞에 있었다.

"저거……"

천막은 태양과 마찬가지로 레몬색이고, 천막의 놋쇠는 몇 주 전 추수를 끝낸 밀밭의 색이었다. 깃발과 현수막이 노란 캔버스 위에 앉은 파랑새처럼 선명했다. 솜사탕 색깔 페인트를 칠한 매점에서는 베이컨 에그, 핫도그, 팬케이크 향이 뒤섞인 토요일의 냄새가 바람을 타고 날아왔다. 아이들이 여기저기 뛰어다니고, 졸린 눈의 부모들이 뒤를 쫓았다.

"그냥 평범한 옛날 카니발이네." 윌이 말했다.

"무슨 소리야." 짐이 말했다. "어젯밤에 우리가 눈이 먼 것도 아니고. 따라와!"

둘은 100미터쯤 똑바로 나아가 카니발로 다가갔다. 다가갈수록 확실히 알 수 있었다. 지난밤 먹구름처럼 생긴 괴상한 천막을 세우느라 열기구 그림자 사이를 소리 없이 돌아다니던 검은 옷차림의 남자들이 하나도 보이지 않는다는 걸. 밧줄에는 곰팡이가 피었고, 천막은 여기저기 벌레 먹은 자국이 있었으며, 금속 장식은 비바람에 닳아 있었다. 천에 페인트로 글씨를 쓴 곁들이 쇼 깃발은 슬픈 앨버트로스처럼 기둥에 걸린 채 바람에 펄럭일 때마다 오래된 페인트 조각을 흩뿌리며, 꼬챙이처럼 마른 남자와 뚱뚱한 남자, 머리 꼭대기가 뾰족한 남자, 문신한 남자, 훌라 댄서 등 별로 놀라울 것 없는 볼거리 내용을 드러내 보였다.

더 들어가보았지만 검은 땅에 단검을 꽂고 신비로운 동양식 매듭으로 고정되어 사악한 가스를 내뿜던 기이한 열기구는 어디에도 보이지 않았다. 악귀 같은 검표원이 무시무시한 복수를 꿈꾸며 기다리는 기척도 없었다. 매표소 옆 증기오르간이 무시무시한 비명을 내지르지도, 얼빠진 노래를 흥얼거리지도 않았다. 그렇다면 기차는? 누런 초원의 철로 위에 정차해 있는 낡은 기차는 온통 녹투성이였다. 그러나 세 대륙의 기관차 묘지들을 지나며 거대한 자석으로 구동축, 바퀴, 굴뚝, 낡아빠진 시시한 악몽 따위를 끌어모은 금속덩어리이기도 했다. 지금은 시체 안치소 같은 검은 실루엣을 드러내지 않았다. 그저 가만히 누워 증기와 금속의 힘이 다해 이 가을의 풀잎 속에서 죽을 허락이 떨어지기를 기다리는 듯했다.

"짐! 윌!"

7학년인 둘의 담임선생님 폴리 부인이 미소를 띠며 다가왔다.

"무슨 일 있니? 뭘 찾고 있는 것 같던데."

"그게, 어젯밤에." 윌이 말했다. "혹시 증기오르간 소리 못 들으셨어요……?"

"증기오르간? 아니."

"그럼 왜 아침 일찍부터 나오셨어요, 폴리 선생님?" 짐이 물었다.

"내가 카니발을 무척 좋아하거든." 머리가 희끗한 오십대의 폴리 선생님이 내면에 작은 소녀를 간직한 양 주위를 둘러보았다. "핫도그 사줄 테니 우리 바보 같은 조카 녀석을 찾아올 때까지 기다려주렴. 혹시 못 봤니?"

"조카요?"

"로버트라고 하는데, 우리집에서 몇 주 지내기로 했단다. 아빠가 돌아가신데다 위스콘신주에 사는 엄마는 몸이 아파서 당분간 내가 돌봐주기로 했거든. 오늘 아침 일찍 눈뜨자마자 달려나가지 뭐냐. 이따 여기서 만나자면서. 하여간 남자애들이란! 어머, 너희는 왜 힘이 없어 보이니?" 폴리 선생님이 둘에게 먹을 것을 쥐여주었다. "자, 어서 먹고 기운 내렴! 십 분 후부터 놀이기구를 탈 수 있대. 난 잠깐 거울 미로에나 가볼까 하고……"

"안 돼요." 윌이 말렸다.

"뭐가 안 된다는 거니?" 폴리 선생님이 물었다.

"거울 미로요." 윌은 마른침을 삼켰다. 몇 겹씩 끝없이 이어지는 거울을 바라보았다. 저끝까지는 닿을 수도 없을 듯했다. 싸늘한 무언가가 입장객들을 눈빛만으로 죽이려고 기다리고 있는 듯했다. "선생님." 윌은 자기 말이 스스로도 이상하게 들린다고 생각하며 말했다. "저 안에 들어가지 마세요."

"왜?"

짐이 유심히 윌을 쳐다보았다. "왜 안 되는데? 말해봐."

"길을 잃을 테니까요." 윌이 자신 없는 목소리로 대답했다.

"그렇다면 더 들어가봐야지. 로버트가 멋대로 돌아다니다 헤맬지도 모르니 내가 귀를 잡고 끌어내야……"

"저 안에," 족히 수백만 킬로미터는 될, 끝이 보이지 않는 거울 미로에서 윌은 시선을 뗄 수 없었다. "뭐가 헤엄치고 있을지 몰라요……"

"헤엄?" 폴리 선생님이 웃음을 터뜨렸다. "기발한 생각을 다 하는구나, 윌! 그럴지도 모르지만, 난 늙은 물고기니까……"

"폴리 선생님!"

월의 만류에도 폴리 선생님은 손을 흔들고 입구 앞에서 한 발 내디뎌 그대로 거울의 바다 속으로 들어가버렸다. 선생님의 모습은 처음에는 가만있다가 이리저리 흔들리며 깊이 더 깊이 가라앉았다. 그리고 마침내 은빛 거울의 파도 속에서 회색 점이 되어 사라졌다.

짐이 월의 팔을 잡으며 물었다. "아까 왜 그랬어?"

"저 거울 때문이야, 짐! 저것만은 도무지 마음에 안 들어. 어젯밤 광경과 바뀌지 않은 게 저거 하나뿐이잖아."

"바보 같기는. 지금은 훤한 대낮이야." 짐이 콧방귀를 뀌었다. "미로라고 해봤자……" 그러다 갑자기 말끝을 흐렸다. 키 높은 거울에서 얼음 창고처럼 차가운 공기를 맡은 것이다.

"짐, 왜 그래?" 월이 물었다.

짐은 묵묵히 거울만 바라보았다. 그러다 잠시 후 목덜미를 어루만지며 "아, 진짜네!" 하고 놀란 듯 말했다.

"뭐가?"

"머리카락! 책에서 맨날 그러잖아. 무서운 책에 보면, 머리카락이 곤두선다는 얘기가 나와. 그런데 지금 내 머리카락이 그래!"

"엇, 짐, 내 머리카락도 그래!"

목덜미에 섬뜩하고 서늘한 소름이 돋고 잔털 하나하나까지 바짝 세운 채 둘은 우두커니 서 있었다.

눈앞에 빛과 그림자가 일렁거렸다.

폴리 선생님이 둘, 넷, 열두 개까지 늘어나 둘을 반겼다.

그중 어느 것이 진짜인지 알 수 없어 하나하나 손을 흔들었다.

하지만 그중 어느 것도 둘을 바라보거나 손을 흔들어주지 않았다. 폴리 선생님은 무작정 걷기만 했다. 차가운 거울을 손끝으로 더듬으며 계속 나아갔다.

"폴리 선생님!"

카메라 플래시의 섬광을 마주한 듯 폴리 선생님의 눈이 크게 뜨였다가 조각상처럼 하얗게 변했다. 거울 바다 저 깊은 곳에서 선생님이 뭐라고 말했다. 울먹였다. 슬픈 듯 소리쳤다. 이윽고 크게 울부짖으며 고함을 질렀다. 양손의 손톱을 갈고리처럼 구부린 채 빛에 눈이 먼 나방처럼 연신 들이받으며 머리와 팔꿈치를 부딪혔다.

"세상에! 도와줘요! 도와주세요!"

짐과 윌이 미로로 뛰어들었다. 자신들의 창백한 얼굴과 휘둥그레한 두 눈이 거울에 비쳤다.

"폴리 선생님, 여기예요!" 짐이 힘껏 소리쳤다.

"이쪽이에요!" 윌도 소리쳤지만 보이는 건 차가운 거울뿐이었다.

그때 어디선가 손 하나가 튀어나왔다. 힘이 다하기 전에 치켜든, 나이든 여자의 손이었다. 절박하게 뭐든 잡아내려던 손이 윌에게 닿았다. 폴리 선생님은 그대로 윌을 잡아당겼다.

"윌!"

"짐! 짐!"

짐이 윌을 붙잡고, 윌은 폴리 선생님을 붙잡은 채 소리 없이 밀려드는 황량한 거울 바다의 파도에서 끌어냈다.

셋은 햇빛이 비치는 바깥으로 나왔다.

폴리 선생님은 상처 난 뺨에 한 손을 가져다대며 뭐라고 울먹이더니, 짧게 웃음을 터뜨렸다가 숨을 몰아쉬며 눈물을 훔쳤다.

"고맙다, 월, 짐. 너희 아니었으면 익사할 뻔했구나! 정말이지…… 그래, 월, 네 말이 맞았어! 맙소사, 그 여자 봤니? 젊은 여자가 가엾게도 저 안에서 물에 빠졌어. 어쩌면 좋니…… 가서 구해줘야 해, 우리가 가서 구해야 해!"

"선생님, 저 팔이 아파요." 월은 팔뚝의 살을 파고들 정도로 꼭 쥔 선생님의 손을 떼어냈다. "그리고 안에는 아무도 없어요."

"내가 봤는데 무슨 소리야! 제발! 가서 봐! 그 여자를 구해야 해!"

월은 미로 입구로 뛰어들어가려다 멈추었다. 검표원 남자가 경계의 눈초리로 물끄러미 쳐다보았다. 월은 다시 폴리 선생님에게로 돌아갔다.

"맹세할 수 있어요. 선생님 말고 저기 들어간 사람은 아무도 없어요. 제 잘못이에요. 제가 농담으로 헤엄이니 어쩌니 하는 바람에 선생님이 착각하셔서 무서워진 거예요……"

폴리 선생님은 손등을 잘근잘근 씹었다. 월의 얘기를 듣는지 마는지 알 수 없었다. 그러다 깊은 바다에서 숨막히는 두려움에 떨며 희망마저 버렸다가 겨우 목숨을 건진 듯한 목소리로 절규했다.

"아무도 없다고? 분명히 바닥에 가라앉아 있었어! 가엾게도. 게다가 내가 아는 사람이야. 그래서 말했지. '아는 얼굴이네!' 그러고는 손을 흔들었더니 그 사람도 흔들었어. '안녕!' 나는 그쪽으로 가려고 달렸어! 그러다가 넘어졌어. 그 사람도 넘어졌지. 수십 명, 수천 명이 같이 넘어졌어. '기다려!' 내가 말했어. 아, 그 여자는 아주

곱고 사랑스럽고 젊었어. 그런데 이상하게 겁이 났어. '여기서 뭐 하는 거야?'라고 물었더니 그 사람이 이렇게 말한 것 같아. '난 진짜고, 넌 가짜야!' 그리고 깊은 물속에서 웃으며 미로 안쪽으로 사라져버렸어. 우리가 가서 찾아야 해! 안 그러면⋯⋯"

월에게 붙잡혀 숨을 몰아쉬던 그녀가 갑자기 조용해졌다.

보이지 않는 상어를 찾듯 차가운 거울 미로를 들여다보던 짐이 불쑥 물었다.

"선생님, 그 사람이 어떻게 생겼어요?"

폴리 선생님은 가늘지만 침착한 목소리로 대답했다.

"실은⋯⋯ 나를 닮았어. 아주, 아주 오래전의 나. ⋯⋯아, 그만 집에 가야겠구나."

"선생님, 저희도."

"아니. 너희는 여기 있어. 난 괜찮아. 재미있게 놀렴."

그리고 폴리 선생님은 길을 따라 천천히 혼자서 걸어갔다.

근처에서 몸집 큰 짐승이 소변을 봤는지 암모니아 냄새 섞인 바람이 불어왔다.

"나도 그만 갈래!" 월이 말했다.

"월, 해가 질 때까지 여기서 기다렸다가 어두워지면 자세히 알아보자. 혹시 겁먹었냐?"

"그건 아니지만⋯⋯" 월은 중얼거렸다. "저 미로에 들어갈 사람이 또 있을까?"

짐은 바닥이 보이지 않을 만큼 깊은 거울 바다를 노려보았다. 지금은 흐릿한 빛을 스스로 반사하며 공허함만을 무수히 쌓아올리고 있었다.

"없을 거야." 짐은 심장이 두 번 뛴 뒤에 덧붙였다. "……아마
도."



16



해 질 무렵, 나쁜 일이 일어났다.

짐이 사라진 것이다.

정오를 지나 오후까지 둘은 함성을 지르며 카니발 놀이기구의
절반을 탔고, 지저분한 우유병을 쓰러뜨리고, 큐피 인형을 맞히고,
낙엽 섞인 톱밥을 밟고 사람들 사이를 누비면서 냄새를 맡고, 소리
를 듣고, 구경을 다녔다.

그러던 중에 갑자기 짐이 사라졌다.

윌은 짐이 가 있을 곳이 짐작되었기에 누구에게 물어볼 생각도
하지 않고, 뒤늦게 찾아온 구경꾼들 사이를 헤치고 곧바로 거울 미
로 쪽으로 향했다. 하늘이 짙은 자주색으로 변해가고 있었다. 거울
미로에 다다른 윌은 10센트를 내고 안으로 들어가며 나지막이 한
번 불렀다.

"……짐……?"

짐은 차가운 거울 파도에 반쯤 삼켜진 듯 서 있었다. 절친한 친
구를 멀리 떠나보내고, 그가 언제 다시 돌아올지 모른 채 홀로 해
변에 버려진 것처럼. 오 분 전부터 속눈썹 하나 까딱하지 않은 듯

한 눈빛으로 앞을 응시하며 입을 반쯤 벌린 채, 다음 파도가 다가와 다른 것을 보여주기를 멍하니 기다리는 것 같았다.

"짐! 거기서 나와!"

"월……" 짐이 희미하게 한숨을 내쉬었다. "날 그냥 내버려둬."

"왜 그러는데!" 월은 한 발 크게 내디뎌 짐의 허리띠를 붙잡아 끌어냈다. 질질 끌려나오면서도 짐은 자기가 미로에서 빠져나오고 있다는 사실조차 모르는 듯, 보이지 않는 무언가에게 혼이 팔려 계속 중얼거렸다. "아, 월, 제발, 월, 월……"

"이 바보야! 집에 데려다줄게!"

"뭐, 뭐? 뭐라고?"

바깥공기가 차가웠다. 하늘의 자줏빛이 더 짙어졌고, 얼마 없는 구름이 저무는 해를 안고 붉게 타올랐다. 그 석양이 달뜬 짐의 두 뺨에, 벌린 입에, 진녹색으로 빛나는 휘둥그레한 두 눈에 불을 질렀다.

"짐, 안에서 뭘 봤어? 폴리 선생님이랑 같은 거 봤어?"

"뭐, 뭐가?"

"자꾸 이러면 콧잔등 깨놓을 줄 알아! 정신 차려!" 월은 열에 들뜬 듯 저항 한번 하지 않고 순순히 끌려나온 친구를 마구 흔들며 다그쳤다.

"말할 수 없어, 월, 말해도 못 믿을 거야, 그래서 말할 수 없어, 저 안에는, 아, 저 안에는, 저 안에는……"

"그만해!" 월이 짐의 팔을 후려쳤다. "아까는 폴리 선생님이 문제더니, 그런다고 무서워할 줄 알고! 야, 이제 저녁 먹을 시간이야. 빨리 안 가면 우리가 죽어서 어디 묻혔나 하시겠다!"

부엽토가 깔린 들판에서 건초 냄새가 풍겼다. 둘은 카니발 천막을 뒤로하고 마른 풀을 밟으며 성큼성큼 걸어갔다. 마지막 태양빛이 땅 밑으로 숨었다. 윌은 마을 쪽을 보았지만 짐은 어둠에 묻히는 카니발 천막의 깃발을 자꾸만 뒤돌아보았다.

"윌, 우리 다시 오자. 오늘밤에……"

"가려거든 너 혼자 가."

짐이 걸음을 멈추었다.

"나 혼자 가게 둔다고? 우린 항상 함께잖아, 윌. 날 보호해줘야지."

"누가 누굴 보호한다는 거야." 윌은 피식 웃었지만 짐의 진지한 눈빛을 보고 더는 웃을 수 없었다. 마지막 남은 거친 태양빛이 짐의 입가에, 가는 콧구멍에, 갑자기 깊어진 두 눈에 머물다가 점차 사라졌다.

"항상 나랑 함께할 거지, 윌?"

짐이 따뜻하게 속삭이며 오래되고 익숙한 대답을 이끌어냈다. 그래, 물론이지. 너도 알잖아.

그리고 다시 걸음을 옮기려 할 때, 둘은 시커먼 흙덩어리 같은 가죽가방에 발이 걸려 요란한 소리를 내며 비틀거렸다.


## 17


둘은 한동안 제자리에 서서 커다란 가죽가방을 내려다보았다.

윌이 슬쩍 가방을 발로 차자 금속끼리 부딪혀 절그럭대는 소리
가 났다.

"아, 그 피뢰침 장수 가방이다!" 윌이 말했다.

짐은 가죽가방 안쪽으로 손을 집어넣어 쇠막대를 하나 꺼냈다.
십자가와 초승달 모양 장식, 키메라*, 송곳니를 드러내고 눈알을
부라리는 이끼색의 중국 용, 그 밖에 사람들을 지켜주는, 적어도
그렇다고 전해지는 전 세계의 상징물이 달린 쇠막대가 손에 기묘
한 무게감과 의미를 전해주었다.

"폭풍우가 오지도 않았는데 떠나버린 모양이네."

"어디로? 그런데 가방은 왜 여기 뒀을까?"

그들은 카니발로 시선을 돌렸다. 바람에 물결치는 천막 천이 황
혼에 붉게 물들었다. 저녁의 어둠이 그 위에 차갑게 깔려 있었다.
집으로 향하는 차량의 행렬이 피곤한 듯 경적을 울렸고, 자전거에
탄 아이들은 휘파람을 불며 개를 불렀다. 곧 밤이 길 위를 지배하
고, 대관람차의 검은 그림자가 별을 뒤덮을 것이다.

짐이 말했다. "사람은 자신의 생계수단을 아무렇게나 팽개치지
않아. 이건 그 아저씨의 전부잖아. 뭔가 중대한 일이 생겨서……"
그러다 목소리를 낮추었다. "그래서 가방을 챙기는 걸 잊고 떠난
것 같아."

"그렇게 중대한 일이 뭐길래?"

"글쎄……" 짐은 황혼에 비친 친구의 얼굴을 신기한 듯 바라보

---

* 그리스신화에 나오는 머리는 사자, 가슴은 양, 꼬리는 뱀인 괴물.

았다. "그걸 누가 알겠냐. 직접 알아내는 수밖에. 전부 수수께끼 같아. 폭풍우에 대비해 피뢰침을 파는 남자. 두고 간 가방. 지금 알아내지 않으면 영원히 모를 거야."

"짐, 십 분 후면……"

"그래! 길이 완전히 어두워지겠지. 다들 저녁을 먹으러 집에 가고 없을 거야. 멋지지 않아? 우리만 여기 남는다는 게! 다시 돌아가자고!"

둘은 거울 미로 앞을 지나며 수많은 짐과 수많은 윌, 두 군대가 서로 충돌하며 녹아들어 사라지는 광경을 보았다. 카니발의 군중도 마찬가지로 전부 사라졌다.

환한 방에서 따뜻한 음식 앞에 앉아 있을 마을의 다른 아이들을 생각하며 두 소년은 어스름이 깔린 야영지에 섰다.


## 18


천막 앞에는 붉은 글씨로 고장! 출입금지!라고 쓰여 있었다.

"이거 종일 붙어 있더라. 난 못 믿겠어." 짐이 말했다.

둘은 바람에 메마른 신음소리를 내는 떡갈나무 아래의 회전목마를 조심스레 살폈다. 놋쇠 창으로 척추를 관통당한 말, 염소, 영양, 얼룩말 따위가 단말마의 고통에 입을 일그러뜨린 채, 두려움에 물든 눈으로 자비를 구하고 공포에 물든 이빨로 복수를 다짐하며 둥글게 늘어서 있었다.

"고장난 거 같지 않은데."

짐이 사슬 울타리를 느긋하게 뛰어넘더니 광란의 마법에 영원히 묶인 짐승들이 줄지은 달처럼 거대한 회전판으로 뛰어올랐다.

"짐!"

"월, 이건 오늘 못 타봤잖아. 그러니까……"

갑자기 짐이 휘청했다. 기이한 세계가 가냘픈 그의 몸을 태우고 움직이기 시작한 것이다. 짐은 놋쇠 창의 숲에서 포효하는 짐승들 사이로 유유히 들어가 어스름처럼 짙은 자주색 종마에 훌쩍 올라탔다.

"야, 거기 꼬마!"

제어장치 쪽 어둠 속에서 한 남자가 일어섰다.

"짐!"

남자는 증기오르간 파이프와 달처럼 말간 북 사이의 그림자에서 팔을 뻗어 짐을 붙잡고는 높이 들어올렸다.

"도와줘, 월, 도와줘!"

월이 목마들 사이로 달려갔다.

남자는 여유롭게 미소 지으며 다른 쪽 팔로 월을 붙잡아 짐과 나란히 들어올렸다. 둘은 불타는 듯한 남자의 붉은 머리카락과 푸르게 빛나는 눈동자, 울퉁불퉁한 팔 근육을 멍하니 내려다보았다.

"고장이라고 써놨는데, 글도 못 읽냐?" 남자가 말했다.

"애들 내려놔." 누군가가 부드러운 목소리로 만류했다.

짐과 월은 대롱대롱 매달린 채 사슬 울타리 너머에 있는 키 큰 남자를 쳐다보았다.

"내려놔." 남자가 다시 한번 말했다.

둘은 사납지만 불평이라곤 할 줄 모르는 짐승들의 숲을 빠져나와 다시 흙바닥으로 내려왔다.

"저희는 그냥……" 월이 입을 열었다.

"호기심 때문이었지?" 부드러운 목소리의 남자는 키가 가로등만큼 컸다. 달 표면처럼 울퉁불퉁하고 창백한 얼굴이 은은하게 빛을 발하는 느낌이 들 정도였다. 조끼는 갓 흘러나온 피 같은 진홍색이지만 눈썹과 머리카락과 정장은 감초처럼 검었고, 넥타이핀에 박힌 태양빛 보석은 그의 눈과 같은 색으로 수정처럼 빛났다. 하지만 순간적으로 월의 눈길을 사로잡은 건 남자의 정장이었다. 멧돼지 털처럼 기다란 가시나무, 시계 용수철처럼 뻣뻣한 머리카락, 억세게 빛나는 검은 삼베로 지은 것처럼 보였기 때문이다. 저런 걸 입고 있으면 온몸이 찔려서 괴로워하며 누구든 비명을 지르면서 벗어던져야 할 것 같았다. 그러나 그는 가시투성이 정장을 입고도 평온을 잃지 않은 채 달처럼 침착하게 서서 노란 눈으로 짐의 입을 보고 있었다. 월에게는 눈길 한번 주지 않았다.

"내 이름은 다크."

그가 팔을 휘둘러 하얀 명함을 꺼냈다. 이어서 파랗게 변했다.

휘릭. 빨강이 되었다.

휙. 나무에 달랑달랑 매달린 녹색 남자 그림이 명함에 나타났다.

탁. 스읔.

"다크라고 한다. 저기 서 있는 붉은 머리카락 친구는 '쿠거'라고 하지. 쿠거와 다크가……"

팟, 탁, 스윽.

희고 네모난 명함에 이름이 나타났다 사라졌다.

"……함께하는 그림자 쇼……"

탁. 쉬익.

이번에는 버섯 마녀가 싹이 난 허브 단지를 국자로 휘젓는 그림이 나왔다.

"……그리고 대륙을 아우르는 아수라장 극단……"

그가 짐에게 명함을 건넸다. 거기에는 이렇게 적혀 있었다.


우리 전문분야:

살짝수염벌레를 조사하고 광내고 수선하기.


짐은 차분하게 명함을 읽었다. 그리고 차분하게 온갖 보물이 가득한 주머니를 뒤적거려 무언가를 꺼냈다.

손바닥에는 죽은 갈색 곤충이 있었다.

"여기요. 이거 고쳐주세요."

짐의 말에 다크가 웃음을 터뜨렸다. "멋지구나! 기꺼이 해주마!" 그가 손을 내밀자 소매가 살짝 올라갔다.

그 아래로 밝은 보라색, 검은색, 녹색, 번개처럼 푸른색으로 그려진 뱀장어와 애벌레, 라틴풍 소용돌이가 엿보였다.

"우왓! 아저씨가 몸에 그림을 그린 남자군요!" 윌이 외쳤다.

"아니야." 짐이 낯선 남자를 유심히 바라보며 말했다. "문신한 사나이라고 해야지. 그냥 그림이랑은 달라."

다크가 흡족한 듯 고개를 끄덕였다. "꼬마야, 네 이름은 뭐지?"

'말하지 마!' 월은 속으로 외쳤다가 문득 의아해졌다. '왜 안 되지? 안 될 이유가 뭔데?'

짐은 입을 꾹 닫고 있다가 대답했다.

"사이먼이에요."

그러고는 그 이름이 가짜라고 알려주듯 미소를 지었다.

다크도 알고 있다는 듯 미소 지었다.

"다른 것도 보여줄까, 사이먼?"

짐은 순순히 응하고 싶지 않아서 가만있었다.

다크는 만족스러운 듯 입가에 미소를 띠고 천천히 소매를 팔꿈치까지 걷어올렸다.

짐은 시선을 집중했다. 다크의 팔이 사냥감을 노리는 코브라처럼 사방으로 꿈틀거렸다. 주먹을 꼭 쥐고 손가락을 움직이자 팔 근육이 춤을 추었다.

월은 당장 도망가고 싶었지만 짐을 생각하면 가만히 지켜보는 수밖에 없었다. 짐!

짐과 키 큰 남자는 늦은 밤 어두운 상점 진열창에 비친 자신의 모습을 보듯 서로 마주보았다. 키 큰 남자의 가시투성이 정장 그림자가 짐의 두 뺨을 검게 물들이고, 고양이처럼 예리한 짐의 초록 눈을 먹구름 가득한 하늘처럼 흐리게 했다. 짐은 장거리를 달린 선수처럼 입에서 열기를 토하며 뭔가를 원하는 듯 양손을 활짝 펼쳤다. 다크는 그런 짐에게 선물을 주듯 맥박이 씰룩이는 손목의 차가운 피부 위로 갖가지 그림들을 이상한 무언극처럼 펼쳐 보였다.

짐은 그것들을 뚫어져라 쳐다보았지만 윌은 그러지 못했다. 마지막까지 카니발을 구경하던 사람들이 각자 몰고 온 따뜻한 차를 타고 마을로 돌아가고 있었다. 마침내 짐이 들릴 듯 말 듯한 소리로 "와……"라고 내뱉자 다크가 소매를 내렸다.

"쇼는 끝났다. 저녁 먹을 시간이니까. 카니발은 일곱시까지 닫을 거야. 아무도 없어. 사이먼, 다음에 또 오려무나. 그때면 회전목마가 수리돼 있을 테니 타보렴. 그 티켓 가져가라. 무료이용권이다."

짐은 소매로 가린 다크의 손목에서 시선을 떼지 못한 채 티켓을 받아들어 주머니에 넣었다.

"또 와라!"

짐은 달려갔다. 윌도 따라 뛰었다.

달리던 짐이 뒤를 흘끗 돌아보는가 싶더니 아까처럼 또 어딘가로 사라져버렸다.

뒤따라온 윌은 나무 위를 올려다보았다. 짐은 큰 가지에 매달려 숨어 있었다. 윌은 뒤를 돌아보았다. 다크와 쿠거는 이쪽에 등을 돌리고 회전목마를 살피느라 여념이 없었다.

"얼른 올라와, 윌!"

"거긴 왜……?"

"저 사람들한테 들키겠다. 빨리 뛰어!"

윌은 뛰어올랐다. 짐이 팔을 잡고 끌어올려주었다. 커다란 나무가 흔들렸다. 바람이 울부짖으며 하늘을 지나갔다. 윌은 짐의 도움으로 겨우 올라와 가지를 붙잡았다.

"짐, 이러다가 또 혼나!"

"쉿! 저기 좀 봐!" 짐이 속삭였다.

회전목마 쪽에서 나무며 놋쇠를 두드리는 소리, 증기오르간이 이상하게 끽끽대는 소리가 들렸다.

"그 사람 팔에 있던 건 뭐야, 짐?"

"그림이야."

"그러니까, 무슨 그림이냐고."

"그게……" 짐은 눈을 감았다. "음…… 뱀이었어. 맞아, 뱀." 그러나 눈을 뜨고도 윌을 보려고는 하지 않았다.

"알았어, 말하기 싫은 거지?"

"말했잖아, 윌. 뱀이라고. 못 믿겠으면 나중에 너한테도 보여주라고 할게, 됐지?"

'아니, 보고 싶지 않아.' 윌은 속으로 대답했다.

텅 빈 길바닥의 톱밥 위에 찍힌 무수한 발자국을 내려다보다가 윌은 문득 지금이 낮 열두시보다 밤 열두시에 훨씬 가깝다는 사실을 깨달았다.

"난 집에 갈래……"

"가려면 가. 거울 미로, 폴리 선생님, 버려진 가죽가방, 사라진 피뢰침 장수, 춤추는 뱀 그림, 고장 안 난 회전목마가 앞에 있는데도 집에 가고 싶다는 거지? 그래, 친구야. 잘 가라."

"나는……" 내려가려던 윌이 그 자리에 얼어붙었다.

"이상 없나?" 나무 아래서 소리가 들렸다.

"이상 없습니다!" 길 끝에서 또 누군가가 소리쳤다.

다크가 나무에서 15미터도 떨어지지 않은 회전목마 매표소 옆빨간색 제어장치 쪽으로 가더니 사방을 날카롭게 노려보던 시선을 나무 쪽으로 돌렸다.

둘은 몸을 잔뜩 움츠리고 나뭇가지에 매달렸다.

"시작하자!"

쿠궁 소리와 함께 놋쇠 창이 오르락내리락하고 회전목마가 돌아갔다.

'고장이라서 못 탄다고 했는데!' 윌이 생각했다.

흘끗 보자 짐이 흥분한 듯 회전목마를 가리키고 있었다.

회전목마가 돌고 있다. 그런데……

거꾸로 돌고 있었다.

회전목마 안에 달린 작은 증기오르간이 초조한 종마의 몸통을 북삼아 두드리고, 보름달처럼 생긴 심벌즈를 치고, 따닥따닥 캐스터네츠를 치고, 갈대 피리, 호루라기, 바로크 플루트를 불며 흐느껴 우는 듯한 소리를 냈다.

'음악도 거꾸로야!' 윌은 생각했다.

윌의 마음을 읽기라도 한 듯 다크가 고개를 돌려 나무를 흘끗 올려다보았다. 바람이 시커먼 신음을 내며 가지를 흔들었다. 다크는 어깨를 으쓱하며 시선을 거두었다.

회전목마는 삐걱거리며 점점 빠르게 거꾸로 돌아갔다!

불타는 듯한 붉은 머리카락과 푸른 불꽃 같은 눈동자의 쿠거가 걸어나오며 주의깊게 마지막 점검을 했다. 그러고는 윌과 짐이 숨은 나무 아래에 와서 섰다. 윌이 침을 뱉으면 곧장 머리로 떨어질 만한 위치였다. 그때 증기오르간이 끔찍한 죽음을 맞듯 갑자기 절규에 가까운 비명을 내질렀다. 멀리 시골 마을의 개들도 따라 짖었다. 그 소리에 쿠거가 달려나가더니 어딘지 알 수 없는 목적지를 향해 꼬리를 앞으로, 머리를 뒤로 두고 끝없이 밤을 질주하는 짐승들의 세계로 뛰어들었다. 놋쇠 기둥을 하나하나 두드리며 나아가다가 한 자리에 앉았다. 억세고 붉은 머리털, 분홍빛으로 상기된 얼굴, 믿을 수 없을 만큼 날카로운 푸른 눈을 가진 그가 가만히 앉아 있는 동안, 회전목마는 계속 거꾸로 돌고 음악은 그에 따라 숨을 들이마시는 듯한 괴상한 소리를 냈다.

'저 음악은 뭐지?' 윌은 생각했다. '거꾸로 연주된다는 걸 난 어떻게 아는 거지?' 윌은 나뭇가지를 꼭 붙잡고 음악을 기억해 머릿속으로 다시 거꾸로 읊어보려 했다. 그러나 심벌즈와 북소리에 가슴이 두근거리고, 심장이 세게 뛰고, 맥박마저 거꾸로 뛰는 듯하고, 온몸의 피가 역행하는 기분에 자칫 나무에서 떨어질 것만 같아 결국 창백한 얼굴로 가지를 붙잡고는 거꾸로 도는 기계와 그 옆의 제어장치를 유심히 조종하는 다크의 모습에만 집중했다.

뭔가 새로운 변화가 일어났음을 먼저 알아챈 건 짐이었다. 윌을 발로 툭 차서 쳐다보게 하고는, 회전목마 위에서 이쪽으로 다시 돌아오는 남자를 보라는 듯 흥분해서 고갯짓을 했다.

쿠거의 얼굴이 분홍색 밀랍처럼 녹아내리고 있었다.

양손도 인형처럼 작아졌다.

뼈가 오그라들고, 입고 있는 것도 그에 따라 점점 줄어들었다.

한 바퀴 돌아 다시 나타날 때마다 얼굴이 더 많이 녹아 있었다.

윌은 짐이 회전목마의 방향대로 고개를 돌리는 걸 보았다.

과거로 거슬러가는 기분 나쁜 꿈처럼 회전목마는 계속 역회전했다. 뒤로 질주하는 짐승을 음악이 헐떡이며 쫓아가고, 쿠거는 빛과 그림자처럼 명백하게 시시각각 젊어져갔다. 젊어지고 어려지기만 했다.

회전목마가 한 바퀴 돌 때마다 그의 뼈는 다 녹은 초처럼 작아져 나이에 맞게 변했다. 불타는 별자리와 아이들이 숨어 있는 나무를 가만히 바라보며 멀어질 때마다 코가 더 작아지고, 밀랍처럼 부드러운 귀는 작은 분홍색 장미 꽃잎처럼 변했다.

거꾸로 가는 이 여행을 시작할 때 마흔 살이던 쿠거는 사라지고 열아홉 살 청년만 남았다.

말과 기둥과 음악이 역행하는 퍼레이드에 맞춰 중년 남자는 청년이 되고, 청년은 다시 눈 깜짝할 사이 소년으로 변했다.

쿠거는 열일곱, 열여섯 살이 되었다……

하늘과 나무 아래의 회전목마가 거꾸로 돌 때마다 윌은 그저 눈을 크게 뜨고 뭐라고 중얼거릴 뿐이었지만 짐은 횟수를 세고 있었다. 태양빛 놋쇠의 마찰과 미친듯이 역회전하는 짐승들의 열기에 밤공기가 한여름처럼 뜨거워지고, 밀랍 인형은 점점 녹아내려 씻겨갔다. 이윽고 기괴한 음악이 멎고 사방이 쥐죽은듯 잠잠해졌다. 증기오르간이 끽끽대던 소리를 멈추고, 회전목마는 사막의 모래가 아라비아 모래시계를 채우듯 희미한 흐느낌만 남기고 해초가 너울대는 바다 위에 정지했다.

이제 하얀 나무의자에 앉아 있는 사람은 몸집이 아주 작았다.

쿠거는 열두 살이 되었다.

'말도 안 돼.' 윌이 입모양으로 말했다. '저럴 수가.' 짐도 마찬가지였다.

정적이 흐르는 짐승들의 세계에서 작은 그림자가 내려왔다. 얼굴은 그림자에 가려 보이지 않았지만, 예리한 카니발 램프에 비춰진 손이 갓난아기처럼 분홍색으로 빛나고 있었다.

어른인 동시에 소년인 기묘한 남자는 주위에 퍼진 공포와 두려움의 기척을 맡듯 코를 킁킁거리며 사방을 둘러보았다. 윌은 몸을 잔뜩 움츠리고 눈을 감았다. 소년의 무시무시한 눈빛이 다트 화살처럼 나뭇잎을 뚫고 날아와 머리를 스쳐간 기분이 들었다. 잠시 후작은 그림자는 텅 빈 길 저쪽으로 토끼처럼 재빨리 뛰어갔다.

짐은 나뭇잎을 제치고 회전목마 쪽을 살폈다.

다크 역시 밤의 고요 속으로 사라지고 없었다.

나무에서 내려와 땅에 발을 디디기까지 짐은 영원에 가까운 시간이 흐른 기분이었다. 윌도 따라 내려와 섰다. 기이한 무언극에 마음이 요동친 것으로 모자라, 짙은 어둠 속에서 미지의 세계를 목격하고 말았다는 생각에 둘은 서로의 팔을 붙잡고 부들부들 떨었다. 소년의 그림자가 유혹하듯 초원을 가로지르는 모습을 보며 짐이 겨우 입을 열었다.

"윌. 나도 이만 집에 가고 싶어. 가서 저녁 먹고 싶어. 하지만 이미 봐버렸으니 늦었어! 더 자세히 보러 가야 해, 안 그래?"

"그래. 그래야 될 것 같아." 윌이 처량하게 대답했다.

저 앞에서 멀찌감치 달려가는 아이가 누구인지, 어디로 가는지도 모른 채 짐과 윌은 뒤를 쫓았다.

# 19

도로 저멀리 수채화처럼 엷은 마지막 빛을 드리우던 저녁해가 언덕을 넘어갔다. 짐과 윌이 쫓는 정체불명의 소년은 벌써 멀찌감치 앞쪽에서 어둠 속을 달리고 있었기에 이따금 가로등 빛에 작은 반점처럼 비칠 뿐이었다.

"스물여덟 번!" 짐이 숨을 헐떡이며 말했다. "스물여덟 번이었어!"

"회전목마가 돈 횟수 말이지?" 윌은 고개를 끄덕였다. "나도 셌는데 스물여덟 번 맞아! 게다가 거꾸로!"

앞쪽에서 달리던 아이가 뜀박질을 멈추고 뒤돌아보았다.

짐과 윌은 옆에 있는 나무 그림자에 몸을 숨기고 아이가 다시 달리기를 기다렸다.

'저거……' 윌은 생각했다. '왜 내가 사람을 '저거'라고 부르는 거지? 저 사람은 남자고 아이인데…… 아니야…… 무언가가 변형된 거야. 그래, 그게 맞아.'

마을로 들어서다 짐과 윌은 속도를 늦추어 걷기 시작했다. 윌이 말했다. "짐, 내 생각엔 회전목마에 처음부터 두 명이 타고 있었던 것 같아. 쿠거 아저씨랑 저애……"

"아니야. 내가 계속 보고 있었어!"

둘은 이발소 앞을 지나갔다. 윌은 창문에 붙은 안내문을 보았지만 별생각은 하지 않았다. 간판 글자를 읽었지만 바로 잊어버렸다. 오직 앞서 가는 아이 생각뿐이었다.

"앗! 칼페퍼가로 가고 있어! 서둘러!"

둘은 모퉁이를 돌았다.

"어, 사라졌어!"

가로등 빛이 길게 뻗어 있을 뿐 거리에는 아무도 없었다.

아이들이 돌차기 놀이를 하느라 분필로 그려놓은 동그라미 안에서 낙엽이 바람에 빙빙 돌고 있었다.

"월, 여긴 폴리 선생님이 사는 동네야."

"맞아, 네번째 집. 그렇지만……"

짐은 산책이라도 나온 듯 양손을 주머니에 찔러넣고 휘파람을 불며 느긋하게 걸었다. 월도 옆에서 따라갔다. 이윽고 폴리 선생님의 집 앞에 다다르자 둘은 곁눈질로 그곳을 살펴보았다.

어렴풋한 조명을 밝힌 정면 창문에서 누군가가 바깥을 내다보고 있었다.

"월! 저애야……" 짐이 나지막이 말했다.

"선생님 조카 같은데……?"

"조카는 무슨! 얼른 고개 돌려. 입모양을 보고 우리가 하는 얘기를 알아챌지도 몰라. 저애 얼굴 봤어? 눈 봤냐고! 사람의 눈은 나이를 먹어도 변하지 않는 법이야. 여섯 살 때나 예순 살 때나 똑같아. 얼굴은 아이지만 저 눈은 확실히 쿠거 씨야!"

"설마!"

"정말이래도!"

둘은 튀어나올 듯이 박동하는 심장을 달래느라 멈춰 섰다.

"계속 걸어." 짐이 월의 팔을 잡아끌었다. "너도 쿠거 씨 눈 봤잖아? 양손으로 우리를 들어올려서 박치기시키려고 했을 때! 그리고 회전목마에서 내리는 그애도 봤잖아? 우리가 숨은 나뭇가지 쪽을 빤히 쳐다봤다고. 맙소사! 그 눈이 꼭 열린 용광로 문 같았어. 평생 못 잊을 거야. 그런데 그 눈이 지금 저 창문 안에서 여길 보고 있단 말이야. 자, 다시 돌아가자. 아무렇지 않게 천천히 선생님 집 앞으로 가는 거야…… 집안에 수상한 사람이 있다고 알려드려야지, 안 그래?"

"너는 폴리 선생님이나 저 집에는 관심도 없잖아!"

짐은 대꾸하지 않았다. 윌과 팔짱을 끼고 걸으며 눈을 한 번 깜빡일 뿐이었다. 초롱초롱한 녹색 눈동자를 눈꺼풀이 덮었다가 다시 걷혔다.

윌은 문득 오래전에 키웠던, 거의 잊고 지낸 개가 생각났다. 매년 몇 달은 얌전히 지내다가 한번씩 집을 나가곤 했다. 며칠 동안 밖에서 헤매다 군데군데 털이 빠지고 수척해진 모습으로 다리를 절뚝거리며 돌아오면 온몸에서 늪지와 쓰레기 냄새가 진동했다. 지저분한 여물통과 쓰레기통 안에서 실컷 구르다 온 모양새였다. 하지만 개는 아무렇지 않은 듯 입가에 뭐라 설명할 수 없는 미소를 띠고 있었다. 아버지는 철학자 이름을 따서 그 개를 '플라톤'이라고 불렀다. 눈만 보면 세상에서 모르는 게 없는 듯했기 때문이다. 집으로 돌아온 개는 다시 우아한 생활을 보냈다. 그리고 몇 달이 지나면 또 사라지는 것이었다. 지금 나란히 걸으며 짐의 눈동자를 보고 있던 윌은 짐이 그 개처럼 낑낑댄다는 착각이 들었다. 짐의 온몸에 빳빳한 털이 나고, 귀가 축 늘어지고, 코는 낯선 어둠의 냄새를 맡는 것 같았다. 아무도 맡지 못하는 냄새를 맡고, 다른 시간을 알려주는 시계의 소리를 들었는지도 모른다. 폴리 선생님의 집 앞에 다시 다다르자 짐은 혀를 이상한 모양으로 내밀고 아랫입술과 윗입술을 핥았다.

정면 창문에는 아무도 없었다.

"현관으로 가서 초인종을 누르자." 짐이 말했다.

"뭐? 그애랑 얼굴을 마주하자고?"

"당연한 소리. 이제 확인할 수 있잖아? 그애 앞발을 잡고 악수하고 눈을 똑바로 쳐다보는 거야. 만약 정말로 그 사람이 맞다면……"

"그 앞에서 폴리 선생님한테 경고하자는 거야?"

"바보야, 일단 확인만 하고 나중에 전화로 말하면 되잖아. 자, 올라가자!"

윌은 한숨을 쉬고는 짐에게 이끌려 현관으로 이어지는 계단을 올라갔다. 집안에 있는 아이가 쿠거 씨가 맞는지, 눈이 반딧불처럼 빛나는지 알고 싶으면서도 알고 싶지 않은 기분이었다.

짐이 초인종을 눌렀다.

"걔가 나오면 어떡해?" 윌이 말했다. "맙소사, 나 너무 무서워서 오줌이라도 지릴 것 같아. 넌 겁도 안 나? 어째서?"

짐은 전혀 떨리지 않는 양손을 내려다보았다. "그러고 보니 그렇네." 그리고 새삼스럽게 덧붙였다. "네 말이 맞아! 난 겁 안 나!"

현관문이 열렸다.

폴리 선생님이 얼굴을 내밀었다.

"짐! 윌! 반갑다."

"폴리 선생님, 괜찮으시죠?" 윌이 불쑥 물었다.

짐이 윌을 쏘아보았다. 폴리 선생님은 소리 내어 웃었다.

"안 괜찮을 게 뭐 있니?"

윌은 얼굴을 붉혔다. "그 괴상한 카니발 거울 미로 때문에……"

"아, 그랬지. 까맣게 잊고 있었네. 어쨌든 잘 왔다, 얘들아. 들어올래?"

선생님이 현관문을 활짝 열었다.

윌은 한 발을 들여놓다 말고 걸음을 멈추었다.

선생님 등뒤로 보이는 거실 입구에 진청색 구슬커튼이 뇌우처럼 달려 있었다.

빗방울 모양으로 꿰어진 커튼은 바닥까지 닿았고, 그 아래로 먼지투성이의 작은 신발 한 켤레가 삐죽 나와 있었다. 그 사악한 소년이 뇌우처럼 음침한 커튼 바로 뒤를 어슬렁거리고 있는 것이다.

'사악하다고?' 윌은 눈을 깜빡이며 생각했다. '왜? 왜 사악하지? 이유는, 그래. 소년이라서야.'

"로버트?" 폴리 선생님이 돌아서서 진청색 빗방울이 주룩주룩 떨어지는 듯한 구슬커튼 너머로 소년을 부르고는 윌의 손을 잡아 안쪽으로 부드럽게 이끌었다. "이리 와서 우리 학생들이랑 인사해."

빗줄기가 옆으로 벌어졌다. 바깥 날씨를 점검하듯 사탕처럼 매끈하고 작은 분홍색 손이 삐죽 나왔다.

'큰일이야! 내 눈을 보게 될 텐데.' 윌은 잔뜩 긴장했다. '거꾸로 도는 회전목마랑 그걸 탄 사람의 모습이 내 눈에 번개처럼 새겨져

있을 텐데!'

"폴리 선생님!" 윌이 외쳤다.

그 순간 폭풍우의 흐릿한 빗줄기를 헤치고 분홍색 얼굴이 쏙 나왔다.

"할 얘기가 있어요. 안 좋은 얘기요."

짐이 윌을 팔꿈치로 세게 찌르며 말을 막았다.

어두운 빗방울 사이로 소년이 나왔다. 작은 등뒤로 주룩주룩 비가 쏟아졌다.

폴리 선생님이 의아한 표정으로 바라보았다. 짐이 팔꿈치를 꽉 붙잡았지만 윌은 얼굴을 붉히고 우물쭈물하다 둘러댔다.

"크로세티 씨가요!"

갑자기 이발소 창문에 붙어 있던 안내문이 또렷이 생각났다. 조금 전 달려오면서 봤다가 금방 잊어버렸던 그 안내문이었다.


몸이 아파 휴업합니다.


"크로세티 씨가!" 윌은 다시 외쳤다가 재빨리 덧붙였다. "그분이…… 돌아가셨어요!"

"어머…… 그 이발사 말이니?"

"그 이발사 말이야?" 짐도 똑같이 되물었다.

윌은 고개를 돌리고 떨리는 손으로 머리를 가리켰다. "제 머리도 그 아저씨가 깎아주신 건데요, 방금 전 이발소 앞을 지나오는데 휴업한다고 붙어 있고, 사람들 얘기가……"

"정말 유감이구나." 폴리 선생님이 손을 뻗어 미지의 소년을 이끌며 말했다. "참 안됐어. 얘들아, 이애가 위스콘신주에서 온 우리 조카 로버트란다."

짐이 손을 내밀어 악수를 청했다. 로버트는 호기심어린 눈으로 그 손을 관찰하더니 불쑥 물었다. "왜 그렇게 나를 빤히 쳐다봐?"

"어디서 본 얼굴이라서."

'짐!' 윌은 속으로 경악해서 외쳤다.

"우리 삼촌이랑 닮았어." 짐은 침착함을 잃지 않고 상냥하게 말했다.

이내 로버트가 윌에게 시선을 돌렸다. 윌은 얼른 바닥으로 눈을 내리깔았다. 로버트라는 소년이 자기 눈 속에서 빙빙 돌아가는 회전목마를 볼까봐 겁이 났다. 그러면서도 회전목마가 돌 때 거꾸로 연주되던 곡을 흥얼거리고 싶은 괴상한 충동이 일었다.

'자, 똑바로 쳐다보는 거야!'

윌은 큰맘먹고 고개를 들어 소년을 바라보았다.

너무 무서워서 바닥이 푹 꺼지는 기분이었다. 작고 귀여운 소년의 얼굴이 핼러윈 가면처럼 분홍색으로 빛나고 있었지만 가면의 눈구멍 안에는 쿠거의 눈이 도사리고 있었다. 또렷하게 빛나는 푸른 별 같은, 여기 다다르기까지 백만 년은 걸릴 만큼 오래된 별빛 같은 눈이었다. 매끈한 밀랍 가면에 뚫린 작은 콧구멍에서 쿠거 씨의 숨결이 얼음처럼 차갑게 뿜어져나왔다. 가지런한 치아 뒤에서는 밸런타인데이 사탕 같은 혀가 꿈틀거렸다.

쿠거 씨가 눈구멍 뒤쪽 어딘가에서 소형 카메라 셔터를 눌렀다.

렌즈가 태양처럼 하얗게 폭발했다가 싸늘하게 타버리고 고요함을 되찾았다.

그가 짐에게 시선을 돌렸다. 깜빡-찰칵. 거리를 계산하고 초점을 맞추고 사진을 찍고 현상하고 말린 뒤 암흑 속에 보관했다. 깜빡-찰칵.

겉으로는 두 소년과 한 아주머니와 함께 거실에 서 있는 평범한 아이일 뿐이지만……

짐 역시 눈도 깜빡이지 않고 침착하게 그를 마주보면서 로버트라는 소년을 사진 찍듯 눈에 담았다.

"너희 저녁은 먹었니?" 폴리 선생님이 물었다. "막 먹으려던 참인데……"

"저희는 이제 가봐야 해요!"

월이 갑자기 소리치는 바람에 다들 놀란 듯 그를 쳐다보았다.

"짐……" 월이 말을 더듬었다. "집에 엄마 혼자 계셔서……"

"응, 그렇지." 짐은 마지못해 동의했다.

"그러면 말이야." 로버트가 주의를 돌리려는 듯 말끝을 흐렸다. 다들 그쪽을 보자 로버트의 가면 아래 숨은 쿠거가 조용히 깜빡-찰칵, 깜빡-찰칵 하고 사진을 찍으며 장난감 귀를 기울이고, 장난감처럼 예쁜 눈을 굴리고, 인형처럼 작은 입 속의 강아지 같은 혀를 움직여서 물었다. "나중에 후식 먹으러 와라, 응?"

"후식?"

"월라 고모랑 같이 카니발에 갈 거거든." 소년이 팔을 잡고 쓰다듬자 폴리 선생님이 초조하게 웃었다.

"카니발이라고?" 윌은 깜짝 놀라 소리쳤다가 얼른 목소리를 낮추었다. "폴리 선생님, 선생님은 낮에……"

"아까는 내가 바보 같았지 뭐니. 별거 아닌 것에 겁을 먹고." 폴리 선생님이 말했다. "토요일 밤이니까 구경하기에 딱이고, 조카 녀석에게도 재미난 걸 보여주려고."

"이따 같이 가지 않을래?" 로버트가 그녀의 손을 잡은 채 물었다.

"좋아!" 짐이 대답했다.

"짐." 윌이 옆에서 말렸다. "우리 온종일 돌아다녔잖아. 너네 엄마 몸도 안 좋으신데."

"그래, 깜빡했네." 짐은 뱀처럼 독을 품은 원망의 눈빛을 윌에게 보냈다.

팟. 로버트가 두 아이의 엑스레이 사진을 찍었다. 아마 따뜻한 피부 아래 차가운 뼈가 와들와들 떨리는 모습이 찍혔을 것이다. 그가 손을 내밀었다.

"그럼 내일 보자. 곁들이 쇼 천막 쪽에서."

"좋아!" 짐이 작은 손을 마주잡았다.

"그럼 가볼게요!" 윌은 뛰다시피 현관으로 가서 걱정스러운 얼굴로 선생님을 돌아보았다.

"폴리 선생님……"

"그래, 윌. 할말 있니?"

'그애랑 같이 가지 마세요. 카니발 근처에도 가지 말고 집에 계세요. 제발요!'

그런데 속마음과 달리 입에서는 다른 말이 나왔다.

"크로세티 씨가 돌아가셨어요."

폴리 선생님은 슬픈 듯 고개를 끄덕이며 윌이 눈물짓기를 기다려주었다. 그러나 그사이 윌은 짐을 끌고 나온 뒤, 두서없는 말을 주고받는 자신들을 연신 눈으로 찍는 분홍색 얼굴 소년과 폴리 선생님의 눈앞에서 현관문을 닫아버리고 10월의 어둠 속으로 뛰쳐나왔다. 머리 위 나무의 이파리가 바람에 흐트러지며 날아가는 모습을 보니 윌의 머릿속에서 다시 그 회전목마가 돌아가기 시작했다. 윌은 옆에 있는 짐을 다그치다시피 말했다. "짐, 너 아까 악수했지? 쿠거 씨랑! 설마 만나러 갈 건 아니지?"

"맞아, 쿠거 씨가 확실해. 눈을 보면 알아. 오늘밤 카니발에서 만나면 모든 수수께끼를 풀 수 있을 거야. 대체 너는 뭐가 걱정인 거야?"

"걱정은 무슨!" 둘은 현관 계단 아래서 소리 죽여 말다툼을 하면서 이따금 사람 그림자가 지나가는 창문을 올려다보았다. 그러다 윌이 문득 입을 다물었다. 회전목마의 증기오르간에서 흘러나오던 곡조가 갑자기 머릿속에서 똑바로 돌아갔다. 윌은 놀라서 실눈을 뜨고 말했다. "짐, 쿠거 씨가 어려지는 동안 증기오르간에서 나오던 곡 말이야……"

"응, 왜?"

"그거 〈장송행진곡〉이야! 그걸 거꾸로 연주한 거였어!"

"무슨 장송행진곡인데?"

"뭐긴! 쇼팽이 작곡한 거 말이야! 〈장송행진곡〉!"

"그걸 왜 거꾸로 연주했을까?"

"쿠거 씨는 무덤 쪽으로 행진하지 않고 점점 멀어진 거야. 맞잖아. 나이를 먹고 죽어가는 게 아니라 갈수록 어려지고 작아진 거니까."

"그렇네. 너 대단하다!"

"그래, 하지만……" 윌은 긴장해서 몸을 굳혔다. "저기 그 사람이 있어. 또 창문으로 보고 있어. 손 흔들어주자, 안녕! 이제 걸어가면서 태연하게 휘파람이나 불어. 쇼팽 곡은 부르지 말고, 제발……"

짐이 손을 흔들었다. 윌도 따라 했다. 그리고 함께 〈오 수재너〉를 휘파람으로 불었다.

높은 창문 안에서 그림자가 살짝 손을 흔들었다.

둘은 서둘러 그 자리를 벗어났다.


## 20


두 집에서는 저녁을 차려놓고 기다리고 있었다.

한 집에서는 부모 한 사람이 짐을 야단쳤고, 또 한 집에서는 부모 둘이서 윌을 나무랐다.

둘은 굶은 채 위층으로 올라갔다.

일곱시에 시작되었다가 몇 분 만에 끝난 일이었다.

방문이 쾅 닫히고 자물쇠가 걸렸다.

시계가 똑딱거렸다.

월은 문 앞을 서성였다. 전화를 걸려면 방에서 나가야 한다. 어찌어찌 나가서 건다고 해도 폴러 선생님이 받지 않을 수 있다. 지금쯤 마을 밖으로 나갔을지도 모르니까…… 맙소사! 전화가 연결된다 한들 뭐라고 말할 수 있을까? 지금 옆에 있는 아이가 실은 조카가 아니라고? 그 소년이 실은 소년이 아니라고? 웃지 않을까? 웃을 것이다. 외모만으로는 꼼짝없이 조카처럼, 소년처럼 보이니까.

월은 창가로 갔다. 창문 너머에서 짐도 같은 고민을 하고 있었다. 둘은 해결책을 고심했다. 창문을 열고 소리 죽여 대화하기엔 아직 너무 일렀다. 아래층에서 부모님이 귀 안에 광석 라디오를 심어놓은 양 바짝 귀기울이고 있을 테니까.

둘은 각자의 방에서 침대에 벌렁 드러누워 이런 날을 대비해 매트리스 아래에 숨겨놓은 초콜릿을 꺼내 우울하게 씹었다.

시계가 똑딱거렸다.

아홉시. 아홉시 반. 열시.

아버지가 자물쇠에 열쇠를 넣어 돌리는 소리가 들렸다.

'아빠다!' 월은 생각했다. '여기로 와봐요! 얘기할 게 있어요!'

하지만 아버지는 문밖에서 생각에 잠겨 있을 뿐이었다. 여느 때처럼 고민하고, 혼란스러워하고, 당혹해하는 아버지의 얼굴이 눈앞에 휜했다.

'안 들어올 거야.' 월은 생각했다. '그저 이리저리 걸어다니며 혼잣말하면서 생각을 정리하려는 거겠지. 그래도 잠깐 들어와 얘기라도 들어주면 안 되나? 그랬던 적이 있기는 한가? 앞으로 그래주

긴 할까?'

"윌……?"

아버지의 목소리에 윌은 귀를 쫑긋 세웠다.

"윌……" 아버지가 말을 이었다. "조심해라."

"조심하라고?" 복도에서 어머니가 큰 소리로 말했다. "애한테 해줄 말이 고작 그거야?"

"더이상 무슨 말을 해?" 아버지는 이미 계단을 내려가고 있었다. "저애는 날아다니고 나는 기어다니는데. 어떻게 상대를 하겠어? 저애는 너무 어리고 나는 너무 늙었어. 맙소사, 가끔은 차라리……"

현관문이 닫혔다. 아버지는 보도를 따라 저만치 걷고 있었다.

윌은 창문을 올리고 부르고 싶었다. 벌써 어둠에 파묻혀 보이지 않는 아버지를. '걱정 마요, 걱정 안 해도 돼요, 아빠. 그러니 제발 돌아와요! 바깥은 위험해요! 가지 마요!'

하지만 윌은 그렇게 외칠 수 없었다. 조심스럽게 창문을 밀어올리는 게 고작이었다. 거리에는 인기척이 없었다. 조금 있으면 마을 저편 도서관에 불이 켜질 것이다. 강물이 범람하고 하늘에서 불덩어리가 떨어질 때, 방과 책이 가득한 도서관만큼 숨기 좋은 곳이 또 있을까. 운이 좋으면 아무에게도 들키지 않을 수 있다. 어떻게? 책을 통해 1898년의 탕가니카, 1812년의 카이로, 1492년의 피렌체에 가 있을 수 있으니까.

"……조심하라고……?"

무슨 뜻일까? 아버지도 위험한 낌새를 채고, 그 음악소리를 듣고, 카니발 천막 근처까지 가봤던 걸까? 아니. 아버지가 그럴 리 없다.

월은 짐의 방 창문을 향해 구슬 하나를 던졌다.

딱. 반응이 없었다.

아마 짐은 어두운 방안에 우두커니 앉아 인광성 물질처럼 하얀 숨을 공기 중에 뿜어내며 명상에 잠겨 있을 것이다.

딱. 역시 반응이 없었다.

평소의 짐답지 않았다. 여느 때 같으면 벌써 창문을 올리고 밖으로 고개를 내밀고서 왁자지껄하게 떠들거나 비밀 얘기를 속삭이거나 낄낄 웃거나 시비를 걸거나 했을 텐데.

"짐, 거기 있는 거 다 알아!"

딱.

반응이 없었다.

'아빠가 나갔어. 폴리 선생님은 그 무시무시한 놈과 함께 있고! 야, 짐, 우리가 어떻게든 해야 하잖아! 오늘밤에!'

월은 작은 구슬 하나를 마지막으로 던졌다.

……따닥……

구슬은 창문 아래 잔디밭으로 떨어졌다.

짐은 창문으로 다가오지 않았다.

'오늘밤이야.' 월은 손가락 관절을 깨물며 생각했다. 그리고 차가워진 몸을 침대 위로 던지고 똑바로 누웠다.

# 21

집 뒤 골목에는 소나무 판자를 깐 고풍스러운 산책로가 있었다. 윌이 기억하는 한, 문명이 단단하고 실용적인 콘크리트를 마을 곳곳에 들이붓다시피 깔던 무렵부터 산책로는 그 자리에 있었다. 고집 세고 다혈질에 항상 고함부터 지르고 보는 윌의 할아버지는 사라질 위기에 처한 오래된 산책로를 보존하기 위해 인부 여러 명을 동원해 12미터에 달하는 판자를 이 골목에 깔았다. 그후 오랜 세월 동안 햇볕에 바래고 비바람에 시달린 산책로는 뭐라 형언하기 어려운 괴물의 뼈대 같은 모양새로 이곳에 드러누워 있다.

마을의 시계가 밤 열시를 알렸다.

침대에 누운 윌은 오래전 할아버지가 두고 간 그 선물을 생각했다. 산책로가 말을 걸기를 기다렸다. 그게 어떤 언어냐면……

아이들은 친구를 불러낼 때 현관문 초인종을 누르는 방법 따윈 쓰지 않는다. 물막이 판자에 오물을 던지거나, 지붕 위로 도토리를 던져 굴러떨어지게 하거나, 비밀 쪽지를 연에 매달아 다락방 창문턱에 거는 방법을 더 선호한다.

짐과 윌도 마찬가지였다.

늦은 밤 뜀틀처럼 쓰기 좋은 묘비나 심술궂은 사람의 집 굴뚝에 던져넣기 딱 좋은 고양이 사체를 발견하면, 달빛 아래로 나와서 둔탁한 소리를 내는 오래된 산책로에 올라가 실로폰 춤을 추었다.

'도' 소리가 나는 판자를 지레로 뜯어 이쪽에 박고, '라' 소리가 나는 판자는 또다른 쪽에 박는 식으로 둘은 오랜 시간 산책로를 다

듣었다. 그렇게 해서 날씨와 두 조율사의 실력만 받쳐주면 제법 여러 소리가 나는 실로폰이 탄생했다.

발아래서 나는 선율을 들으면 그날 저녁 어떤 모험을 하게 될지 알 수 있었다. 만약 짐이 〈머나먼 저곳 스와니강〉의 음정을 일고여덟 개 밟으면, 월은 달빛 아래 개울을 따라 동굴로 가자는 뜻임을 알아차렸다. 만약 월이 끓는 물을 뒤집어쓴 에어데일 개처럼 펄쩍펄쩍 뛰며 〈조지아 행진곡〉을 연주하면, 짐은 마을 바깥쪽에 자두나 복숭아나 사과가 무르익다 못해 썩기 직전이니 먹으러 가자는 신호임을 알아챘다.

오늘밤도 월은 숨을 죽이고 산책로에서 연주소리가 나길 기다렸다.

카니발과 폴리 선생님, 쿠거 씨, 그리고 그 사악한 조카를 짐은 어떤 곡으로 표현할까?

열시 십오분. 열시 삼십분.

연주는 들리지 않았다.

짐이 방안에 틀어박혀 생각만 하고 있는 것이 월은 마음에 걸렸다. 무슨 생각을 하고 있을까? 거울 미로? 그 미로에서 짐은 무엇을 봤을까? 앞으로는 어쩔 셈일까?

월은 안절부절못하고 일어났다.

카니발 천막과 초원에 도사리는 온갖 어둠의 흔적에 다가가지 못하도록 가로막을 아버지가 짐에게는 없다는 생각이 들자 더더욱 마음에 걸렸다. 게다가 그애 어머니는 자식을 지나칠 정도로 곁에 두려 했다. 그럴수록 짐은 집을 멀리 벗어나 자유로운 밤공기를 마시며, 그 밤의 물줄기가 광활하고 자유로운 바다로 흘러가는 모습을 눈으로 확인하고 싶어했다.

'짐! 빨리 연주해!' 월은 속으로 외쳤다.

열시 삼십오분, 드디어 소리가 들렸다.

월은 짐이 별빛 아래 커다란 실로폰 위에서 봄철 수고양이처럼 펄쩍펄쩍 뛰어다니는 소리를 들었다. 아니, 들은 것 같았다. 그런데 저 곡은! 낡은 회전목마의 증기오르간이 거꾸로 연주하던 장송곡이 아닌가?!

월은 두 눈으로 확인하려고 창문을 밀어올렸다. 그런데 짐의 창문도 갑자기 소리 없이 올라왔다.

짐은 산책로에 있는 게 아니었다! 그저 밖으로 뛰쳐나가고픈 간절한 바람이 환청을 만든 것이다. 월은 짐에게 소리 죽여 말을 걸려다가 멈칫했다.

짐이 한마디 말도 없이 배수관을 타고 서둘러 잔디밭으로 내려가고 있었다.

'짐!' 월은 속으로 불렀다.

잔디밭에 내려선 짐이 그 소리를 들은 것처럼 흠칫했다.

'날 두고 혼자 가려는 거 아니지?'

짐은 재빨리 고개를 들어 올려다보았다.

창문 안쪽에 서 있는 월을 보았는지는 못 보았는지 아무런 신호도 하지 않았다.

월은 속으로 외쳤다. '짐, 우린 친구잖아. 남들이 맡지 못하는 냄새를 같이 맡고, 남들이 듣지 못하는 소리를 같이 듣고, 같은 피를

114

나누고 같은 길을 달리는 친구. 그런데 지금 처음으로 혼자서 몰래 가겠다는 거야? 날 버리고?'

집 앞 도로에는 인기척이 없었다.

짐은 도롱뇽이 울타리를 넘듯 길로 나아갔다.

월도 서둘러 창밖으로 빠져나왔다. 벽면 장식을 밟고 내려와 울타리로 달려가면서 생각했다.

'난 지금 혼자야. 짐을 놓치면 태어나서 처음으로 혼자 한밤중에 돌아다니게 되는 거야. 어디로 가야 하지? 짐을 따라가야겠지?'

'제발 따라잡게 해주세요!'

짐은 쥐를 쫓는 검은 올빼미처럼 재빠르게 달리고, 월은 올빼미를 쫓는 사냥꾼처럼 보폭을 크게 해서 뛰었다. 10월의 밤 잔디밭 위로 두 개의 그림자가 미끄러졌다.

그리고 둘이 멈춰 선 곳은……

폴리 선생님의 집 앞이었다.


## 22


짐이 흘끗 뒤돌아보았다.

월은 덤불 뒤의 덤불, 그림자 속의 그림자에 숨어서, 위층 창문을 향해 소리 죽여 외치는 짐의 모습을 별빛 맺힌 유리구슬 같은 두 눈에 담고서 몸을 웅크렸다.

"야, 나와봐…… 야……"

맙소사, 윌은 경악했다. 저러다 놈이 나와서 배를 가르고 거울 미로의 깨진 유릿조각을 쑤셔넣으면 어쩌려고.

"야! 거기 너……!"

흐릿한 조명이 비치는 커튼 뒤로 그림자 하나가 나타났다. 작은 그림자였다. '폴리 선생님이랑 카니발 다녀와서 지금 다른 방에 있는 거야.' 윌은 생각했다. '그게 아니면, 아, 제발 선생님이 무사히 돌아오셨어야 할 텐데. 어쩌면 선생님도 피뢰침 장수처럼……'

"야……!"

짐이 기대감으로 가득차서 이상할 만큼 흥분된 표정으로 위층 창문을 올려다보았다. 지난여름, 여기서 조금만 더 가면 있는 극장거리의 수상한 그 집을 들여다볼 때 짓던 그 표정이었다. 특별히 큰 쥐를 잡으려고 기다리는 고양이처럼 열정어린 채 무언가에 홀린 듯한 표정. 그림자는 웅크리고 있다가 창문 안쪽에서 누가 잡아당겨서 점점 키가 커지는 듯 보였다. 이윽고 창문의 그림자가 갑자기 사라졌다.

윌은 이를 갈았다.

그림자가 차가운 숨결처럼 집안을 훑고 내려오는 게 느껴졌다. 더이상 기다릴 수 없었다. 윌은 덤불 밖으로 달려나갔다.

"짐!"

윌은 짐의 팔을 붙잡았다.

"어, 윌, 여긴 어떻게 왔어?"

"짐, 저놈이랑 얘기하지 마! 여기서 벗어나야 돼. 맙소사, 저놈이 네 뼈를 잘근잘근 씹을 거야!"

짐이 팔을 비틀어 빼냈다.

"월, 집으로 가! 너 때문에 다 틀어지겠어!"

"무서워 죽겠는데 넌 뭐하러 여기 온 거야? 아까 오후에······ 미로에서 뭔가 본 거지?"

"······그래······"

"대체 뭘 봤는데?"

월은 짐의 멱살을 움켜잡았다. 갈비뼈 너머에서 심장이 쿵쾅대는 게 느껴졌다. "짐······"

"이거 놔." 짐은 놀랄 정도로 침착하게 말했다. "네가 온 걸 알면 안 나올 거야. 월, 내 말대로 안 하면······"

"안 하면 뭐?"

"내가 나이들었을 때 널 원망할 거야, 빌어먹을!"

짐은 월에게 침을 뱉었다.

월은 번개라도 맞은 것처럼 펄쩍 뛰며 물러났다.

자기 손을 내려다보다 한 손을 들어 뺨에 묻은 침을 닦아냈다.

"아, 짐." 월은 탄식했다.

문득 한밤중에 검은 파도를 가르듯 회전목마가 돌아가는 소리가 들린 듯했다. 검은 종마에 올라탄 짐이 나무 그림자 안을 빙글빙글 돌았다. 월은 환영 속에서 외쳤다. '그래! 회전목마야. 저게 타고 싶었던 거지, 짐? 거꾸로가 아니라 똑바로! 이제 한 바퀴를 돌면 열여섯 살이고, 또 한 바퀴를 돌면 열일곱 살, 세 바퀴를 돌면 열아홉 살이야! 음악과 함께! 스무 살이 되어서 키가 훌쩍 커졌네! 이제 더이상 나처럼 열네 살을 앞두고 텅 빈 거리에 선 작고 어리

고 겁에 질린 꼬마가 아니잖아!'

윌은 짐의 코를 향해 힘껏 주먹을 날렸다.

그리고 고함을 지르며 짐에게 달려들어 멱살을 잡고 덤불로 쓰러뜨렸다. 짐이 입을 벌려 손가락을 물어뜯으려 했지만 윌은 그 입을 짓눌러서 뭐라고 외치려는 걸 틀어막았다.

현관문이 열렸다.

윌은 짐의 입을 단단히 틀어막으며 온몸으로 찍어눌렀다.

현관에 무언가가 서 있었다. 작은 그림자가 뭔가를 찾는 듯 주위를 살폈지만 짐을 발견하진 못했다.

그건 그저 폴리 선생님의 다정한 조카, 로버트였다. 양손을 주머니에 찔러넣고 나지막이 휘파람을 불며 밤공기를 쐬러 나온 그는 평소와 다른 모험을 찾아 밤거리로 뛰쳐나온 둘과 마찬가지로 평범한 소년이었다. 윌은 발버둥치는 짐을 누르면서 시선을 들고는, 눈앞에 보이는 것이 쾌활한 눈빛과 태연한 자세, 작고 유연한 몸을 지닌 소년이라는 사실에 한층 소름이 끼쳤다. 그 안에 들어 있을 나이든 남자는 가로등 불빛에도 드러나지 않았다.

로버트는 지금이라도 당장 둘 사이에 왁 하고 뛰어들어 5월의 강아지들처럼 한데 어울려 다리를 걸고 잡아당기고 조르면서 장난칠 것 같았다. 결국 눈물이 날 정도로 웃어대며 잔디밭에 드러누우면 두려움은 씻은 듯 사라지고, 혼란스러운 망상은 눈을 뜨면 사라지는 꿈처럼 녹아버릴 것이었다. 지금 보이는 것은 그야말로 복숭아처럼 동그랗고 뽀얀 얼굴의 소년, 로버트였다.

그 얼굴이 잔디밭 위에서 뒤엉켜 있는 둘을 내려다보고는 씩 미소 지었다.

그러더니 재빨리 집안으로 달려들어갔다. 아마 위층으로 올라가 무언가를 찾아낸 후 다시 내려오는 것 같았다. 그사이에도 잔디밭에서 뒹굴며 주먹질을 주고받던 둘 위로 갑자기 반짝이는 빗방울이 후두둑 쏟아졌다.

로버트는 표범처럼 유연하게 현관 난간을 뛰어넘고 잔디밭에 그림자를 드리웠다. 양손에는 수많은 별들이 빛났다. 로버트가 과감하게 흩뿌리자 별들은 바닥으로 우르르 떨어지며 짐에게로 굴러와 윙크를 했다. 둘은 갑자기 내리는 금과 다이아몬드 불꽃의 비를 멍하니 맞고만 있었다.

"도둑이야! 경찰 좀 불러주세요!" 돌연 로버트가 악을 썼다.

깜짝 놀란 윌이 짐을 놔주었다.

짐도 놀란 나머지 윌을 놓았다.

그러고서 둘은 동시에 손을 뻗어 잔디밭에 흩뿌려진 얼음덩어리를 집었다.

"맙소사, 팔찌야!"

"반지도! 목걸이도 있어!"

로버트가 차도와 보도 사이의 쓰레기통을 발로 차 쓰러뜨리며 요란한 소리를 냈다.

위층 침실에 불이 깜빡이며 켜졌다.

"경찰 불러요!" 로버트는 소리치면서 다시 한번 반짝이는 장신구들을 둘의 발치에 뿌린 뒤, 상자에 폭발물을 밀봉하듯 순식간에 싱싱한 복숭아 같은 미소를 거두고 거리로 뛰어나갔다.

"잠깐만!" 짐이 벌떡 일어서며 소리쳤다. "우린 널 해치지 않아!"

월은 냅다 짐의 다리를 걸어 넘어뜨렸다.

위층 창문이 열리고 폴리 선생님이 밖을 내다보았다. 짐은 여성용 손목시계를 집어들고 엉거주춤하게 몸을 일으켰다. 월은 손안의 목걸이를 보며 눈을 깜빡였다.

"거기 누구니! 짐? 월? 손에 뭘 들고 있고 있는 거니?" 폴리 선생님이 소리쳤다.

짐은 벌써 뛰어가고 있었다. 월은 폴리 선생님이 놀란 듯 방안을 살피러 갈 때까지 그 자리에 남아 있었지만, 이내 새된 비명이 들리자 선생님이 도둑이 든 것이라 생각했음을 깨달았다.

정신없이 달리는 동안 월은 이 모든 게 로버트의 노림수임을 알아챘다. 도망칠 게 아니라 돌아가서 잔디밭에 널린 보석을 줍고 폴리 선생님에게 자초지종을 설명해야 했다. 하지만 지금은 짐을 구하는 게 더 급했다!

등뒤에서 다시 폴리 선생님이 비명을 지르는 소리가 들렸고 여기저기 불이 켜졌다. 월 핼러웨이! 짐 나이트셰이드! 야밤의 도주자들! 도둑놈들! '저건 우리 얘기야.' 월은 생각했다. '맙소사, 우리가 도둑인 줄 아는 거야! 이제 무슨 말을 해도 믿어주지 않을 거야! 카니발도, 회전목마도, 거울 미로랑 사악한 조카 얘기도 전부!'

그렇게 세 마리 짐승이 별빛 속을 달려갔다. 검은 너구리, 수고양이, 그리고 토끼.

'그래, 난 토끼야.' 월은 생각했다.

정말로 하얗게 질려서 떨고 있었다.


## 23


그들은 거의 시속 30킬로미터로 카니발 장소로 향했다. 폴리 선생님의 조카가 맨 앞에서 달리고, 그 뒤를 짐이 바짝 쫓았으며, 윌은 한참 뒤에서 헐떡거리며 따라갔다. 다리와 머리와 심장이 지칠 대로 지쳐서 터질 것 같았다.

조카는 이따금 겁먹은 얼굴로 뒤를 흘끔거렸다. 이제는 미소가 보이지 않았다.

'당황했네.' 윌은 생각했다. '내가 못 쫓아오고 경찰에 잡힐 줄 알았을 거야. 무슨 말을 해도 남들이 믿어주지 않아 곤경에 처할 줄 알았는데 오히려 쫓아오고 있으니, 이제 나한테 붙잡혀 흠씬 두들겨 맞을까봐 겁나겠지. 그래서 서둘러 회전목마를 타고 돌면서 나이를 먹고 나보다 커지려는 거야. 아, 짐, 빨리 저놈을 잡아. 아직 어린애일 때 붙잡아서 가증스러운 껍질을 벗겨야 해!'

그러나 짐이 달리는 모습을 보아하니 그걸 기대하긴 어려웠다. 짐은 로버트를 붙잡으려는 게 아니라 무료이용권으로 회전목마에 타려는 것이었다.

앞서가던 로버트가 천막 뒤로 모습을 감추었다. 짐이 그 뒤를 따랐다. 윌이 중간쯤 따라잡았을 때 회전목마가 되살아났다. 고동치는 북소리와 끽끽대는 소음과 함께 음악이 울려퍼지는 가운데,

작고 말간 얼굴의 로버트가 한밤중에 소용돌이처럼 먼지를 피워올리는 거대한 회전판에 뛰어올랐다.

짐은 3미터쯤 떨어진 곳에서 질주하는 목마들을 바라보았다. 높이 올라간 종마의 눈이 짐의 눈동자 안에서 불꽃을 튀겼다.

회전목마는 똑바로 달리고 있었다!

짐이 앞으로 나아갔다.

"짐!" 윌이 소리쳐 불렀다.

회전목마가 돌면서 뒤로 사라진 로버트가 다시 앞으로 돌아오며 분홍색 손가락을 뻗어 부드럽게 짐을 불렀다. "……짐, 이리와……"

짐이 한 발 더 앞으로 다가갔다.

"안 돼!" 윌이 곧장 달려들었다.

둘은 함께 넘어졌다. 윌은 짐을 꼭 붙잡고 놓지 않았다.

로버트가 놀라 표정을 짓더니 어느새 한 살 더 먹은 모습으로 뒤편 어둠으로 사라졌다. '그렇다면.' 윌은 생각했다. '키가 크고, 몸집도 커지고, 더 비열해졌을 거야!'

"큰일났어, 짐, 서둘러!" 윌은 소리치며 벌떡 일어나 제어장치로 달려갔다. 놋쇠 레버와 도자기 덮개, 지글거리는 전선이 비밀처럼 복잡하게 얽혀 있었다. 윌은 레버를 힘껏 밑으로 당겼다. 하지만 짐이 뒤에서 으르렁대며 윌의 손을 거칠게 떼어냈다.

"윌, 방해하지 마! 그만해!"

짐이 레버를 원래 위치로 다시 밀었다.

윌이 휙 돌아서서 짐의 얼굴을 후려쳤다. 둘은 서로 팔꿈치를 움켜쥐고 밀치락달치락 팔을 휘두르다가 동시에 제어장치로 넘어졌다.

월은 사악한 소년이 또 한 살을 먹으며 어둠 속을 회전하는 모습을 보았다. 대여섯 바퀴 더 돌면 둘보다 몸집이 훨씬 커질 것이다!

"짐, 저놈이 우릴 죽일 거야!"

"아니, 난 안 죽어!"

월은 찌릿하게 전기가 오르는 느낌에 비명을 지르며 몸을 떼고 레버에 주먹을 휘둘렀다. 제어장치에서 불꽃이 튀고 섬광이 공중을 갈랐다. 둘은 그 충격에 나가떨어졌다. 넘어진 채 고개를 든 짐은 회전목마가 미친듯이 빠르게 돌아가는 광경을 보았다.

사악한 소년이 놋쇠 기둥에 매달려 날다시피 빠르게 돌고 있었다. 큰 소리로 울부짖으며 바람에 맞서고 원심력에 저항하느라 안간힘을 썼다. 질주하는 목마와 기둥 사이를 지나 가장자리로 나오려 했다. 그 얼굴이 어질어질하게 나타났다 사라지기를 반복했다. 그는 한 손을 바깥으로 뻗고 계속 울부짖었다. 이윽고 제어장치가 푸른 불꽃을 토해냈다. 회전목마는 요동치듯 덜거덕거렸다. 로버트가 기둥을 놓치고 넘어졌다. 검은 종마의 강철 발굽이 그를 걸어찼다. 이마에서 피가 흘렀다.

짐은 이를 악물고 발버둥쳤지만 월은 그 위에 올라타고 풀밭 위로 찍어눌렀다. 서로 창백한 얼굴로 심장을 쿵쾅대며 고함을 주고받았다. 레버가 전기 불꽃을 공중에 하얀 별처럼 흩뿌렸다. 회전목마는 서른 바퀴, 마흔 바퀴…… 쉰 바퀴째 돌고 있었다. "월, 놔줘!" 증기오르간이 울부짖으며 하얀 증기를 내뿜고 태곳적의 바람을 일으켰지만 이윽고 멈추더니 파이프로 공기가 들락거리듯 알 수 없는 소리만 내며 건반을 달그락거렸다. 땀투성이가 되어 드잡이하는 두 소년의 머리 위로 레버가 섬광을 뿌리며 소리 없이 질주하는 목마 쪽을 환히 밝혔다. 그리고 회전판에 드러누운 사람도 비추었다. 더이상 소년도 아니고 청년도 아니고, 보통의 중년 남자보다 훨씬 늙어버린 모습이었다.

"저 사람, 아, 저 사람 좀 봐, 윌⋯⋯" 짐이 숨을 헐떡이며 흐느꼈다. 윌에게 짓눌려 옴짝달싹 못하는 상태에선 그러는 게 고작이었다. "젠장, 윌, 좀 비켜! 다시 거꾸로 돌려야 해!"

카니발 천막에는 아직 불이 켜져 있었다.

하지만 아무도 밖으로 나오지 않았다.

윌은 빠르게 머리를 굴렸다. '왜지? 뭔가 폭발한 줄 알고 도망갔나? 다크 씨는 어디 있지? 마을에 있을까? 거긴 뭐하러? 어디에, 왜 간 거지?'

문득 회전목마 회전판에 쓰러져 신음하는 남자의 심장 박동이 들리는 것 같았다. 빠르고 느리게, 믿을 수 없이 빨라졌다가 달이 하늘을 가로지르듯 느리게 뛰는 소리가.

누군가가, 아니, 무언가가 회전판에서 나지막이 흐느꼈다.

'밤이라 안 보여서 다행이야.' 윌은 신에게 감사했다. 그것이 저쪽으로 사라졌다가 다시 눈앞으로 다가왔다. 뭔지는 몰라도, 다시 사라졌다가, 또 눈앞으로⋯⋯

덜덜 요동치며 회전하는 목마 위에서 메마른 그림자가 비틀대며 일어서려 했다. 그러나 그러기에는 늦었다. 아주 많이, 완전히,

너무도 늦어버렸다. 그림자는 힘없이 주저앉았다. 회전목마는 지구처럼 자전하며 공기와 햇빛, 이성과 감성을 날려버리고 어둠과 냉기, 흐르는 세월만 남겨놓았다.

제어장치가 마지막으로 불꽃을 토해내며 산산조각났다.

카니발의 모든 불빛이 깜빡거리다 꺼졌다.

회전목마는 차가운 밤바람을 가르며 천천히 속도를 늦추었다.

윌은 짐을 놓아주었다.

'몇 바퀴나 돌았지? 육십 바퀴, 팔십 바퀴…… 구십 바퀴……?'

'몇 바퀴나 돌았지?' 짐은 악몽에 시달리다 깬 얼굴로 같은 생각을 하며, 회전목마가 잘게 떨리다가 메마른 초원 위에 멈추는 광경을 가만히 바라보았다. 이윽고 둘의 심장과 손과 머리로는 결코 되돌릴 수 없는 완전히 정지한 세계가 찾아왔다.

둘은 발소리를 죽이고 살금살금 회전목마로 다가갔다.

그림자 비슷한 형체는 고개를 돌린 채 회전판 가장자리에 널브러져 있었다.

한 손은 회전판 밖으로 늘어져 있었다.

어린 남자아이의 손이 아니었다.

커다란 밀랍 인형의 손이 불에 타 오그라든 모양새였다.

길고 흰 머리카락은 거미줄처럼 가늘고, 어둠의 숨결에 인주솜풀처럼 나풀거렸다.

둘은 허리를 굽혀 그 얼굴을 들여다보았다.

미라처럼 바짝 말라붙은 채 감긴 눈. 연골 위로 무너져내린 코. 시든 흰 꽃 같은 입술은 얇은 밀랍 껍질처럼 말려들어가 있고, 악문 이 사이로 거품 같은 한숨이 금방이라도 꺼질 듯 새어나왔다. 체구는 입은 옷에 비해 아이처럼 작았으나 키는 컸다. 그리고 믿을 수 없이 엄청나게 나이들어 보였다. 아흔 살, 백 살, 백십 살, 아니, 백이십 살이나 백삼십 살 정도는 되는 듯했다.

월은 남자를 슬쩍 만져보았다.

알비노 개구리처럼 차가웠다.

달빛 아래 습지나 고대 이집트의 붕대 같은 냄새가 났다. 약품을 적신 천으로 감싸고 유리관에 밀봉해 박물관에 전시해둔 것들과 비슷했다.

아직 살아 있긴 했지만 어린애처럼 홀쭉이며 죽음을 향해 빠르게, 아주 빠르게 눈에 띄게 시들어갔다.

속이 메스꺼워진 월이 회전목마 옆에서 구역질을 했다.

그리고 둘은 서로 꼭 붙어서, 저릿저릿한 다리로 허공을 가르는 기분으로, 바람에 미친듯이 휘날리는 낙엽과 이 세상 것 같지 않은 마른 풀을 마구 짓밟으며 뛰어갔다……

24

사거리에 홀로 서 있는 아크등의 주석 갓 아래에 나방들이 몰려서 타닥타닥 날갯짓을 했다. 그 아래, 황량한 들판 한가운데 자리한 인적 없는 주유소에서도 비슷한 소리가 들렸다. 관만한 크기의 공중전화부스 안에 창백한 얼굴의 두 소년이 비좁게 들어가서는 박쥐가 스쳐갈 때마다, 구름이 별빛을 가릴 때마다 서로를 꼭 끌어안으며, 밤의 언덕 저편에 있을 누군가에게 뭐라고 말하고 있었다.

윌이 수화기를 내려놓았다. 경찰차와 구급차가 올 것이다.

넘어질 기세로 헐레벌떡 달려오는 동안 윌과 짐은 서로 씩씩대며 소리 높여 말다툼을 했다. 당장 집에 들어가 모든 상황을 잊고 잠들어야 하나? 아니다! 서쪽으로 가는 화물열차에 몸을 싣고 여길 떠나야 하나? 그것도 아니다! 둘이 저지른 짓에도 불구하고 쿠거 씨가 살아남는다면, 엄청나게 늙어버린 그가 세상 끝까지 둘을 쫓아와 갈기갈기 찢어버릴 것이다! 부들부들 떨며 그런 언쟁을 주고받은 끝에 이 공중전화부스에 다다른 것이다. 이윽고 경찰차가 구급차를 뒤에 달고 구슬픈 사이렌을 울리며 달려왔다. 경찰들은 사거리에 차를 댄 뒤 나방이 나풀대는 가로등 아래서 이를 딱딱 맞부딪히며 떨고 있는 두 소년을 차창 너머로 내다보았다.

삼 분 후, 그들은 경찰들과 함께 컴컴한 카니발 부지로 들어섰다. 앞장선 짐이 끊임없이 조잘거렸다.

"그 사람은 살아 있어요. 살아 있을 거예요. 일부러 그런 게 아니에요! 죄송해요!" 짐은 불 꺼진 천막들을 향해 외쳤다. "들리세요? 죄송하다고요!"

"진정해라, 얘야." 한 경찰이 말했다. "어서 가보자."

짙은 남색 제복을 입은 경찰 두 명과 유령 같은 흰옷의 인턴 두명, 그리고 두 소년은 코너를 돌고 대관람차를 지나 회전목마 앞에 다다랐다.

짐이 앗, 하고 놀랐다.

밤공기를 가르며 질주하는 자세 그대로 멈춰버린 목마들. 놋쇠 기둥에 반짝이는 별빛. 그게 전부였다.

"그 사람이 사라졌어……"

"여기 있었어요, 확실해요! 백오십 살, 이백 살은 먹은 남자가 죽어가고 있었다고요!"

"짐, 진정해." 윌이 말했다.

어른 네 명은 당황한 듯 마주보았다.

"카니발 사람들이 천막 안으로 옮겼을 거예요." 윌이 말하며 천막 쪽으로 가려 하자 경찰 하나가 팔을 잡아 가로막았다.

"아까 백오십 살이라고 했니?" 경찰이 짐에게 물었다. "왜, 삼백 살은 아니고?"

"네, 뭐 그럴지도 모르죠!" 짐이 대답하고는 뒤를 보고 소리쳤다. "쿠거 씨! 도와드리러 왔어요!"

그때, 기인 쇼 천막들에 깜빡이며 불이 들어오더니 앞쪽에 달린 커다란 현수막이 아크등 불빛 아래 펄럭였다. 경찰들은 고개를 들어 올려다보았다. 해골 사나이, 먼지 마녀, 인간 분쇄기, 용암을 마시는 자 베수비오! 깃발마다 크게 적힌 글씨들이 부드럽게 춤추었다.

짐은 깃발을 휘날리는 기인 쇼 천막 입구에서 머뭇거리며 물었다.

"쿠거 씨? 안에…… 계세요?"

천막이 뜨끈한 공기를 안고 펄럭였다.

"무슨 소리지?" 경찰이 말했다.

짐은 천막이 펄럭이며 하는 말을 읽어냈다.

"들어오라는 거예요. '들어와'라고 했어요."

짐은 천막 안으로 들어갔다. 나머지도 뒤를 따랐다.

가로세로로 이리저리 얽힌 기둥 사이를 실눈으로 살펴보자 쇼
가 펼쳐지는 높은 무대와, 얼굴과 뼈와 정신이 불구인, 불가사의하
기 그지없는 기인들이 기다리고 있었다.

삐그덕거리는 카드 테이블에 남자 넷이 둘러앉아 달의 짐승과
날개 달린 태양을 상징하는 남자 그림이 들어간 주황색, 연두색,
노란색 카드로 카드놀이를 하고 있었다. 이쪽에는 피콜로 같은 소
리를 내는 바짝 마른 '해골 사나이', 그 옆에는 매일 밤 몸에 구멍
을 내서 공기를 빼도 새벽녘에는 다시 부풀어오르는 '소형비행선
인간', 맞은편에는 소포로 부칠 수 있을 만큼 몸이 작은 '무사마
귀', 그 옆에는 더욱 몸집이 작고 손은 관절염을 앓는 듯 떡갈나무
옹이처럼 굵게 마디져 덜덜 떨리고 얼굴은 그 손에 쥔 카드로 가려
질 정도로 작은 '난쟁이'가 있었다.

'저 난쟁이는!' 윌은 눈을 휘둥그레 떴다. '저 손을 본 적 있어.
어디서 봤지? 누구? 뭐였지?' 하지만 곧 옆으로 시선을 돌렸다.

'무슈 기요틴'이 검은색 바지에 기다란 검은색 양말을 신고 머
리에 검은색 두건을 쓰고서 단두대 옆에 팔짱을 끼고 서 있었다.
천막 꼭대기에 닿을 만큼 높이 매달린 채 피에 굶주린 칼날은 유성
처럼 번득이며 당장이라도 허공을 반으로 가를 듯했다. 그 아래 밀
랍 인형이 처분을 기다리며 머리를 대고 엎드려 있었다.

그 너머에 '분쇄기 인간'이 있었다. 온몸이 밧줄과 힘줄과 강철
로 이뤄져서 뼈는 물론 말편자까지 태피 사탕처럼 쭉쭉 늘여버릴
듯했다.

그리고 혀와 치아가 불에 데여 벗겨진 '용암을 마시는 자 베수비오'. 그가 손에 들고 대관람차 모양으로 빙글빙글 돌리는 수십 개의 불덩어리가 천막 천장에 줄무늬 같은 그림자를 드리웠다.

근처 칸막이석에 삼십여 명의 기인들이 앉아서 날아다니는 불덩어리를 보고 있었다. 이윽고 베수비오가 고개를 돌려 침입자들을 흘끗 보더니 쇼를 멈추고 불덩어리를 물통으로 내던졌다.

순식간에 증기가 피어올랐다. 극적인 장면으로 막이 내렸다.

벌레들도 울음을 멈추었다.

월은 재빨리 시선을 옮겼다.

천막에서 제일 큰 무대에 문신한 사나이 다크가 장미가 그려진 손에 문신용 바늘을 화살촉처럼 쥐고 서 있었다.

온몸의 피부에 갖가지 그림이 넘쳐났다. 그는 상의를 벗고서 왼쪽 손바닥에 직접 잠자리 문신을 새겨넣고 있었다. 이윽고 죽은 잠자리를 손안에 쥔 채 휘릭 뒤돌아섰다. 그 순간, 다크의 뒤쪽을 가만히 쳐다보고 있던 월이 외쳤다.

"저기요! 저기 쿠거 씨가 있어요!"

경찰과 인턴들이 곧장 그쪽을 보았다.

다크 뒤에는 전기의자가 놓여 있었다.

의자에 앉아 있는 건 다름아닌, 조금 전 고장난 회전목마 회전판에 차가운 가죽과 뼈만 남아 쓰러져 있던 그 남자였다. 버팀대에서 상체를 똑바로 세운 채 곧 강력한 전류가 흐를 의자에 묶여 있었다.

"저 사람이에요! 저 사람…… 죽어가고 있어요!"

소형비행선 인간이 자리에서 일어섰다.

해골 사나이도 껑충한 키로 일어났다.

무사마귀는 벼룩처럼 폴짝 뛰어 톱밥이 깔린 바닥에 내려섰다.

난쟁이도 카드를 테이블에 내려놓고 광기어린 동시에 백치 같은 눈으로 주위를 두리번거렸다.

'맞아, 이제 알겠어.' 월은 속으로 외쳤다. '세상에, 저들이 대체 무슨 짓을 한 거지!'

피뢰침 장수 아저씨!

난쟁이는 바로 그였다. 놈들이 어떤 무시무시한 방법으로 찍어 누르고 뭉뚱그려서 손바닥에 올라갈 만큼 작게 압축해버린 것이다……

피뢰침을 팔고 다니던 그 아저씨를.

그러나 그때, 예술에 가까운 속도로 두 가지 일이 일어났다.

첫번째로, 무슈 기요틴이 헛기침을 했다.

그러자 천막 꼭대기에 달려 있던 칼날이 둥지로 돌아가는 매처럼 바닥에 내리꽂혔다. 쉬익-쉬익-쉬이이익—쾅!

밀랍 인형의 머리가 깨끗하게 잘려 고리버들 바구니로 툭 떨어졌다.

떨어지면서 얼핏 눈에 들어온 그 얼굴이 월과 비슷해 보였다.

월은 당장 달려가서 그것을 집어들고 혹시나 자기 머리인 건 아닌지 확인하고픈 충동을 느꼈다. 하지만 누가 그런 용기를 낼 수 있을까? 백만 년이 흐른다 해도 저 바구니에서 잘린 머리를 꺼내 들기는 불가능할 것이다.

그리고 두번째 일이 일어났다.

전면이 유리로 된 관 모양 부스 뒤에서 작업하던 기계공이 철사 올가미를 내던졌다. 그러자 '먼지 마녀 마드모아젤 타로'라는 간판 아래 기계의 톱니바퀴가 끼익거리며 멈추었다. 유리 상자 속 밀랍 인형이 고개를 까딱거리고 코끝을 치켜들고는 경찰들을 이끌고 지나가던 두 소년의 발길을 멈춰 세웠다. 인형은 차가운 손으로 유리 상자 테두리에 쌓인 '운명을 점치는 먼지'를 훑었다. 그러나 앞은 보지 못했다. 흑거미의 줄처럼 검은 실로 두 눈꺼풀이 꿰매어 있었기 때문이다. 상당히 실감나게 만든 인형이라 경찰들도 눈을 빛내며 살펴보면서 그 앞을 지나갔다. 무슈 기요틴의 쇼도 볼만하다고 느꼈는지, 늦은 밤 대뜸 불려나와 곡예와 싸구려 마술 리허설을 공짜로 구경하는 게 그리 불쾌하지만은 않은 듯했다.

"신사분들!" 다크와 그의 몸에 새겨진 문신들이 소나무 목재로 만든 무대 위에 나타났다. 양팔에 우거진 정글에서 이집트의 살무사가 꿈틀거렸다. "환영합니다! 딱 시간 맞춰 오셨군요! 새로운 공연을 연습하려던 참이랍니다!" 다크가 손을 흔들자 가슴팍에 그려진 괴물들이 입을 벌려 이를 드러냈다. 걸을 때마다 그의 배꼽을 눈으로 삼고 배를 얼굴로 삼은 키클롭스*가 표정을 일그러뜨렸다.

'다크 씨가 저 괴물 무리를 이끄는 걸까, 아니면 괴물들이 다크 씨 피부에 올라타서 끌고 다니는 걸까?' 윌은 문득 궁금해졌다.

삐걱거리는 나무받침이나 톱밥 깔린 바닥 위에 선 기인들, 경찰

---

* 그리스신화에 나오는 거인족.

과 인턴들 모두 문신 속 괴물 무리에 매혹되었고, 월은 소리 없는 함성이 장내 가득 퍼져나가는 걸 느꼈다.

말벌의 침으로 새긴 다크의 문신 중 일부가 말을 하기 시작했다. 물론 다크의 입을 통해서였다. 땀이 송골송골 맺힌 피부 위에 뒤엉킨 괴물들이 시끌벅적한 불협화음을 내며 한층 목소리를 높였다. 다크는 가슴속에서 오르간을 연주하듯 말했다. 청록색 괴물들이 전기가 오른 듯 바르르 떨자 톱밥 깔린 바닥에 선 기인들도 부들부들 떨었다. 그들에게 둘러싸여 듣고 있는 짐과 월도 마찬가지였다. 주위에 가득한 기인들보다 자신들이 훨씬 기괴한 존재가 된 듯한 기분이었다.

"신사 여러분! 소년 여러분! 지금부터 보여드릴 건 새로 공연할 쇼입니다! 여러분이 첫 관람객인 셈이죠!" 다크가 외쳤다.

맨앞에 있던 경찰이 권총집에 자연스레 한 손을 얹고 기괴한 짐승들을 슬쩍 둘러보았다. "이 아이 얘기로는……"

"그 아이 얘기요?" 다크가 말허리를 자르며 소리 내어 웃었다. 기인들이 뭐라고 웅성거렸지만 카니발 단장인 다크가 문신을 쓰다듬어 진정시키고 말을 잇자 갑자기 조용해졌다. 마치 그가 기인들의 머리를 쓰다듬고 달랜 듯했다. "그 아이가 무엇을 보았답니까? 아이들은 이런 쇼를 보면 겁을 먹기 일쑤지요. 기인이 등장하기만 해도 토끼처럼 후다닥 달아나버린답니다. 그러나 오늘밤 쇼는 특별할 겁니다!"

경찰은 지점토 공작품 같은 모양새로 전기의자에 묶여 있는 노인을 흘끗 보며 물었다.

"저 사람은 누굽니까?"

"저 사람요?" 윌은 구름 낀 듯 흐릿한 다크의 눈 안에 화르륵 불길이 타오르는 것을 보았다. 그러나 다크는 곧 그 불을 꺼뜨리고 태연하게 답했다. "이번에 새로 출연하게 된 '전기 사나이'랍니다."

"아니에요! 저 노인을 보세요! 잘 보시라고요!" 윌이 대뜸 소리쳤다. 경찰은 윌이 너무 절박하게 외치는 바람에 놀라서 뒤돌아보았다.

"모르시겠어요?" 윌이 다시 외쳤다. "저 사람은 죽었다고요! 쓰러지지 않게 끈으로 묶어놓은 것뿐이에요!"

커다란 눈덩어리 같은 형상으로 시커먼 전기의자에 묶여 있는 노인을 인턴들이 주의깊게 살폈다.

'아, 이걸 어쩌지. 간단히 해결될 줄 알았는데. 늙어 죽어가는 쿠거 씨를 구하러 의사들을 데려오면 용서해줄 줄 알았어. 카니발 사람들도 우릴 해치지 않고 집에 보내줄 거라고. 그런데 뭐야, 쿠거 씨가 죽어버렸잖아! 이제 늦었어! 다들 우릴 미워할 거야!'

윌은 미라처럼 바짝 마른 노인의 차가운 입과 얼어붙은 눈꺼풀에서 흘러나오는 냉기를 느꼈다. 마찬가지로 얼어붙은 콧구멍의 하얀 콧털은 한 가닥도 움찔하지 않았다. 너무 큰 셔츠 아래의 갈빗대는 돌처럼 굳었고, 흙빛 입술 안쪽의 치아는 드라이아이스를 물고 있는 듯했다. 이대로 햇살 아래 놔두면 온몸이 증발해버릴 것 같았다.

인턴들은 서로 마주보더니 고개를 끄덕였다.

경찰들이 한 걸음 나아갔다.

"신사 여러분!" 다크가 타란툴라처럼 기다란 손을 서둘러 놋쇠 배전반 쪽으로 뻗었다. "지금부터 십만 볼트의 전기를 전기 사나이의 몸에 흘려보내겠습니다!"

"안 돼요, 말려주세요!" 윌이 외쳤다.

경찰들이 한 걸음 더 나아가고 인턴들이 뭐라고 말하려는 듯 입을 벌렸다. 다크는 짐에게 재빨리 뭔가를 명령하듯 눈짓했다. 짐이 소리쳤다.

"아뇨! 괜찮아요, 그냥 둬요!"

"짐!"

"윌, 괜찮으니까 가만히 있어!"

"다들 물러서요!" 거미 손이 스위치 레버를 움켜쥐었다. "이 남자는 지금 최면 상태입니다! 새로운 공연을 위해 최면을 걸었죠! 도중에 충격을 받고 깨어나면 심각한 내상을 입을 수도 있습니다!"

인턴들이 입을 다물었다. 경찰들도 더이상 가까이 가지 않았다.

"십만 볼트 전류! 그러나 몸과 마음 모두 멀쩡하게 되살아날 겁니다!"

"안 돼!"

경찰들이 윌을 붙잡았다.

문신한 사나이, 그리고 그의 몸에 새겨진 무수한 괴물들이 레버를 힘껏 당겼다.

그 순간 천막의 조명이 한꺼번에 꺼졌다.

경찰, 인턴, 두 소년 모두 온몸에 소름이 돋아 움찔했다.

덧문을 꼭꼭 닫은 것처럼 한밤의 어둠이 천막을 가득 채운 가운데, 전기의자는 벽난로처럼 빛나고 그 위의 노인도 창백한 가을나무처럼 빛을 발했다.

경찰들이 주춤거리며 물러서고 인턴들은 앞으로 몸을 내밀었다. 기인들도 눈에 푸른 불꽃을 담고 무대를 집어삼킬 듯 바라보았다.

문신한 사나이는 레버를 움켜쥔 채 너무도 늙은 그 남자를 바라보았다.

그는 부싯돌처럼 차갑고 딱딱하지만 살아 날뛰는 전기에 온몸이 둘러싸여 있었다. 전기가 조개껍데기 같은 귀에 흘러들고, 오래되고 깊은 돌우물 같은 콧구멍을 태웠다. 그리고 기도하는 사마귀 같은 손가락과 메뚜기 같은 무릎 위를 푸른 전기뱀장어처럼 헤엄쳤다.

문신한 사나이의 입이 크게 벌어졌다. 뭐라고 소리치는 것 같았지만, 노인과 전기의자의 사방을 휘감고 미친듯이 지지직대는 전류 때문에 아무도 알아들을 수 없었다. 살아나라! 웅웅대는 소음이 외쳤다. 살아나라! 폭풍우의 빛과 색깔이 외쳤다. 살아나라! 다크의 입이 부르짖었다. 아무도 그 소리를 듣지 못했지만 짐은 입모양으로 알아보고 가슴속으로 천둥처럼 크게 따라 했다. 윌도 속으로 외쳤다. 살아나라! 노인이 되살아나서 영혼의 밀랍을 녹이고, 얼어붙은 팔다리를 뻗고, 중얼거리는 소리를 내기를 간절히 바라면서……

"역시 죽은 거야!" 윌이 번개처럼 귀를 찌르는 전류의 소음에 맞서 외쳤지만 아무도 듣지 못했다.

살아나라! 다크의 혀가 공기 중에서 날름댔다. 살아나라. 살아나라. 그러고는 스위치를 최고 단계로 높였다. 살아나라, 살아나! 발전기가 충격을 버티느라 야수처럼 날카롭게 울부짖었다. 전광이 암녹색으로 바뀌었다. 죽었어, 죽었단 말이야. 월은 생각했다. 하지만 다른 기계들, 불꽃과 불길, 다크의 피부에 드글대는 검푸른 짐승들은 입을 모아 외쳤다. 살아나라, 살아나라!

잠시 후 연기가 피어오르며 노인의 흰 머리카락이 바짝 섰다. 손끝에서 튄 불꽃이 소나무 판자 위로 떨어져 따닥따닥 소리를 냈다. 초록빛 증기가 생기 없는 눈꺼풀 안으로 굽이치며 흘러들어갔다.

늙어 죽은 몸뚱이 위에 문신한 사나이가 몸을 기울였다. 긍지 가득한 짐승들은 땀에 뒤덮여 익사할 듯했다. 그는 오른손을 허공에 뻗고 망치질했다. 살아나라, 살아나라.

그러자 노인이 살아났다.

월은 새된 비명을 질렀다.

역시 아무도 듣지 못했다.

천둥이 두들겨 깨운 듯, 혹은 전기 불꽃이 새로운 새벽이 왔음을 알린 듯, 죽어 있던 한쪽 눈꺼풀이 천천히, 아주 천천히 올라갔다.

기인들은 입을 모아 탄성을 질렀다.

전기 폭풍에서 멀리 떨어져 있던 짐도 뭐라고 외쳤다. 잘 들리지는 않았지만 짐의 팔꿈치를 단단히 잡고 있던 월은 그 소리가 뼈를 타고 전해지는 걸 느낄 수 있었다. 노인의 입술이 빠끔 벌어지자 무시무시한 불꽃이 입술 사이를 뒤덮고 이를 훑었다.

문신한 사나이가 레버를 내려 전기를 끊었다. 그러고는 돌아서

서 양 무릎을 꿇은 후 손을 내밀었다.

무대 안쪽에서 노인의 셔츠 아래 낙엽이 바스락대는 듯한 가냘픈 소리가 들렸다.

기인들이 일제히 숨을 내쉬었다.

노인도 한숨을 내쉬었다.

'그래, 저 사람을 도와주고 있는 거야. 다시 숨을 쉴 수 있도록.' 윌은 생각했다.

숨을 들이쉬고, 내쉬고, 들이쉬고, 내쉬는 광경이 공연의 한 장면 같았다. 이제 또 무슨 대사를, 무슨 동작을 할까?

"……가슴을 편다…… 그래…… 그렇게……" 누군가가 속삭였다.

유리 상자 안에 있는 먼지 마녀의 목소리일까?

숨을 들이마신다. 기인들도 가슴을 한껏 부풀렸다. 숨을 뱉는다. 기인들도 어깨를 늘어뜨렸다.

노인의 입술이 부들부들 떨렸다.

"…… 심장이 뛴다…… 한 번…… 두 번…… 그래…… 그렇지……"

또 먼지 마녀일까? 윌은 그쪽을 볼 엄두가 나지 않았다.

노인의 목에 선 핏줄이 작은 시계처럼 똑딱거렸다.

오른쪽 눈이 아주 천천히 마저 뜨이고, 고장난 카메라 렌즈처럼 한껏 벌어진 채 고정되었다. 끝없는 우주를 들여다보는 듯한 눈빛이었다. 몸에 점점 온기가 돌아왔다.

반면, 아래서 지켜보는 소년들은 점점 차갑게 굳어갔다.

금이 간 도자기 같은 노인의 얼굴 위에서, 악몽에 시달리듯 피폐하던 눈이 한층 깊어지며 생기가 돌았다. 눈동자 안쪽 깊숙한 곳에서 사악한 소년이 얼굴을 내밀고 주위를 내다보았다. 기인들, 인턴과 경찰들, 그리고……

월을.

월은 노인의 오른쪽 눈동자에 조그맣게 비치는 자신과 짐의 모습을 보았다. 노인이 눈을 깜빡인다면 둘의 모습은 그 눈꺼풀에 짓눌려 뭉개져버릴 것이었다.

문신한 사나이가 무릎을 꿇은 채 돌아보며 부드럽게 미소 지었다.

"신사 여러분, 소년 여러분. 이상 전기와 공생하는 남자였습니다!"

경찰 한 명이 박장대소하며 권총집에서 손을 뗐다.

월은 살짝 오른쪽으로 몸을 피했다.

노인의 눈이 따라오며 텅 빈 구멍으로 그를 빨아들였다.

월은 움찔하고 다시 왼쪽으로 몸을 피했다.

가래침처럼 끈적한 노인의 눈빛이 다시 따라오고, 차가운 입술이 벌어지면서 숨을 몰아쉬며 씰룩거리는가 싶더니, 몸 안쪽 깊숙한 곳에서 축축한 돌벽에 메아리치는 듯한 소리가 드디어 입밖으로 흘러나왔다.

"……환영……합니다아……"

목소리는 다시 몸 안쪽을 울리며 사라졌다.

""환영……합니다아……아아……"

경찰들은 서로 팔꿈치로 찌르며 피식 웃었다.

"아니에요!" 월이 고함쳤다. "저건 공연이 아니에요! 저 사람은 죽었어요! 전기를 끊으면 다시 죽어버릴……!"

월은 제풀에 놀라서 손으로 입을 막았다.

'맙소사, 내가 왜 이러지? 쿠거 씨가 살아나면 우리를 용서하고 집에 보내줄 텐데. 그런데 지금은 쿠거 씨가 죽기를 바라고 있어. 저들이 전부 죽어버리길 원하고 있어. 지금 너무 겁이 나서 뱃속에 고양이만큼 커다란 헤어볼이 가득찬 기분이야!'

"죄송해요……"

"그럴 것 없다!" 사과하는 월에게 다크가 외쳤다.

기인들이 눈을 부라리며 술렁거렸다. 차게 식어가는 전기의자 위 조각상 같은 노인에게 또 무슨 일이 일어날까? 노인의 한쪽 눈은 고무처럼 눌어붙었고, 입은 쑥 들어가고, 그 안에는 누런 유황 같은 침으로 부걱부걱 거품이 일었다.

문신한 사나이가 혼자서 씩 웃으며 갑자기 스위치를 한 단계 올렸다. 그리고 거죽만 남은 노인의 손에 강철 칼을 쥐여주었다.

오르골 바늘 같은 수염이 돋은 노인의 뺨에서 전기 불꽃이 튀었다. 움푹 팬 눈이 총알구멍처럼 민첩하게 뜨이고 굶주린 듯 월을 찾아 사방을 쏘아보았다. 그리고 월을 발견하자 한입에 먹어치웠다. 입술이 벌어지며 증기가 새어나왔다.

"나는…… 저 아이들이…… 천막에…… 몰래…… 들어오는 걸…… 봤습……니다……"

쭈그러진 풀무에 늪지의 습기가 가득찼다가 구멍으로 조금씩 새어나오는 듯한 목소리가 희미하게 울렸다.

"……우리는…… 공연…… 연습중이었고…… 나는…… 죽은 척하는…… 기술을…… 썼습니다."

산소를 맥주처럼 들이켜고 전기를 와인처럼 홀짝이면서 노인은 잠시 뜸을 들였다.

"……죽어가는 척……하면서…… 바닥에…… 쓰러졌더니…… 아이들이…… 비명을…… 지르며…… 달아났지요!"

노인은 띄엄띄엄 쉰 목소리로 웃었다.

"하하……" 잠시 후 "하하……" 또 한번 "하하……"

전류가 그 입술을 갑자기 꿰매버렸다.

문신한 사나이가 살짝 헛기침했다. "전기 사나이가 연습하느라 많이 지친 모양입니다……"

"그럴 테죠." 경찰 한 명이 모자에 손을 올리고 말했다. "참으로 멋진 쇼였습니다."

"멋졌어요." 인턴 중 한 명도 말했다.

윌은 누가 그런 말을 하는 건지 궁금해져 그들 쪽으로 시선을 돌렸으나 짐이 가로막아서 볼 수 없었다.

"옜다! 티켓을 왕창 주마!" 다크가 손을 뻗었다. "받으렴!"

짐과 윌이 꼼짝도 하지 않았다.

"안 받니?" 한 경찰이 의아한 듯 물었다.

당황한 윌이 타오르는 불꽃 같은 색깔의 티켓으로 손을 뻗으려다 다크가 묻는 바람에 멈칫했다. "이름이 뭐냐?"

경찰들이 서로 마주보며 눈을 찡긋했다.

"말씀드리렴, 얘들아."

침묵이 흘렀다. 기인들이 둘을 뚫어져라 지켜보았다.

"사이먼. 사이먼 스미스예요." 마침내 짐이 말했다.

티켓을 쥔 다크의 손이 움찔했다.

"올리버. 올리버 브라운이에요." 윌도 말했다.

문신한 사나이가 숨을 크게 들이마셨다. 기인들도 다 함께 따라
했다. 그들의 심호흡이 전기 사나이를 자극한 듯했다. 손에 든 칼
이 들썩이더니 끄트머리에서 불꽃이 튀어 윌의 어깨를 때렸다. 이
어서 청록색 전광이 짐의 어깨를 스쳤다.

경찰들이 웃었다.

노인이 활짝 뜬 한쪽 눈을 번득였다.

"내 너희…… 말썽꾸러기들을…… 약골…… 그리고…… 겁
쟁이……라고 부르겠다……!"

노인은 칼끝으로 두 소년의 어깨를 차례로 친 후 덧붙였다.

"너희 모두…… 짧고…… 불행한…… 삶을 살 것이니라!"

그러고는 입을 꾹 다물고 오른눈을 굳게 감았다. 봄속 지하실에
퀴퀴한 숨결을 담고 시커먼 샴페인 같은 피에 전기 불꽃을 채워넣
었다.

"자, 티켓 받아라." 다크가 말했다. "공짜야, 공짜. 언제든 오거
라. 꼭 다시 오는 거다."

짐이 티켓을 받아쥐었다. 윌도 엉겁결에 티켓을 받았다.

그리고 둘은 천막 밖으로 냅다 뛰쳐나갔다.

경찰들은 미소를 머금고 기인들에게 두루 손을 흔들고는 유유
히 천막을 나섰다.

유령처럼 흰 옷차림의 인턴들은 무표정한 얼굴로 따라나섰다.

밖으로 나오자 두 소년이 경찰차 뒷좌석에 움츠리고 앉아 있었다.

둘 다 이제 그만 집에 가고 싶어하는 표정이었다.

2장

/

# 추적

# 25

　밤새 창밖에 첫눈이 쌓였다는 걸 눈을 뜨기 전부터 알 수 있는
것처럼, 방마다 있는 거울이 자신을 기다리고 있음을 폴리는 느
낄 수 있었다.

　그녀는 수년 전부터 자신의 그림자가 집안에 가득함을 알았다.
거실에, 옷장 위에, 욕조 안에 12월의 살얼음이 살짝 끼어 있어도
무시했다. 그 얇은 얼음 위를 가볍게 미끄러져나가는 것이 상책이
다. 너무 의식하면 그 무게로 얼음에 균열이 생길지 모른다. 만약
깨진 틈새로 빠진다면, 몹시 차갑고 아득하게 깊은 물속으로, 묘
비에 온갖 과거의 일이 새겨져 있는 밑바닥까지 가라앉아버릴 것
이다. 얼음물이 정맥으로 주사될 것이다. 그리고 거울 앞에 못박힌
채 세월의 증거에서 눈을 돌리지 못하고 영원히 서 있게 되리라.

오늘밤 세 소년이 뛰어가는 발소리가 점점 멀어지는 걸 들으며, 폴리는 집안의 모든 거울에 눈이 내리고 있음을 느꼈다. 거울 안으로 손가락을 넣어 그 안의 날씨를 확인하고 싶었다. 하지만 그랬다간 모든 거울이 한데 모여 몇만 개의 상을 빚으며, 나이든 여자 무리가 그 안을 행진하고, 이내 젊은 아가씨가 되고, 이어서 어린 소녀로 변할까봐 겁이 났다. 그렇게 많은 사람이 한 집에 들어찼다간 질식하고 말 것이다.

'그럼 거울을 어쩌면 좋을까. 윌 핼러웨이, 짐 나이트셰이드, 그리고…… 그 조카 아이?'

'이상해. 왜 내 조카를 낯선 사람처럼 말하지?'

'처음 이 집에 올 때부터 그애가 낯설었어. 내 조카 같지 않았어. 조카라는 증거가 없었어. 그래서 나는 줄곧 기다렸어…… 뭘 기다렸을까?'

'오늘밤. 카니발을 기다린 거야. 조카는 내게 꼭 음악을 들어야 한다고, 놀이기구를 타야 한다고 했어. 잠든 겨울을 품은 거울 미로에는 들어가지 말고, 클로버와 꿀풀과 야생박하처럼 달콤한 여름이, 사랑스러운 계절이 계속되는 회전목마를 타고 놀자고 했어.'

폴리는 아직 사방에 보석이 흩어져 있는 어두운 잔디밭을 바라보았다. 조카가 저런 짓을 꾸민 건 아마 두 아이를 떼어놓기 위해서였을 것이다. 그애들이 벽난로 선반에 놓인 티켓을 쓰지 못하게 할까봐. 티켓에는 이렇게 적혀 있었다.

회전목마. 1회 이용권.

폴리는 조카가 돌아오기를 기다렸다. 그러나 시간이 너무 늦어지자 혼자서라도 움직여야 할 것 같았다. 다치게 할 생각은 없지만, 짐과 윌이 방해하지 못하게 무슨 조치를 취해야 했다. 자신과 조카, 자신과 회전목마, 자신과 즐거운 여름의 놀이기구 사이에 아무도 끼어들지 못하도록.

조카도 소리 내어 말하진 않았지만, 가만히 양손을 잡고 분홍색 작은 입으로 애플파이 향기가 풍기는 숨결을 희미하게 그녀의 얼굴 위로 내쉬며 그런 생각을 전달했다.

폴리는 수화기를 들었다.

마을 저편 도서관의 석조 건물에 불빛이 보였다. 수년째 온 마을 사람들이 보아온 익숙한 불빛이었다. 폴리는 다이얼을 돌렸다. 나지막한 남자 목소리가 전화를 받았다. 그녀는 말했다.

"도서관이죠? 핼러웨이 씨? 전 폴리라고 해요. 윌의 담임이에요. 갑자기 죄송하지만, 십 분 후에 경찰서에서 뵐 수 있을까요…… 핼러웨이 씨?"

침묵.

"여보세요, 들리시나요……?"


# 26


"천막 안에 처음 들어갔을 때…… 노인은 확실히 죽어 있었어요." 한 인턴이 말했다.

구급차와 경찰차는 마을로 돌아가던 중 동시에 교차로에 섰다.

그때 인턴이 뒤쪽 차에 대고 말한 것이다. 한 경찰이 심드렁하게 받아쳤다.

"농담하기는!"

구급차에서 인턴들이 마주보며 어깨를 으쓱했다.

"네. 농담이라고 치죠."

그들은 입은 옷만큼이나 하얗게 질린 얼굴로 다시 출발했다.

경찰차가 그 뒤를 따랐다. 뒷좌석에 앉은 짐과 윌은 그 얘기를 더 하고 싶었지만, 경찰은 오늘밤에 본 광경에 대해 우스꽝스러운 말투로 감상을 주고받으며 웃어젖힐 뿐이었다. 둘은 단념하고 경찰에게도 가짜 이름과 주소를 대면서 경찰서 모퉁이를 돌아 내려달라고 했다.

경찰서 근처 불 꺼진 두 집 앞에 내리자, 두 소년은 각자 현관으로 달려가 문고리를 잡고 경찰차가 다시 모퉁이를 돌아갈 때까지 기다렸다. 그리고 잠시 후 차도 쪽으로 걸어내려와 한밤중에도 모든 창문이 태양처럼 밝혀진 경찰서의 노란 불빛을 바라보았다. 윌은 옆을 흘끗 보았다. 이곳에 곧 어둠이 들이닥쳐 불빛이 영원히 꺼져버리기를 기다리는 듯한 눈빛으로 짐이 경찰서 창문들을 응시하고 있었다.

'나는 마을에 들어서면서 티켓을 버렸지만…… 짐은……'

짐의 손에는 여전히 티켓 뭉치가 쥐어 있었다.

윌은 부들부들 떨었다.

죽은 이가 되살아나 하얗게 작열하는 전기의자의 불꽃으로 목숨을 부지하는 지금, 짐은 무슨 생각을 하고 무엇을 원하고 무엇을 계획하고 있을까? 지금도 카니발이 좋을까? 윌은 짐의 얼굴을 살폈다. '응'이라는 대답이 짐의 눈에서 희미하게 메아리쳤다. 정의를 구현하는 경찰서의 은은한 빛이 광대뼈를 비추고 있어도 짐은 달라질 게 없었다.

"서장님이 우리 얘길 들어주실 거야……" 윌이 입을 열었다.

"흥." 짐이 대꾸했다. "우리가 말하는 내내 졸다가 잠자리채나 들려주는 게 고작이겠지. 생각해봐, 윌, 나조차도 지난 이십사 시간 동안 일어난 일이 안 믿긴다고."

"그래도 높은 사람에게 얘기는 해봐야 돼. 우리가 진상을 알고 있으니까."

"그래, 그 진상이 뭔데? 카니발 사람들이 대단한 잘못이라도 했어? 거울 미로로 여자들을 겁준 거? 경찰에 말해봤자 그 사람이 괜히 혼자 겁먹은 거라고 할걸. 아니면 도둑질? 그 도둑이 지금 어디 있는데? 늙은이의 피부 아래 숨어 있다? 그런 말을 누가 믿겠어? 그렇게 폭삭 늙어버린 남자가 조금 전까지만 해도 열두 살 소년이었다는 말을 누가 믿겠냐고. 또 뭐가 있는데? 피뢰침 장수가 사라진 거? 그래, 가방이 버려져 있긴 했지. 그냥 마을을 떠난 걸지도 모르고……"

"곁들이 쇼에 있던 그 난쟁이야……"

"나도 봤어. 확실히 피뢰침 장수랑 닮긴 했더라. 하지만 그 사람이 원래는 몸집이 컸다는 걸 어떻게 증명할래? 못하지. 쿠거 씨가 열두 살 소년이라는 걸 증명할 수 없는 거랑 똑같아. 그래서 지금 우리가 이 꼴인 거야. 눈으로 본 것 말고는 증거가 없고, 아직 어린

애들이고, 카니발에서 하는 말은 정반대고, 경찰은 재미난 구경만
하다 갔잖아. 망할, 다 엉망진창이야. 쿠거 씨에게 제대로 사과할
방법이라도 있다면……"

"사과라고?" 윌이 소리쳤다. "그 식인 악어 같은 놈한테? 됐다
그래! 얼머와 고프 같은 것과 엮일 이유는 이제 없다고!"

"얼머? 고프?" 짐은 윌을 유심히 바라보았다. 얼머와 고프란 꿈
속에 나타나는 괴물에게 그들이 붙인 이름이었다. 윌의 악몽에서
'얼머'는 이상한 소리로 신음하고 영문 모를 말을 지껄이는 얼굴
없는 괴물이었다. 짐의 악몽에서 '고프'는 머랭 반죽이 버섯처럼
부푼 모양의 쥐를 잡아먹는 괴물이었다. 쥐는 거대한 거미를 잡아
먹고, 그 거미는 고양이를 잡아먹었다.

"그래, 얼머와 고프!" 윌이 말했다. "10톤짜리 금고라도 머리
위로 떨어져야 정신을 차리겠어? 그 두 사람, 전기 사나이랑 미친
난쟁이에게 무슨 일이 일어났는지 생각해봐! 그 빌어먹을 기계에
올라탄 사람들은 전부 끔찍하게 변했어. 너도 봤으니 알잖아. 놈
들은 피뢰침 장수를 일부러 짜부라뜨려서 작게 만든 거야. 어쩌면
뭐가 잘못됐을지도 모르지. 아무튼 그 아저씨를 포도즙 내는 기구
에 넣어서 짜낸 후에 회전목마 증기 롤러로 문질러 편 걸 거야. 그
래서 실성하는 바람에 우리도 못 알아보는 거야. 그런데도 겁이 안
나, 짐? 어쩌면 크로세티 씨도……"

"크로세티 씨는 휴가중이잖아."

"그렇게 단언할 순 없어. 이발소에 '몸이 아파 휴업합니다'라고 붙
어 있었지? 어디가 아프다는 걸까? 카니발 쇼 구경 갔다가 사탕을

너무 많이 먹어서? 아니면 놀이기구 타다가 멀미가 나서?"

"그만해, 윌."

"아니, 그만 못해. 그 회전목마가 최악이야. 나라고 계속 열세 살로 살고 싶은 건 아니야. 아니라고! 하지만 잘 생각해봐, 너도 단숨에 스무 살이 되고 싶은 건 아니잖아?"

"여름방학 내내 그 얘기 하지 않았어? 곧바로 스무 살이 되면 뭐할지?"

"그래, 했지. 그치만 태피 사탕 기계에 머리를 처박고 억지로 쭉쭉 늘리고 싶단 얘긴 아니었어. 그랬다간 뼈가 어떻게 될지 모르잖아!"

"난 알아." 어둠 속에서 짐이 대꾸했다. "안다고."

"그러시겠지. 날 여기 내버려두고 혼자 가려는 거겠지."

"무슨 소리야." 짐이 반발했다. "내가 왜 널 내버려둬. 우리는 늘 함께라고."

"늘 함께? 너만 키가 60센티미터는 더 커지고 팔다리도 길어질 텐데? 날 내려다보게 될 거라고, 짐. 무슨 말인지 알아? 내 주머니에는 연줄이랑 구슬이랑 개구리 눈알이 잔뜩 들어 있는데, 네 주머니는 깔끔하게 텅 비어서는 날 놀리기나 할 거야. 게다가 달리기도 나보다 훨씬 빨라질 테니 결국 날 버리고……"

"난 절대 널 버리지 않아, 윌……"

"됐어, 그냥 가버려, 짐. 주머니칼이 있으니 나무 밑에 앉아 손가락 사이에 꽂으면서 놀면 그만이야. 너는 회전목마 타고 미치광이처럼 뱅뱅 돌기나 해. 아쉽게도 이젠 그러지도 못하겠지만……"

"너 때문이잖아!" 짐이 소리쳤다.

윌이 굳은 표정으로 주먹을 쥐었다. "그럼 그 비열한 어린 괴물이 비열한 늙은 괴물이 될 때까지 내버려뒀다가 그놈한테 머리통을 물어뜯겼어야 해? 그놈이 회전목마를 타는 동안 멀거니 쳐다보다가 눈이라도 찔렸어야 해? 어쩌면 넌 그놈하고 한패가 돼서 같이 회전목마에 올라탔을지도 모르지. 나한테 잘 있으라고 손을 흔들면서 말이야! 그럼 나도 손을 마주 흔들어주겠지. 그게 네가 원하는 거야?"

"그만하자. 네 말대로 이미 늦었어. 회전목마는 망가졌고……"

"수리가 끝나면 놈들이 늙어빠진 쿠거 씨를 다시 회전목마에 태울 거야. 말을 할 수 있을 만큼 젊어져서 우리 이름을 기억하면 식인종처럼 쫓아올걸. 아니, 우리가 아니라 나만 쫓길지도 모르지. 네가 그놈들이랑 화해하고 내 이름과 주소를 불면……"

"난 그런 짓 안 해." 짐이 윌의 팔을 잡으며 말했다.

"아, 짐, 아직도 모르겠어? 지난달에 목사님이 말씀하셨잖아. 모든 것에는 주어진 수명이 있다고. 둘씩 짝지어서가 아니라, 한 명 한 명 각자에게 말이야. 기억 안 나?"

"모든 것에는 주어진 수명이 있다……" 짐이 읊조렸다.

그때 경찰서 쪽에서 말소리가 들렸다. 입구 오른쪽의 한 방에서 여자가 말하고 있었다. 남자들 목소리도 들렸다.

윌이 짐에게 고개를 끄덕여 신호하자 둘은 소리 없이 덤불을 헤치고 달려가 방안을 훔쳐보았다.

폴리 선생님이었다. 윌의 아버지도 나란히 앉아 있었다.

"이해가 안 되네요. 윌과 짐이 왜 우리집에서 물건을 훔치고 달아났는지……"

"아이들 얼굴을 보셨습니까?" 찰스 핼러웨이가 물었다.

"네, 내가 소리지르니까 가로등 아래서 뒤를 돌아봤어요."

조카 얘기는 안 했나보다고 윌은 생각했다. 하긴 당연했다.

윌은 짐에게 소리치고 싶었다. '이제 알겠어, 짐? 그건 함정이었어. 그애는 우리가 찾아오기를 기다렸던 거야. 말썽에 휘말리게 만들어서 경찰이나 부모님에게 무슨 말을 해도 신뢰를 사지 못하게, 밤늦게 카니발과 회전목마에서 본 광경을 아무 쓸모 없게 만들려고!'

"애들을 고소하려는 건 아니에요." 폴리 선생님이 말했다. "다만 제가 오해한 거라면, 왜 도망가서 숨어버린 거죠?"

"안 숨었어요!"

"윌!" 짐이 외쳤다.

하지만 늦었다.

윌이 훌쩍 뛰어올라 창문을 타넘고 들어갔다.

"여기 있어요." 바닥에 내려선 윌이 단숨에 말했다.


27


둘은 찰스 핼러웨이의 양옆에 서서 달빛에 물든 보도를 따라 묵묵히 집으로 향했다. 집에 도착했을 때 윌의 아버지가 한숨을 쉬었다.

"짐, 이 시간에 네 어머니를 괴롭힐 이유는 없을 것 같구나. 내일 아침 먹으면서 어머니께 오늘 일을 다 얘기하겠다고 약속하면 이대로 보내주마. 어머니를 깨우지 않고 들어갈 수 있겠니?"

"그럼요. 우리가 만들어둔 게 있어요."

"우리?"

짐이 고개를 끄덕이며 집 측벽으로 두 사람을 데려가 우거진 이끼와 담쟁이덩굴을 헤치고는 자기 방 창문 아래까지 쇠 가로대를 박아 만든 사다리를 보여주었다. 찰스는 괴로운 듯 얼굴을 일그러뜨리며 웃고는 낯선 슬픔이 몰려와 고개를 저었다.

"언제부터 이렇게 해놨었니? 아니, 말 안 해도 된다. 나도 네 나이 땐 이랬으니까." 찰스는 담쟁이덩굴을 따라 짐의 방 창문을 올려다보았다. "밤늦게 돌아다니는 게 어쩌나 재미있던지." 그러다 퍼뜩 정신을 차렸다. "그렇다고 너무 오래 돌아다니면 안 된다."

"자정을 넘긴 건 이번주가 처음이에요."

찰스는 잠시 생각한 후 말했다. "막상 허락해주면 재미가 없어질 거야, 그렇지? 여름밤 몰래 집을 빠져나가 호수와 묘지와 선로와 복숭아 과수원을 돌아다니는 게 재미있는 법이니까……"

"오, 그럼 아저씨도 예전에……"

"그래. 엄마들에겐 말하면 안 된다. 그만 들어가렴." 찰스가 위쪽으로 손짓했다. "당분간 밤에 돌아다니지 말고."

"네!"

짐은 원숭이처럼 재빨리 별을 향해 사다리를 타고 올라가 방안으로 훌쩍 사라져서 창문을 닫고 커튼을 쳤다.

찰스는 별빛에서 마당까지 뻗어 있는 비밀 사다리를 올려다보았다. 그건 1000미터 달리기, 시커먼 덤불 뛰어넘기, 공동묘지의 격자 울타리와 담벼락 높이뛰기로 이어지는 자유로운 경기장 트랙이었다……

"내가 제일 마음에 안 드는 게 뭔지 아니, 윌? 이젠 너희처럼 마음껏 달릴 수 없다는 거야."

"네……"

"정리를 해보자. 내일 폴리 선생님을 다시 찾아뵙고 사과드려. 그러면서 잔디밭도 다시 잘 살펴보고. 지금은 성냥과 손전등 불빛으로만 봤으니 그…… 도둑맞은 물건 중에 못 보고 놓친 게 있을지도 몰라. 그리고 경찰서장님한테 가서 말씀드려. 네가 마침 경찰서에 와 있어서 다행이다. 폴리 선생님이 고소할 생각이 없었던 것도 다행이고."

"네, 아빠."

둘은 자신들의 집 측벽으로 걸어갔다. 찰스가 담쟁이덩굴 안쪽을 더듬으며 물었다.

"여기에도 있니?"

윌이 담쟁이덩굴 사이사이에 몰래 박아놓은 쇠 가로대가 찰스의 손에 닿았다.

"여기도 있어요."

찰스는 담쟁이덩굴에 묻힌, 안전한 방의 따뜻한 침대로 이어지는 그 비밀 사다리 옆에 서서 파이프에 담뱃잎을 채우고 불을 붙였다. "난 널 잘 알아. 나쁜 짓을 할 아이가 아니지. 넌 아무것도 훔치지 않았어."

"맞아요."

"그런데 왜 경찰에는 너희가 훔쳤다고 말한 거니?"

"폴리 선생님이 우릴 도둑으로 몰고 싶어하시니까요. 이유는 모르겠지만. 선생님이 그렇게 나오시면 다른 방법이 없어요. 우리가 경찰서 창문을 넘어 들어오는 걸 보고 선생님이 깜짝 놀라는 거 보셨죠? 우리가 순순히 자백할 줄 모르셨던 거예요. 근데 자백했죠. 우리에겐 법이 지켜줄 수 없는 적이 많거든요. 아무리 진상을 밝혀도 그놈들에겐 타격이 없어요. 그럴 바에야 죄를 뒤집어쓰고, 폴리 선생님 뜻대로 되게 한 거예요. 우리가 무슨 말을 해도 아무도 안 믿을 테니까요."

"난 믿는다."

"정말요?" 월은 아버지의 얼굴이 그늘져 있진 않은지 살폈지만 흰 피부와 눈, 머리카락만 보일 뿐이었다.

"아빠, 어젯밤 새벽 세시에……"

"새벽 세시……?"

월은 아버지가 썰렁한 바람을 맞은 듯 움찔하는 모습을 보았다. 모든 것을 알고 있지만 꼼짝도 할 수 없다는 듯, 손을 뻗어 월의 어깨를 토닥여줄 수 없다는 듯 보였다.

월 역시 아직은 모든 것을 털어놓을 수 없었다. 내일, 혹은 며칠이 지나면 그럴 수 있을 것이다. 해가 뜨고, 카니발 천막들이 싹 사라지고, 괴물들이 지평선 저멀리 물러가서 더는 겁낼 게 없어진다면, 더는 입을 꾹 닫고 있을 필요가 없어진다면. 그러면 모두 지난 일이 될 것이다…… 아마 그럴 것이다……

"새벽 세시에?" 아버지가 어렵게 입을 열었다. 손에 쥔 파이프에 담뱃불이 꺼져갔다. "계속 말해봐."

'말하면 안 돼.' 윌은 생각했다. '짐과 내가 괴물들한테 잡아먹히는 한이 있어도 다른 사람을 끌어들일 순 없어. 진실을 알게 되면 누구든 해를 입을 테니까. 아무에게도 말해선 안 돼.'

윌은 큰 소리로 말했다. "이삼일 있으면 다 말씀드릴게요, 아빠. 엄마의 명예를 걸고 맹세해요."

"엄마의 명예라. 그거면 충분하구나." 아버지가 대답했다.


## 28


고대 이집트의 고운 모래가 마을 너머 모래언덕으로 날아오르는 것처럼 바스러진 가을 낙엽 냄새가 달콤하게 풍겼다. '나는 왜 이런 때에 먼지가 되어 사천 년간 세상 곳곳을 떠도는 고대 사람들을 생각하는 걸까. 나랑 아빠 말고는 아무도 그 냄새를 알아채지 못하고, 나와 아빠마저도 서로 이 얘기를 하지 못한다는 게 왜 이리 슬프게 느껴지는 걸까.' 윌은 생각했다.

지금은 생각이 가시나무처럼 털이 뻣뻣한 에어데일 개에서, 비단처럼 털이 부드러운 잠든 고양이로 옮겨가는 순간이었다. 잠자리에 들어야 할 시간이지만 그들은 아직 애들처럼 뭉그적거리며, 베개와 밤의 상념 사이에서 큰 원을 그리며 배회했다. 많은 얘기를 나누면서도 아무 얘기도 하지 않았다. 첫 단서를 발견했지만 마지막 단서를 찾아내진 못했다. 모든 것을 알고 싶지만 아무것도 알고 싶지 않은, 꼭 해야 하는 대화를 시작하려는 이들끼리의 새로운 감정이었다. 비밀을 누설할 때의 씁쓸한 마음이었다.

이만 위층으로 올라가야 한다는 걸 알지만 머지않은 밤, 어른과 어른이 되어가는 소년이 함께 노래하리라 약속해주는 이 순간과 헤어지는 게 못내 아쉬웠다. 마침내 윌이 조심스럽게 입을 열었다.

"아빠, 저는 선한 사람이에요?"

"그렇고말고. 나는 알 수 있단다."

"힘든 상황이 닥쳤을 때, 그게 도움이 될까요?"

"그럼."

"제가 도움이 필요할 때, 그게 절 도와줄까요? 만약 주변에 온통 악한 사람뿐이고 선한 사람이 하나도 없어도요?"

"조금은 도움이 될 거야."

"그것만으로는 부족해요, 아빠!"

"선함이 사람의 육체를 보호해주진 않는단다. 마음의 평화는 주겠지만⋯⋯"

"그렇지만, 아빠도 가끔, 겁날 때가⋯⋯"

"⋯⋯마음이 평화롭지 못할 때가 있냐고?" 아버지는 편치 않은 표정으로 고개를 끄덕였다.

"아빠." 윌이 힘없는 목소리로 물었다. "아빠는 선한 사람인가요?"

"너와 네 엄마한테는 그러려고 노력하지. 하지만 스스로에게

영웅이 될 수 있는 사람은 없어. 나는 평생을 나라는 인간과 함께 살았단다, 월. 그러니 나 자신에 대해 알아야 할 것들은 전부 알지……"

"그걸 다 합쳐본다면요……?"

"합쳐서? 글쎄, 늘었다가 줄었다가 한단다. 그리고 나는 대부분 앉아 있기만 했으니 큰 잘못은 없었겠지."

"그런데 왜 아빠는 행복하지 않아요?" 월이 불쑥 물었다.

"응? 글쎄…… 새벽 한시 삼십분에 집 마당에서…… 철학적인 대화를 나누기는 적절하지 않은 것 같다만……"

"그냥 궁금해서요."

한동안 침묵이 흘렀다. 아버지는 한숨을 내쉬고는 아들의 팔을 잡고 현관 계단에 가서 앉았다. 파이프에 다시 불을 붙이고 연기를 내뿜으며 말했다. "그래, 계속해보자. 잠든 네 엄마는 수고양이들끼리 밖에 있는 걸 모를 테니. 음, 언제부터 선함이 행복이라고 생각했니?"

"아주 예전부터요."

"그럼 지금부터는 생각을 달리 해보렴. 마을에서 제일 행복한 표정으로 제일 크게 웃던 사람이 실은 제일 무거운 죄를 짊어진 사람일 수 있단다. 웃음이라고 다 같은 게 아니거든. 그 명암을 가려낼 줄 알아야 해. 유독 목청 크고 호쾌하게 웃는 사람은 스스로를 감추기 위해 그러는 걸 수 있어. 웃음으로 죄의식을 씻어내려는 거지. 하지만 인간이란 죄 짓기를 즐기기도 한단다, 월. 갖은 형태와 크기, 색깔, 냄새의 죄악을 너무도 열렬히 사랑하지. 가끔은 식탁이 아닌 여물통이 우리의 식욕을 돋우기도 해. 지나치게 큰 소리로 다른 이를 칭찬하는 사람은, 방금까지 돼지우리에서 자다 나온 건 아닌지 의심해볼 필요가 있어. 반대로 온 세상의 죄와 벌을 다 짊어진 양 너무도 불행해 보이는, 창백하고 야윈 얼굴의 남자가 있다고 치자. 실은 그 사람이 네가 말한 '선한 사람'일 수도 있단다, 윌. 선하게 산다는 건 참으로 두려운 일이거든. 그 압박감을 견디지 못하고 망가지기도 해. 나도 그런 사람을 몇 명 알고 있단다. 돼지로 사는 것보다 농부로 사는 게 몇 배는 힘드니까. 선하게 살려고 안간힘을 쓰다가 어느 날 마음의 벽에 금이 가기도 해. 삶의 기준이 높은 사람은 머리카락 무게만큼 가벼운 죄를 지어도 등뼈가 후들거리거든. 조금만 고결함을 잃어도 스스로를 채찍질하며 숨막히게 자책한단다.

그런 강박을 느끼지 않으면서 건전한 인간으로 살고 행동할 수 있다면 딱 좋겠지. 하지만 그러기는 쉽지 않아. 예를 들어, 냉장고에 마지막 한 조각 남은 레몬케이크가 있다고 하자. 다른 사람의 몫이지만 네가 한밤중에 더워서 깼다가 그 케이크가 생각난다면 어떻게 할래? 더 설명할 필요 없겠지? 아니면, 햇살 따가운 봄날 오후 교실 책상에 꼼짝없이 매여 있는데, 시원한 물이 콸콸 흐르는 강으로 놀러가고 싶다면? 몇 킬로미터 떨어져 있어도 아이들 귀에는 그 물소리가 들리기 마련이지. 그렇게 매분, 매시간, 평생 동안 우리는 쉼없이 선한 사람이 되는가 마는가란 선택의 기로에 놓이는 거야. 시계의 역할이 그거란다. 똑딱거리는 소리가 선택을 강요하지. 교실을 박차고 나가 시원한 강물에서 헤엄을 칠지, 무더운 교실에 갇혀 있을지. 달려가서 레몬케이크를 먹을지, 군침만 흘리다가 잠들지 선택하라고 말이야. 그리고 넌 가만있기로 결정하지. 일단 그런 결정을 내리면 비결을 알게 돼. 두 번 다시 강을 떠올리지 않는 거야. 케이크도 마찬가지고. 자꾸 생각하다가는 미쳐버릴 것 같으니까, 그렇지? 그처럼 가지 못한 강이나 먹지 못한 케이크 같은 게 점점 쌓이고 내 나이가 되면, 참 많은 것을 잃고 살아왔다는 걸 깨닫게 돼. 그래도 강에 자주 놀러갔을수록 익사했을 가능성이 높다고, 레몬케이크를 자주 먹을수록 목이 막혀 질식했을 가능성이 높다고 생각하며 스스로를 위로하지. 하지만 실은 그저 소심한 겁쟁이였던 탓에 위험을 피하고 안전한 길을 선택해왔을 뿐이야.

날 보렴. 난 서른아홉에 결혼했어. 서른아홉에! 그전의 세월을 나 자신과 대결하며 보냈지. 스스로를 완벽히 통제할 수 있기 전에는 결혼할 수 없다고 생각했거든. 누구든 완벽해질 때까지 기다릴 순 없다는 것, 밖에 나가서 넘어지기도 하고 다른 사람과 힘을 합쳐 일어서기도 해야 한다는 걸 뒤늦게 깨달았어. 그래서 어느 날 나 자신과의 힘겨운 싸움을 그만두었을 때, 네 엄마가 책을 빌리러 도서관에 와서 책 대신 나를 얻어갔지. 그때 나는 선악이 반반 섞인 남녀가 만나 각자의 선을 합친다면 완전하게 선한 한 인간을 만들 수 있지 않을까 생각했어. 그게 바로 너란다. 월. 이상하고 슬픈 사실이 있다면, 너는 항상 잔디밭을 이리저리 뛰어다니고 나는 지붕 위에서 책을 기왓장삼아, 인생을 도서관에 비유하는데, 곧 네가 나보다 훨씬 지혜롭다는 걸 알게 되리란 거야. 내가 따라잡을 수도 없을 만큼……"

파이프의 불씨가 꺼졌다. 아버지는 재를 떨어내고 다시 담배를 채웠다.

"그건 아니에요." 월이 말했다.

"아니, 맞아. 스스로 바보라는 것마저 모를 정도로 내가 바보는 아니란다. 한 가지 단언할 수 있는 건, 네가 똑똑한 아이라는 사실이야."

월이 한참을 가만있다가 입을 열었다. "신기해요. 오늘밤은 저보다 아빠가 훨씬 많이 말했잖아요. 좀더 생각해볼게요. 어쩌면 아침을 먹으면서 모두 털어놓을지도 몰라요. 그래도 돼요?"

"언제든 기다리마."

"왜냐하면…… 전 아빠가 행복하면 좋겠거든요."

월은 눈물이 나오려는 걸 꾹 참았다.

"난 괜찮다, 월."

"아빠가 행복해질 수 있다면 뭐든, 무슨 말이든 할게요."

"월리, 월리엄." 아버지는 파이프에 다시 불을 붙이고 공기 중에 감미롭게 녹아드는 연기를 바라보았다. "내가 영원히 살 거라고 말해주렴. 그러면 행복해질 것 같구나."

월은 생각했다. 지금껏 깨닫지 못했는데 아버지의 목소리가 머리만큼이나 하얗게 세어 있었다.

"아빠, 그렇게 슬프게 말하지 마요."

"그랬니? 난 원래 슬픔이 많은 사람이란다. 책을 읽으면 슬퍼지고, 영화를 봐도 슬퍼지고. 연극을 보면? 눈물이 나올 정도지."

"안 슬퍼지는 건요?"

"딱 하나 있지. 죽음."

"네?" 윌은 깜짝 놀랐다. "죽음이야말로 슬픈 거잖아요!"

"그렇지 않아." 머리카락처럼 하얀 목소리로 아버지가 말했다. "죽음은 세상 모든 것을 슬프게 하지만, 죽음 자체는 그저 두려움일 뿐이야. 죽음이 없으면 세상 모든 것은 타락할 일이 없을 테지."

윌은 생각했다. '카니발도 그래. 한 손엔 뱀처럼 쉭쉭대는 죽음을, 한 손에는 달콤한 사탕 같은 생명을 쥐고, 한 손을 흔들어 사람을 위협하고, 다른 한 손을 뻗어서 침을 고이게 하지. 죽음과 목숨을 양손 가득 쥔 쇼!'

윌은 벌떡 일어섰다.

"아빠! 아빠는 영원히 살 거예요! 믿어줘요. 몇 년 전에 아팠던 적도 있지만 다 나았잖아요. 쉰네 살이지만 그래도 젊어요! 그리고 말할 게 하나 더 있는데……"

"말해보렴, 윌."

아버지가 다음 말을 기다렸다. 윌은 주저하다가 입술을 깨물며 내뱉었다.

"그 카니발 근처에는 가지 마요."

"희한하구나. 나도 너한테 그 말을 하려고 했는데."

"십억 달러를 준대도 다시는 거기 가지 않을 거예요!"

윌은 생각했다. 그런다 해도 카니발 놈들이 나를 찾아 마을로 오는 건 막을 수 없겠지만.

"약속해줄 거죠, 아빠?"

"내가 그랬으면 하는 이유가 있니, 윌?"

"그게 내일, 아니면 모레, 아니면 다음주나 내년이 될지도 모르지만, 언젠가 제가 말하려는 것 중 하나예요. 아무튼 지금은 절 믿어줘요, 아빠."

"그래, 아들아." 아버지는 윌의 손을 잡았다. "약속하마."

그 말이 신호인 양 그들은 집 쪽을 돌아보았다. 시간도 늦었고 대화도 할 만큼 했으니 그만 들어가야 한다는 걸 둘 다 느끼고 있었다.

"나온 길로 들어가려무나." 아버지가 말했다.

윌은 말없이 걸어가서 바람에 살랑대는 담쟁이덩굴 속에 감춰진 사다리를 잡았다.

"이거 떼지 않을 거죠……?"

아버지가 손끝으로 사다리를 쓸었다.

"언젠가 싫증나면 네 손으로 직접 떼어낼 거야."

"절대 싫증 안 날 거예요."

"지금은 그럴 것 같지? 그래, 네 나이 땐 뭐든 싫증나지 않을 것 같으니까. 자, 이제 올라가거라."

윌은 담쟁이덩굴과 그 뒤에 숨겨진 사다리를 올려다보는 아버지의 눈빛을 놓치지 않았다.

"아빠도 이리로 올라가고 싶어요?"

"아니, 아니야." 아버지가 황급히 말했다.

"언제든 환영이에요."

"됐다. 올라가봐."

말은 그렇게 하면서도 아버지는 어둑한 새벽빛 속에서 살랑대는 담쟁이덩굴에서 시선을 떼지 못했다.

월은 펄쩍 뛰어 첫번째 가로대를 잡고 두번째, 세번째 가로대를 잡은 후 아래를 내려다보았다.

바닥에 선 아버지의 몸집이 점점 작아지는 것처럼 보였다. 누군가에게 버림받은 듯 한 손을 든 채 꼼짝도 하지 않고 어둠 속에 우두커니 서 있는 아버지를 월은 문득 두고 가기가 힘들어졌다.

"아빠! 못 올라올 것 같아서 그러는 거죠?" 월이 작게 말했다.

누가 그러던? 아버지가 입모양으로 소리 없이 외쳤다.

그리고 펄쩍 뛰어올랐다.

소년과 나이든 남자는 소리 없이 웃으며 손과 발을 번갈아 놀리면서 벽을 타고 올라왔다.

아버지의 손이 벽 위로 미끄러졌다가 다시 가로대를 잡는 소리가 들렸다.

꽉 잡아요! 월은 속으로 외쳤다.

"휴……"

아버지의 거친 숨소리가 들렸다.

월은 눈을 꼭 감고 응원했다. 잘 잡고…… 조금만 더…… 다 왔어요……!

나이든 남자는 숨을 크게 내쉬고 들이마시고, 뭐라고 중얼거리더니 다시 사다리를 올랐다.

월도 눈을 뜨고 마저 올라갔다. 그뒤로는 순조롭게, 높이, 더 높이, 유쾌하고 멋지고 훌륭하게 끝냈다! 아버지와 아들은 안으로

들어가 창틀에 걸터앉았다. 몸집도, 무게도, 별빛에 물든 얼굴색
도 같은 둘은 기분좋은 피로감에 젖어 나란히 앉아 자꾸만 터져나
오려는 웃음을 삼켰다. 뱃속에서 치미는 웃음이 하느님을, 마을을,
아내와 엄마를 깨울까봐 서로의 입을 막으며 꾹 참았다. 따뜻한 기
운이 즐거운 진동을 남기며 샘솟는 게 느껴졌다. 두 눈을 빛내고
사랑으로 물들이며 둘은 잠시 그렇게 앉아 있었다.

마지막으로 월을 꼭 안아준 뒤 아버지는 방을 나가 문을 닫았다.

너무나 많은 일이 일어난 밤, 두려움에서 서서히 벗어나 아버지
에게 멋진 가르침을 받은 월은, 나른한 팔과 욱신거리는 다리에서
옷가지를 벗겨낸 뒤 벌목된 나무처럼 침대에 털썩 쓰러졌다……


## 29


월은 정확히 한 시간을 잤다.

언뜻 무언가가 지나간 낌새에 일어나 앉아 창밖으로 짐의 집 지
붕을 올려다보았다.

"앗! 피뢰침이 사라졌어!"

아무리 눈을 씻고 봐도 없었다.

'도둑맞은 건가? 아냐. 짐이 뽑아버린 건가? 그래! 왜 그랬을
까? 하긴 그러고도 남을 녀석이야. 실실 웃으면서 지붕으로 올라
가 뽑아버렸을 테지. 폭풍이 몰려오고 번개가 집에 떨어지도록!
무섭지 않은 걸까? 그렇겠지. 무서움이란 짐에게 새로운 자극일

뿐이니까.'

'짐!' 윌은 눈앞을 가로막은 창문을 깨버리고 싶었다. '피뢰침을 도로 박아! 아침이 오기 전에 그 저주받은 카니발이 누군가를 보내서 우리 사는 곳을 알아내려 할 거야. 어떤 식으로 찾아올지, 어떤 모습으로 나타날지는 모르지만. 어쨌든 지붕이 너무 허전해 보여! 구름이 빠르게 흐르고 폭풍우도 돌진해오는데……'

윌은 멈칫해서 생각을 멈추었다.

하늘을 떠가는 열기구가 어떤 소리를 낼까?

소리를 내지 않을까?

아니, 아예 안 내지는 않는다. 가만있어도 커튼을 펄럭이는 바람 같은, 하얗게 꺼져가는 거품 같은 소리를 낼 것이다. 잠든 이의 꿈결 너머로 별이 뒤척이는 정도의 소리일 수도 있다. 달이 뜨고 지는 소리일 수도. 하지만 가장 비슷한 건 우주 깊은 곳을 항해하는 달의 소리일 것이다.

어떻게 그 소리를 듣고 알아차릴 수 있을까? 귀로 듣는다? 아니, 열기구의 움직임을 알아채는 건 목덜미의 머리칼, 귓속의 잔털이다. 메뚜기가 다리를 비비며 노래하듯, 팔에 난 솜털이 하늘의 괴상한 음악에 맞춰 바르르 떨린다. 그러니 침대에 누워서도 열기구가 하늘의 바다에 유유히 잠수하는 것을 알고 느끼고 확신할 수 있다.

윌은 짐의 집에서 인기척을 느꼈다. 섬세하고 비밀스러운 더듬이를 가진 짐도 마을 위 하늘의 바다가 갈라지고 거대한 배가 지나감을 재빨리 감지한 모양이었다.

거대한 그림자가 자신들의 집 사이 도로를 지나고 있음을 알아
차린 두 소년은 창문을 밀어올리고 밖으로 고개를 내밀었다. 미리
시간을 맞춘 것처럼 동시에 창밖으로 머리를 내미는 익숙한 광경,
수년간 호흡을 맞춰온 사이에서만 가능한 그 절묘한 무언극에 새
삼 놀라 둘은 입을 벌리고 마주보았다. 그리고 떠오르는 달빛을 받
아 은색으로 물든 얼굴을 동시에 들어올렸다.

하늘을 가로지르던 열기구가 갑자기 사라져버렸다.

"으악, 열기구가 여기서 뭐하는 거지?!" 짐이 외쳤으나 딱히 대
답을 바란 질문은 아니었다.

척 봐도 열기구가 수색 작업중임을 알 수 있었기 때문이다. 고
리버들 바구니를 달고 폭풍우에 대비한 돛을 장착한 열기구는 자
동차처럼 엔진음을 내지 않는다. 아스팔트를 스치는 타이어 소음
도, 거리를 걷는 발소리도 없이, 그저 바람이 구름 사이를 헤집어
만들어놓은 거대한 아마존강을 유유히 항해하면 그만이었다.

짐과 윌은 창문을 닫지도, 커튼을 치지도 않고 꼼짝 않고 기다
렸다. 누군가가 꿈속에서 중얼거리는 듯한 소리가 다시 들려왔기
때문이다.

기온이 이십 도는 떨어진 듯 싸늘했다.

폭풍우에 닳아 색이 바랜 열기구가 속삭이는 듯한 소리를 내며
부드럽게 하강했다. 의기양양하게 지상을 내려다보는 열기구 코끼
리처럼 거대한 그림자가 이슬에 젖어 반짝이는 잔디밭과 해시계
온도를 낮추었다.

바구니 안에서 무언가가 꿈틀대는 것이 보였다. 저건 머리랑 어

깨인가? 그랬다, 은색 망토 같은 달빛을 두른 사람의 형상이었다. '다크다!' 월은 생각했다. '분쇄기 인간이다!' 짐이 생각했다. '아니, 무사마귀인가?' 월이 생각을 고쳤다. '아니면 해골 사나이? 용암을 마시는 자? 줄에 매달리는 사나이? 무슈 기요틴?'

전부 틀렸다.

바구니에 탄 건 다름아닌 먼지 마녀였다.

흙속에 묻힌 해골와 뼈다귀를 끌어모아 날려보내는 마녀.

짐은 월을 마주보았다. 그리고 서로의 입모양을 읽었다. '마녀다!'

'그런데 왜 밀랍으로 된 쪼그랑할머니가 한밤중에 열기구를 타고 정찰을 나온 거지? 왜 다른 놈들, 도마뱀 독, 늑대의 불, 뱀의 침처럼 지독한 눈을 한 괴물들은 보이지 않는 거지? 왜 흑거미줄로 눈꺼풀을 꿰매서 앞이 보이지도 않는 힘없는 노파를 내보낸 걸까?'

다시 하늘을 올려다보던 월은 이내 답을 얻었다.

괴상한 밀랍 인형이지만 마녀는 살아 있었다. 앞을 못 보는 건 확실했다. 그러나 녹슨 것처럼 얼룩덜룩한 손을 아래로 뻗어 공기를 쓰다듬고, 그 흐름을 흐트러뜨리고, 바람을 가르고, 허공을 층층이 벗겨내고, 별에 그늘을 드리우며 춤추듯 휘저었다. 그러다 문득 멈추더니 자신의 코끝과 같은 방향을 가리켰다.

소년들은 또다른 사실을 깨달았다.

마녀는 특별한 맹인이었다. 공기 중에 손을 뻗으면 그 아래 모든 세상을 느낄 수 있었다. 집집의 지붕을 만지고, 다락방을 탐색하고, 먼지를 걷어내고, 복도를 스치는 틈새바람과 사람들의 몸안에서 빠져나오는 영혼을 살펴보고, 폐부에서 손목의 정맥으로, 마찬가지로 혈관이 통하는 관자놀이와 목구멍을 지나 다시금 폐로 돌아오는 바람을 조사할 수 있었다. 열기구가 가을비처럼 슬금슬금 지상으로 내려오는 걸 소년들이 감지한 순간, 마녀는 그들의 떨리는 콧구멍을 드나드는 영혼을 더듬었다. 그 영혼은 손가락 끝의 따뜻한 지문처럼 사람마다 느낌이 달랐다. 마녀는 영혼을 움켜쥐고 찰흙처럼 주물렀다. 냄새 역시 각각 다르다. 윌은 마녀가 코를 킁킁대며 자신의 생기를 빨아들이는 소리를 들었다. 그 맛도 사람마다 달랐다. 그것들을 끈적끈적한 입으로 음미하며 퍼프에더 독사처럼 갈라진 혀로 각기 다른 맛을 느꼈다. 그리고 소리도 달랐다. 마녀는 그들의 영혼을 한쪽 귀로 담고 반대쪽 귀로 빼냈다!

마녀의 손이 공기를 아래로 훑었다. 한쪽 손은 윌을, 다른 쪽 손은 짐을 찾아서.

열기구의 그림자가 으스스한 공포를 몰고 왔다.

마녀가 크게 숨을 내쉬었다.

열기구는 작고 불길한 바닥짐 하나를 떨어뜨리고 위로 둥실 날아올랐다. 그림자도 사라졌다.

"세상에! 우리가 사는 곳을 알아낸 거야." 짐이 외쳤다.

둘은 다음 순간 흠칫 숨을 멈추었다. 열기구에서 나온 기묘한 무언가가 짐의 집 지붕을 스치며 떨어진 것이다.

"윌! 우리집이 들켰나봐!"

"아냐! 그게 아니라……"

짐의 집 지붕 아래서 위까지 무언가가 질질 끌리고 스치고 사각

172

거리는 소리가 들렸다. 월은 열기구가 바람을 가르고 언덕 쪽으로 날아가는 모습을 보았다.

"가버렸어, 저기 봐! 짐, 마녀가 너희 집 지붕에 무슨 짓을 한 것 같아. 건너가게 장대를 이쪽으로 밀어줘!"

짐은 빨랫줄을 거는 장대를 월의 창문으로 밀었다. 월은 장대를 창턱에 고정시키고 창밖으로 나가 장대를 타고 짐의 방 쪽으로 이동했다. 짐이 월을 잡아 방안으로 끌어당겼다. 둘은 맨발로 옷장에 올라가 서로 잡고 끌어주며 천장 위 다락방으로 들어갔다. 낡고 어두컴컴하고 고요한 다락방에서는 제재소 냄새가 났다. 바들바들 떨면서 지붕으로 올라간 월이 외쳤다. "짐, 저기 있어!"

달빛 속에 그것이 보였다.

달팽이가 보도를 지나간 자리처럼 미끈미끈하게 빛나는 흔적. 정말로 달팽이가 남긴 흔적이라면 무게가 45킬로그램은 되어야 할 것이다. 그 은색 띠는 폭이 90센티미터는 되어 보였다. 낙엽이 가득한 빗물받이에서 지붕 꼭대기로 이어졌다가 다시 띄엄띄엄 반대쪽으로 내려갔다.

"왜, 왜 이렇게 해놨지?" 짐이 소스라쳤다.

"번지수나 거리 이름을 찾아서 오는 것보다 쉬울 테니까. 지붕에 표시해놓으면 밤이든 낮이든 몇 킬로미터 떨어진 곳에서도 보이잖아!"

"맙소사." 짐은 허리를 굽혀 은색 흔적을 만져보았다. 불길한 냄새가 나는 *끈끈한* 물질이 손가락에 묻어났다. "월, 이제 어쩌지?"

"내 예감엔 아침까지는 다시 오지 않을 것 같아." 월이 속삭였다. "무작정 공격하진 않을 테니까. 계획을 짜고 있을 거야. 그러니까…… 지금 어떻게든 해봐야 해!"

아래쪽 잔디밭에 거대한 보아구렁이처럼 똬리를 튼 정원 호스가 둘을 기다리고 있었다.

월은 아무것도 넘어뜨리지 않고 아무도 깨우지 않도록 조심하며 재빨리 잔디밭으로 내려갔다. 물이 뿜어져나오는 호스를 한 손에 쥐고 숨을 헐떡이며 다시 올라오자 지붕에 남아 있던 짐이 깜짝 놀랐다.

"월, 넌 천재야!"

"당연하지! 서둘러!"

둘은 호스를 끌고 지붕에 물을 뿜어서 지붕 위에 수은처럼 빛나는 불길한 자국을 씻어냈다.

월은 아침을 향해 조금씩 색이 바뀌는 하늘을 쳐다보았다. 바람을 타고 떠 있는 열기구가 미적미적 다시 움직이려는 듯했다. 그들이 지붕의 흔적을 지우는 걸 알아채고 돌아오려는 걸까? 마녀가 다시 지붕에 표시해놓으면 또 물로 씻어내기를 날 밝을 때까지 반복해야 할까? 필요하다면 그래야겠지.

'마녀를 해치울 방법이 없을까? 다른 놈들은 아직 우리 이름이나 사는 곳을 모르니까. 쿠거 씨는 거의 죽은 거나 다름없으니 우리를 기억하거나 알리진 못할 거야. 난쟁이는, 만약 정말로 그가 피뢰침 장수라 해도 제정신이 아니니 더더욱 기억 못하겠지! 폴리 선생님한테서 알아내려 해도 아침이 되기 전에는 힘들어. 그래서 저멀

리 초원에서 이를 바득바득 갈다가 결국 먼지 마녀를 정탐 보낸 거야……'

짐이 피뢰침이 꽂혀 있던 자리를 씻어내며 후회하는 투로 말했다. "내가 바보였어. 피뢰침을 뽑지 말걸."

"아직 번개가 치지 않았잖아. 잘하면 무사할 수도 있어. 자, 저쪽도 닦자!"

그들은 지붕에 연신 물을 뿌렸다.

아래서 누군가가 창문을 내리는 소리가 났다.

"엄마야. 비가 오는 줄 아시나봐." 짐이 쓴웃음을 지었다.


## 30

비가 그쳤다.

지붕은 깨끗해졌다.

둘의 손에서 놓여난 호스가 뱀처럼 구불거리며 저 아래 잔디밭으로 떨어졌다.

열기구는 여전히 마을 저편에 걸린 채 다가올 어둠과 져가는 태양 사이에서 머뭇거렸다.

"왜 안 가는 거지?"

"우리가 한 짓을 냄새로 알아챘는지도 몰라."

지붕에서 내려와 한동안 얘기에 열을 올리던 둘은 슬슬 추워지는 걸 느끼고 각자의 방으로 돌아가 침대에 얌전히 누웠다. 그리고 새벽을 향해 조급하게 나아가는 시계소리와 심장 박동에 귀기울였다.

'놈들이 어떻게 나오든 우리가 선수를 쳐야 해.' 윌은 열기구가 돌아와 지붕을 물로 씻어낸 걸 알아채고, 마녀가 다시 표시를 하러 짐의 집 지붕 가까이 내려오길 바랐다. 왜일까?

이유가 있었다.

윌은 보이스카우트 단원용 활과 화살 세트를 가만히 바라보았다. 크고 아름다운 활, 그리고 화살통이 동쪽 벽에 걸려 있었다.

'죄송해요, 아빠.' 윌은 미소 지으며 침대에서 일어나 앉았다. '이번엔 혼자 나가봐야겠어요. 안 그러면 몇 시간, 아니면 며칠 동안 마녀가 돌아오는 건 아닌지 신경써야 할 거예요.'

윌은 활과 화살통을 집어들고 잠시 머뭇거리다 살그머니 창문을 밀어올리고 바깥으로 몸을 내밀었다. 큰 소리로 부를 필요는 없었다. 그저 정신을 집중해 열심히 생각하면 되었다. '놈들에게 생각을 읽는 능력은 없어, 그건 확실해. 생각을 읽을 줄 안다면 굳이 마녀를 보낼 필요가 없을 테니까. 마녀 역시 생각을 읽지 못하지만 체온이나 특별한 온도, 특별한 냄새, 흥분 상태 같은 건 느낄 수 있어. 내가 방방 뛰면서 마녀를 속인 게 좋아 죽겠다는 티를 내면 아마, 아마도……'

새벽 네시, 다른 나라에서 들려오는 듯 아득한 시계 종소리가 울려퍼졌다.

'마녀야, 돌아와라.'

윌은 속으로 힘주어 외치며 피의 흐름을 부추겼다. '우리가 지붕의 표시를 싹 지웠어. 들리냐? 우리가 비를 내렸어! 그러니 돌아 와서 다시 표시를 해보라고! 어때, 마녀야⋯⋯?'

마녀가 움직였다.

월은 열기구 아래 땅덩어리가 빙글 도는 걸 느낄 수 있었다.

'그래, 와라. 여긴 나 혼자야. 이름 없는 소년 혼자라고. 내 마음 을 읽지 못하겠지만, 지금 네 욕을 엄청 하고 있거든! 여봐란듯 골 탕을 먹이고 신이 났다고! 네 속셈은 뻔해. 와라! 와! 와서 덤벼 봐!'

저멀리서 열기구가 고도를 높이며 다가오는 한숨 같은 소리가 들렸다.

'맙소사, 우리집으로 오면 안 되는데! 저기야!' 월은 서둘러 옷 을 입었다.

무기를 집어들고 담쟁이덩굴 안쪽에 감춰진 사다리를 재빨리 내려가서 축축한 잔디밭을 달려갔다.

'마녀야! 여기다!' 월은 짙은 발자국을 남기며 마구 내달렸다. 달콤하고 비밀스러운 독초를 뿌리째 씹어먹고 미쳐 날뛰는 산토끼 처럼 정신없이 달렸다. 무릎이 턱에 닿도록 다리를 들어올리고, 젖 은 낙엽을 짓밟고, 호저의 털처럼 억센 무기를 들고서 울타리를 훌 쩍 뛰어넘었다. 두려움과 기쁨이 입안에서 장난감 구슬처럼 이리 저리 뒤섞였다.

뒤를 돌아보았다. 열기구가 바로 앞까지 다가왔다! 나무에서 나 무로, 구름에서 구름으로 숨을 들이쉬고 내쉬며 이동하고 있었다.

'어디로 가지?' 월은 생각했다. '그래! 레드맨 씨 집으로 가야겠

다. 지금은 아무도 안 사니까. 두 블록만 가면 돼!'

신발이 낙엽을 스치는 부산스러운 소리와, 하늘에 뜬 괴물이 공기를 가르는 묵직한 숨소리가 퍼지는 동안, 달은 만물을 눈처럼 하얗게 덮고 별들은 쉴새없이 반짝였다.

월은 마침내 레드맨 씨 집 앞에 도착했다. 양쪽 허파가 불이 붙은 듯 뜨겁고 입안에 피맛이 도는 걸 느끼며 소리 죽여 외쳤다. '여기다! 여기가 우리집이야!'

하늘에서 거대한 강줄기가 방향을 틀었다.

'좋았어!' 월은 쾌재를 불렀다.

그런데 낡은 문고리를 잡고 돌리려다 문득 걱정이 되었다. '혹시 놈들이 집안에서 나를 기다리면 어쩌지?'

월은 어둠을 향해 조심스럽게 문을 열었다.

어둠 속에서 먼지가 피어오르고, 거미가 하프를 켜듯 다리를 놀리며 돌아다녔다. 그 외에는 아무것도 없었다.

월은 금방이라도 무너질 듯한 계단을 한 번에 두 칸씩 뛰어올라갔다. 다락방을 통해 지붕으로 나와 무기를 굴뚝 뒤에 슬쩍 숨기고 꼿꼿이 섰다.

물때처럼 칙칙한 녹색 천에 날개 달린 전갈, 고대의 불사조, 뭉게뭉게 피어오르는 연기, 불, 먹구름 따위가 가득 그려진 열기구가 바구니를 흔들며 서서히 하강했다.

'마녀야! 여기다!' 월이 속으로 외쳤다.

그 순간 차갑고 축축한 그림자가 박쥐 날개처럼 펼쳐지며 월을 후려쳤다.

월은 휘청대다 두 팔을 들어 균형을 잡았다. 새카만 덩어리 같은 그림자가 다시 공격했다.

월은 옆으로 넘어졌다가 재빨리 굴뚝을 움켜잡았다.

그림자가 그의 온몸을 뒤덮고 짓눌렀다.

검은 구름의 안쪽은 바닷속 동굴처럼 냉랭했다.

그런데 갑자기 바람의 방향이 바뀌었다.

화가 난 마녀가 씩씩거렸다. 열기구는 위로 크게 떠올라 한 바퀴 돌았다.

'바람이 내 편이 되어주고 있어!' 월이 속으로 열광했다.

'안 돼, 가지 마! 돌아와!'

마녀가 냄새를 맡고 계획을 알아챘을까봐 겁이 났다.

사실 그랬다. 마녀는 월의 계획을 알아내려고 안달하며 킁킁대면서 냄새를 맡고 소리 내어 숨을 쉬었다. 손톱을 세워서 무언가가 새겨진 밀랍판을 더듬어 모양을 읽어내려는 듯 공기 중을 파헤쳤다. 그런가 하면 월이 아래 세상에서 따스하게 타오르는 난로이고 자신은 언 손을 녹이러 왔다는 양 연신 손바닥을 아래위로 뒤집었다. 바구니가 거대한 진자처럼 흔들리는 동안 마녀는 검은 실로 꿰매인 눈을 찌푸리고, 이끼가 낀 귀를 쫑긋 세우고, 창백하고 쪼글쪼글한 입술을 벌리고, 공기를 들이마시고 바짝 말린 후 월의 행동과 생각에서 악한 부분을 찾아내려 애썼다. 그러나 마녀는 월이 믿을 수 없이 선량하고, 올곧고, 앞날이 창창한 소년이라는 것밖에 알 수 없었다!

그러자 마녀는 숨을 죽였다.

다시 숨을 반쯤 들이마시고 반쯤 내쉬자 열기구가 멈추었다.

잠시 머뭇거리던 마녀가 숨을 들이마시자 그 무게로 열기구가 조금씩 하강했다. 숨을 내쉬자 증기가 빠져나가며 열기구가 상승했다.

그리고 마녀는 축축한 숨결을 아이처럼 작고 쭈글쭈글한 몸안에 가두고 가만히 기다렸다.

윌은 엄지를 코에 대고 놀리듯 손가락을 흔들었다.

마녀가 숨을 들이마셨다. 열기구가 한층 아래로 내려왔다.

'좀더 가까이 와!' 윌은 속으로 외쳤다.

그러나 윌의 땀구멍에서 풍기는 날카로운 아드레날린의 냄새를 맡은 마녀는 신중을 기하며 열기구를 한 바퀴 크게 돌렸다. 열기구를 따라 돌자니 현기증이 났다. '그만! 이렇게 해서 나를 괴롭히려는 거지? 빙빙 돌리면서 어지럽게 만들려고?'

남은 방법은 하나뿐이었다.

윌은 열기구 쪽으로 등을 돌리고 섰다.

'이제 어쩔 수 없겠지?'

검은 그림자가 윌의 다리와 등에 냉기를 뿜은 순간, 물때처럼 칙칙한 녹색 구름과 시큼털털한 공기를 머금은 주머니가 흔들리는 소리, 고리버들 바구니가 쥐처럼 찍찍대는 소리가 들렸다.

'더 가까이 와봐!'

마녀가 숨을 들이마셨다. 별과 구름과 바람의 모래주머니에 한밤중의 무게를 더하며.

'더 가까이!'

코끼리처럼 거대한 그림자가 월의 귓가를 스쳤다.

월은 무기를 가까이 끌어왔다.

마침내 그림자가 월의 온몸을 뒤덮었다.

거미 다리 같은 것이 머리카락을 슬쩍 건드렸다. 아니면 마녀의 손인가?

터져나오려는 비명을 삼키며 월은 열기구를 향해 돌아섰다.

불과 30센티미터 앞에서 마녀가 바구니 밖으로 몸을 기울였다.

월은 무릎을 굽히고 재빨리 무기를 집어들었다.

월의 손에 있는 물건의 냄새를 맡고 재빨리 정체를 파악한 마녀가 서둘러 숨을 토해내려 했다.

그러나 당황해서인지 오히려 숨을 들이쉬고 말았다. 무게가 더해진 열기구가 한층 내려오며 바구니 밑바닥이 지붕에 닿았다.

궁지에 몰린 월은 재빨리 화살을 집어들고 활시위를 당겼다.

그런데 발사하기도 전에 활이 두 동강 나고 말았다. 월은 화살을 쥔 손을 내려다보았다.

마녀는 의기양양하게 안도의 한숨을 크게 내쉬었다.

열기구가 흔들거리며 위로 떠올랐다. 킬킬거리며 건조하게 웃는 바구니가 월의 머리를 때렸다.

마녀는 미친듯이 즐거워하며 함성을 내질렀다.

월은 바구니 가장자리를 한 손으로 잡고 다른 한 손을 뒤로 뻗었다. 그리고 열기구의 풍선을 겨냥해 온 힘을 담아 화살을 던졌다.

마녀가 기겁하며 월의 얼굴을 후려쳤다.

엄청나게 오랜 시간을 날아가는 듯하던 화살이 풍선 한복판에 뻥

하고 작은 구멍을 뚫었다. 거대한 녹색 치즈를 나이프로 가른 모양새였다. 배처럼 매끈하던 풍선에 난 구멍이 이내 길게 찢어지며 미소 짓는 입모양이 되었다. 눈먼 마녀는 입을 악물고 알아들을 수 없는 말로 부르짖었다. 윌은 양손으로 바구니 가장자리를 잡고 매달린 채 발을 버둥거렸다. 풍선을 채운 가스가 새어나가자 열기구는 죽어가듯 구슬프게 울부짖으며 흔들렸다. 지하 감옥처럼 퀴퀴하고 용의 숨결처럼 후끈한 공기를 내뿜으며 점점 뒤로 물러났다.

마침내 윌은 바구니를 잡고 있던 손을 놓았다. 지붕으로 떨어지는 동안 사방에서 휘파람소리가 났다. 방향을 틀어 지붕널에 몸을 부딪히고 경사진 낡은 지붕을 타고 쭈욱 미끄러졌다. 그러다 지붕 끝 홈통에 발이 걸리며 허공으로 몸이 붕 떴다. 비명을 지르며 홈통을 움켜잡았지만 홈통은 무게를 견디지 못하고 삐걱거리다 부러졌다. 윌은 하늘을 보면서 아래로 떨어지는 동안, 주름투성이가 된 열기구가 상처 입은 짐승처럼 힘겨운 숨을 몰아쉬며, 총을 맞은 매머드처럼 기침하고 고약한 공기를 내뿜으며 구름 속으로 사라지는 모습을 보았다.

한순간의 일이었다. 팔다리를 버둥거리며 떨어지는 윌을 다행히 아래쪽 나무가 그물처럼 받쳐주었다. 살이 좀 긁히기는 했지만 나뭇가지가 매트리스 구실을 해준 덕분에 지상으로 고꾸라지는 건 면할 수 있었다. 윌은 나무에 걸린 연처럼 달을 보며 잠시 그대로 있었다. 엄청난 피로를 느끼며 늘어져 있는 동안, 이 세상 것 같지 않은 처절한 비명과, 집과 거리와 마을에서 멀어지는 열기구의 항적을 따라 마녀의 마지막 한탄이 들려왔다.

열기구는 찢어진 곳이 더욱 벌어져 함박웃음을 지으면서, 아무 것도 모르고 잠들어 있는 집들을 지나, 출발지였던 초원을 떠돌다 서서히 가라앉으며 광포한 죽음을 맞이하고 있었다.

윌은 나뭇가지에 걸린 채 한동안 꼼짝하지 못했다. 자칫 잘못 움직였다간 가지 사이로 떨어져 땅바닥에 부딪혀 죽을까봐 겁이 났다. 머릿속을 쇠망치가 쿵쿵 때리는 느낌이었다.

심장 박동마저 너무 강해서 몸을 아래로 떨어뜨릴 것 같았다. 그래도 그 소리에 아직 살아 있다는 안도가 들었다.

이윽고 마음을 가라앉힌 윌은 기도하듯 조심스럽게 양손을 모아 가지를 꼭 쥐고서 천천히 아래로 내려갔다.


# 31


날이 밝을 때까지 더는 별다른 일이 일어나지 않았다.


# 32


새벽녘, 천둥의 신을 태운 수레가 돌이 깔린 하늘 위를 불꽃을 튀기며 요란하게 지나갔다. 집집의 지붕 위로 부드럽게 내린 비가 홈통에서 튀어오르며 깔깔 웃었고, 창문 아래서 기묘하고 비밀스러운 언어로 이야기를 건넸다. 짐과 윌은 그 창가에서 뭐라 말하기 힘든 꿈을 꾸고 있었다. 꿈에서 다른 꿈으로 이어가려 할 때마다 시커먼 누더기 천에 가로막혀 끊겨버렸다.

톡톡 빗방울 떨어지는 소리와 함께 다음 사건이 일어났다.

비에 흠뻑 젖은 카니발에서 회전목마가 갑자기 되살아나는 소리가 들렸다. 증기오르간이 악취 가득한 증기를 뿜어내며 연주를 시작한 것이다.

마을에서 그 소리를 듣고 회전목마가 재작동한다는 걸 짐작해낸 건 한 사람뿐이었다.

폴리 부인의 집 현관문이 열렸다가 닫혔다. 걸음을 재촉하는 발소리가 길을 따라 멀어졌다.

잠시 후, 번쩍이는 지면에서 번개가 절뚝이며 춤추는가 싶더니 땅이 꺼질세라 세찬 빗줄기가 떨어졌다.

아침을 먹는 짐과 윌의 집에도 빗방울이 창문을 타고 흘러내렸다. 나지막한 대화가 길게 이어졌다. 이따금 목소리가 높아졌다가 이내 조용해졌다.

오전 아홉시 십오분, 비옷 차림에 모자를 쓰고 고무장화를 신은 짐이 일요일의 빗속으로 나갔다.

짐은 거대 달팽이의 흔적을 씻어낸 지붕을 올려다보았다. 그리고 윌의 집을 바라보며 현관문이 열리기를 기다렸다. 이윽고 문이 열리고 윌이 나왔다. 아버지가 따라나오며 "같이 갈까?" 하고 물었으나 윌은 단호하게 고개를 저었다.

묵묵하게 걷는 두 소년을 하늘이 빗물로 씻어주었다. 우선 경찰서에 가서 진술한 후 폴리 선생님 집으로 찾아가 다시 한번 사과할 생각이었다. 지난밤에 일어난 무섭고 알쏭달쏭한 사건을 생각하며 주머니에 손을 찔러넣고 걷다가 짐이 드디어 침묵을 깨고 입을 열었다.

"어젯밤에 지붕을 씻어내고 온 뒤에 말이야, 장례식 꿈을 꿨어. 장례식 행렬이 큰길을 따라 내려오더라고. 꼭 구경꾼들처럼."

"꼭…… 퍼레이드처럼?"

"맞아! 몇백 명이나 되는 사람들이 검은 외투에 검은 모자를 쓰고 검은 신발을 신고 쭉 걸어오는데, 심지어 관 길이가 12미터는 되어 보였어!"

"윽, 섬뜩하다!"

"그치! 대체 뭐길래 12미터나 되는 관에 넣을까 꿈속에서도 궁금했어. 그래서 얼른 달려가 들여다봤거든. 그게 뭐였냐면, 웃지 마."

"별로 웃기진 않아."

"그 관 속에서 말린 자두나 포도알처럼 생긴, 엄청 크고 길고 쭈글쭈글한 게 햇볕을 받고 있었어. 거대한 피부 조각 같기도 하고, 바짝 마른 거인 머리 같기도 한 게."

"그거, 열기구 풍선이야!"

"어." 짐은 걸음을 멈추었다. "너도 같은 꿈을 꿨어? 근데…… 열기구도 죽을 수 있나?"

윌은 대답하지 못했다.

"열기구가 죽었다고 장례를 치르는 경우는 없잖아?" 짐이 다시 물었다.

"짐, 내가……"

"누가 가스를 죄다 뺐는지, 그 망할 풍선이 해마 사체처럼 축 늘어져서는……"

"짐, 실은 어젯밤에……"

"검은 깃털이 휘날리고, 악단이 검은 벨벳으로 감싼 북을 검은 상아로 두드리고 있었어. 나 참! 그 소리가 절정이던 때 엄마가 깨워버렸지만 말이야. 그리고 전부는 아니지만 어젯밤 일을 얘기했더니 나한테 엄청 뭐라고 하고는 우는 거야. 여자들은 참 우는 걸 좋아해. 나더러 못된 아들이라고 했는데, 우리가 나쁜 짓을 한 건 아니잖아, 윌?"

"회전목마 타겠다고 고집 피운 사람이 누구더라."

짐은 빗속을 걸으며 말했다. "이젠 타고 싶지 않아."

"그러셔? 이 난리를 겪은 후에야 깨달은 거야? 으이구. 내 얘기 잘 들어, 짐! 마녀와 열기구 말이야! 어젯밤에 나 혼자……"

하지만 마저 말할 시간은 없었다.

지난밤 윌이 화살로 풍선을 찔렀고, 가스가 빠지면서 비실비실해진 열기구가 눈먼 여자를 태운 채 초원 저너머에 추락했다고 말할 시간은.

차가운 빗속에서 커다란 떡갈나무 한 그루가 서 있는 공터를 지나는데, 나무 아래 비에 젖은 그림자에서 울음소리가 흘러나온 것이다.

"짐, 누가 우나봐." 윌이 말했다.

"아니야." 짐은 가던 길을 계속 가려 했다.

"어린 여자애가 우는 것 같은데."

"아니라니까." 짐은 뒤도 돌아보지 않고 대꾸했다. "이 빗속에 여자애가 나무 아래서 뭘 하겠냐! 어서 가자."

"짐! 너도 소리 들리잖아!"

"아니, 안 들려!"

빗속을 나는 새처럼 애달픈 울음소리가 마른 풀을 타고 좀더 크게 들려왔다. 월은 공터에 널린 막돌을 밟으며 소리 나는 쪽으로 향했고, 짐도 하는 수 없이 발걸음을 돌렸다.

"짐, 저 목소리, 내가 아는 사람 같아!"

"월, 그리로 가지 마!"

짐은 그 자리에서 꼼짝하지 않았지만 월은 발부리가 걸려 비틀거리면서도 나무 그늘 안쪽으로 걸어갔다. 빗물이 주룩주룩 떨어져 낙엽에 스미고 가지와 줄기를 따라 빛을 내며 흘렀다. 그 아래서 어린 여자아이가 양손에 얼굴을 묻고 쪼그린 채 울고 있었다. 마을이 통째로 사라지고 무서운 숲에서 홀로 길을 잃기라도 한 듯 서럽게 울었다.

마침내 짐도 천천히 다가와 나무 그림자에 섰다. "누구지?"

"나도 몰라." 대답은 그렇게 했지만 월은 왠지 눈시울이 뜨거워졌다.

"제니 홀드리지는…… 아닌 것 같지?"

"아니야."

"제인 프랭클린인가?"

"아니." 윌은 치과용 마취제를 잔뜩 머금은 듯 입안이 무거웠다. 굳은 입술 안에서 혀만 겨우 움직였다. "아니야……"

소녀는 그들이 다가오는 걸 알면서도 고개를 숙인 채 울기만 했다.

"……나 좀…… 도…… 도와줘…… 아무도…… 도와주지 않아…… 이제 어떡해……"

이윽고 울음을 어느 정도 그치고 기운을 차린 소녀가 고개를 들었다. 얼마나 울었는지 눈두덩이 퉁퉁 부어 거의 감겨 있었다. 소녀는 둘을 살펴보더니 갑자기 깜짝 놀라 소리쳤다.

"짐! 윌! 어머나, 너희구나!"

소녀가 짐의 손을 덥석 잡았다. 기겁한 짐이 소리치며 뒤로 물러섰다. "허억! 난 너 몰라. 이거 놔!"

"윌, 나 좀 도와줘. 짐, 가지 마, 날 두고 가지 마!" 소녀가 또다시 눈물을 쏟으며 숨을 헐떡였다.

"놔, 이거 놓으라고!" 짐은 몸을 비틀어 잡힌 손을 빼내고는 주먹을 쥐며 벌떡 일어섰다. 잠시 그대로 몸을 떨다가 주먹을 내리고 말했다. "윌, 그만 가자. 미안하지만 어쩔 수 없어."

나무 아래 웅크리고 앉은 소녀가 눈물로 젖은 눈을 크게 뜨고 둘을 바라보았다. 아기처럼 자그마한 제 몸을 부둥켜안아 앞뒤로 조금씩 흔들고 팔꿈치를 문지르며 스스로를 달랬다…… 노래라도 부를 것 같은 모습이었다. 음침한 나무 아래서 영원히, 누구도 함께 부를 수 없고 멈출 수도 없는 노래를.

"…… 누구든 나 좀 도와줘…… 누구든 그 여자를 좀 도와줘……" 소녀는 죽은 이를 애도하듯 중얼거렸다. "누구든 좋으니까…… 그런데 아무도…… 아무도 없어…… 나 아니면 그 여자만이라도…… 끔찍해…… 너무 끔찍해……"

"얘는 우릴 알아!" 허리를 굽히고 소녀를 살펴보던 월이 짐에게 고개를 반쯤 돌리고 절박하게 외쳤다. "여기 그냥 두고 갈 순 없어."

"거짓말이야! 죄다 거짓말이라고! 저애가 우릴 알 리가 없잖아! 난 본 적도 없어!" 짐이 거칠게 소리쳤다.

"그 여자가 가버렸어. 그 여자를 데려와줘, 데려와줘." 소녀는 눈을 감고 흐느꼈다.

"누굴 데려오라고?" 월은 한쪽 무릎을 땅에 대고 조심스럽게 소녀의 손을 잡았다. 소녀가 월을 잡고 매달렸다. 월이 손을 빼려 하자 소녀는 실수했음을 깨닫고 얼른 손을 놓으며 울음을 터뜨렸다. 가만히 기다리는 월에게 풀밭 쪽으로 나와 있던 짐이 여기 더 있기 싫다고, 그만 가자고 재촉했다.

어린 소녀가 흐느끼며 말했다. "그 여자가 사라졌어. 저기 가서 돌아오질 않아. 부탁이야, 그 여자를 찾아와줘, 제발……"

월은 떨리는 손으로 소녀의 뺨을 만지며 부드럽게 속삭였다. "이젠 괜찮을 거야, 어떻게든 도울 방법을 찾아볼게." 소녀가 눈을 떴다. "난 월 핼러웨이야. 맹세코 곧 다시 돌아올게. 십 분 정도면 돼. 그러니까 멀리 가지 말고 여기 있어." 소녀가 꼼짝 않겠다는 뜻으로 고개를 끄덕였다. "이 나무 아래서 기다릴래?" 소녀가 다시 말없이 고개를 끄덕였다가 월이 일어서자 깜짝 놀란 듯 움츠러들었다. 월은 잠시 그 자리에서 소녀를 바라보았다. "네가 누구인지 알 것 같아." 서글픔 가득한 작은 얼굴 속 크게 뜨인 회색 눈이 낯익었다. 윌은 비에 젖은 길고 검은 머리와 창백한 뺨을 응시하며 중얼거렸다. "알 것 같기는 한데, 확인을 해봐야겠어."

"누가 믿어줄까?" 소녀는 비탄에 잠긴 목소리로 물었다.

"나는 믿어." 윌이 말했다.

소녀는 작고 가냘프고 하얀 손을 무릎에 얹고 바들바들 떨면서 나무에 기대앉았다.

"이제 가도 되지?" 윌이 물었다.

소녀가 고개를 끄덕였다.

윌은 짐에게로 걸어갔다.

공터 가장자리에서 기다리고 있던 짐이 신경질적으로 발을 구르면서 투덜거렸다.

"말도 안 돼!"

"아니야. 쟤 눈을 보면 알 거야. 쿠거 씨와 그 조카도 그랬잖아. 눈이 똑같았다고. 확인할 방법은 하나뿐이야. 가자!"

윌은 짐을 이끌고 마을을 가로질러 폴리 선생님 집 앞으로 갔다. 흐릿한 아침 햇살 속에서 불 꺼진 창문을 바라보고는 계단을 올라가 초인종을 눌렀다. 한 번, 두 번, 세 번.

반응이 없었다.

짐이 천천히 현관문을 밀자 경첩이 애처롭게 삐걱이면서 문이 열렸다.

"폴리 선생님?" 짐이 나지막이 불렀다.

안쪽 창유리에서 빗방울 그림자가 어른거렸다.

"폴리 선생님……?"

둘은 안으로 들어가 거실 입구의 빗방울 모양 구슬커튼 옆에 섰다. 다락방의 들보가 세찬 빗줄기에 삐걱거렸다.

"폴리 선생님!" 좀더 크게 불렀다.

대답 대신 벽 안에 아늑하게 둥지를 튼 쥐들이 벽을 박박 긁는 소리만 들렸다.

"뭐 사러 나가셨나봐." 짐이 말했다.

"아니야. 선생님이 어디 계신지 너도 알잖아."

"폴리 선생님, 여기 계시죠?" 짐이 별안간 위층으로 뛰어올라가며 소리쳤다. "좀 나와보세요!"

윌은 짐이 위층을 실컷 뒤지고 풀이 죽어 내려올 때까지 그 자리에서 기다렸다. 짐이 계단 맨 아래칸에 내려섰을 때 그 음악이 신선한 비 냄새와 오래된 풀 냄새를 안고 현관문으로 흘러들어왔다.

언덕 너머 회전목마의 증기오르간이 〈장송행진곡〉을 거꾸로 연주하는 소리였다.

짐은 현관문을 활짝 열고는 비에 젖는 것도 아랑곳않고 음악 속에 우뚝 섰다.

"회전목마 소리야. 놈들이 고쳤나봐!"

윌은 고개를 끄덕였다. "폴리 선생님은 아침 일찍 저 소리를 듣고 카니발로 가셨을 거야. 그런데 뭔가 잘못됐겠지. 회전목마가 제대로 수리되지 않았거나, 그걸 타면 원래 늘 사고가 일어나는지도 몰라. 피뢰침 장수가 그렇게 이상한 난쟁이가 되어 미쳐버린 것처럼. 어쩌면 놈들이 그런 사고를 즐기는 걸 수도 있어. 폴리 선생님한테도 고의적으로 무슨 짓을 한 걸 거야. 우리에 대해서, 우리 이름이랑 사는 곳을 폴리 선생님을 속여서 알아내려 한 거야. 그런데 놈들을 수상쩍게 여기고 무서워서 도망가려 하니까 선생님이 원하지도 요구하지도 않은 짓을 한 거야."

"이해가 안 되네……"

차가운 비가 내리는 문간에서 둘은 잠시 폴리 선생님을 생각했다. 거울 미로에서 한바탕 골탕을 먹고 무서워하던 폴리 선생님은 혼자 카니발을 찾아갔다가 놈들에게 속아 젊어지기 위해 회전목마를 타고 거꾸로 빙글빙글 돌았을 것이다. 그러는 동안 자기가 원하던 나이를 지나 더더욱 어려졌고, 결국에는 자기가 누구인지 잊어버릴 만큼 어린아이가 된 뒤에야 회전목마는 룰렛판처럼 천천히 멈추었다. 그리고 완전히 변한 자기 모습에 어쩔 줄을 모르고…… 비를 맞으며 나무 밑에 앉아 하염없이 울고 있었던 것이다.

둘은 거기까지 생각하고 한숨을 지었다.

"불쌍하다…… 너무 불쌍해."

"우리가 도와주자, 짐. 우리 아니면 누가 선생님을 믿어주겠어? 아무리 사람들한테 '내가 폴리예요!'라고 해도 '폴리 부인은 마을을 떠났어. 사라졌다고! 성가시게 하지 말고 저리 꺼져!'라면서 무시하기만 할 거야. 아, 짐, 그애는 오늘 아침에도 열 채도 넘는 집의 현관문을 두드려서 도움을 청했을 거야. 그렇지만 아무리 울부짖고 소리쳐도 사람들은 겁을 먹고 경찰에 신고했겠지. 결국 포기하고 나무 밑에 숨어 있었던 거야. 지금쯤 경찰이 신고를 받고 찾고 있을지도 모르지만 경찰도 뾰족한 수가 없어. 이상한 소리를 하면서 울기만 하다가는 어디 정신병원 같은 데 갇혀 정말로 미쳐버릴지도 몰라. 맙소사, 카니발 놈들은 반격조차 못할 정도로 사람을 망가뜨리는 법을 알아. 회전목마에 태우고 빙빙 돌려서 누구도 알아보지 못할 정도로 바꿔놓으면 되거든. 그래, 어디 가서 말해봐, 그래봐야 사람들은 너를 두려워할 뿐 네 말에 귀기울이지 않을 테니까, 라는 식이지. 그애 말을 제대로 들어줄 사람은 우리 둘밖에 없어, 짐. 너랑 나뿐이라고. 아, 꼭 차가운 달팽이를 통째로 삼킨 기분이다."

그들은 거실 안쪽 창문에 어른거리는 빗물 그림자를 마지막으로 한번 더 돌아보았다. 그 거실에서 폴리 선생님은 짐과 윌에게 쿠키와 핫초코를 내주고, 돌아갈 때면 창문에서 손을 흔들고 저멀리 걸어갈 때까지 뒷모습을 바라보곤 했다. 둘은 집을 나와 현관문을 닫고 다시 공터로 달려갔다.

"도울 방법을 찾을 때까지 그애를 어디 숨겨놔야 해."

"돕겠다고? 우리가 지금 누굴 도울 형편이냐?" 짐이 타박했다.

"어쩌면 우리 눈앞에 무기가 있는데 못 보는 걸 수도……"

한참 달리던 둘은 달음박질을 멈추었다.

두 소년의 심장 말고 한층 거대한 심장이 쿵쿵거리는 듯한 북소리가 들렸다. 이어서 트럼펫과 트롬본과 튜바 무리가 알 수 없는 이유로 겁에 질린 듯 진군의 나팔을 불어댔다.

"카니발이야!" 짐이 숨을 몰아쉬며 외쳤다. "놈들이 마을까지 들어올 거라곤 생각 못했는데! 퍼레이드인가봐. 아니면 꿈에서 본 것처럼 열기구 장례식이라도 하는 건가?"

"장례식은 아니야. 퍼레이드를 가장하고 우릴 찾는 게 목적일

거야. 아니면 폴리 선생님을 데려가려는 생각이거나! 폼나게 행진
하고 북을 치고 나팔을 불면서 마을 구석구석을 살필 거야! 짐, 놈
들 손에 넘어가기 전에 그애를 데려와야 해……"

둘은 서둘러 골목으로 들어가 덤불에 몸을 숨겼다.

골목 맞은편에서 카니발 악단이 짐승우리를 실은 수레와 광대와
기인들을 이끌고 나와 북적대며 떡갈나무가 있는 공터로 행진했다.

퍼레이드 행렬이 모두 지나가기까지 오 분 넘게 걸렸다. 빗줄기
가 점차 가늘어지고 먹구름도 그들 뒤를 따르는 듯 보였다. 마침내
비가 멎고 북소리도 희미해졌다. 두 소년은 골목에서 뛰쳐나와 거
리를 가로질러 공터 앞에 다다랐다.

나무 아래 소녀의 모습은 없었다.

둘은 나무 주변을 한 바퀴 돌고 위쪽 가지를 살피면서도 차마
소리 내어 이름을 부르지는 못했다.

그러고는 겁에 질려 다시 달렸다. 마을 어딘가에 몸을 숨기기
위해.


33


전화벨이 울렸다.

찰스 핼러웨이가 수화기를 들었다.

"아빠, 윌이에요. 저기, 저희가 지금 경찰서에 갈 수 없는 상황
이에요. 어쩌면 오늘은 집에도 못 갈 것 같은데, 엄마한테 잘 말해

주세요. 짐의 어머니께도요."

"윌, 지금 어디냐?"

"저희는 숨어야 돼요. 놈들이 저희를 찾고 있어요."

"누가 너희를 찾는데?"

"아빠까지 말려들게 하고 싶지 않아요. 하지만 믿어줘요. 놈들이 떠날 때까지 하루든 이틀이든 숨어 있을게요. 집으로 돌아가면 놈들이 쫓아와서 아빠랑 엄마랑 짐의 어머니까지 해칠 테니까요. 이만 끊을게요."

"윌, 잠깐만!"

"아빠. 행운을 빌어줘요."

딸깍.

찰스 핼러웨이는 창밖의 나무와 집, 거리를 바라보며 멀리서 들리는 음악소리에 귀기울였다.

"윌. 행운을 빈다." 이미 끊긴 전화에 대고 그는 말했다.

그리고 외투를 입고 모자를 쓰고 도서관을 나섰다. 이상할 정도로 환하면서도 비를 머금은 햇빛이 차가운 대기를 가득 채우고 있었다.


## 34


일요일 오전, 유나이티드 담뱃가게 앞으로 온 시내의 교회 종이 일시에 울리는 소리가 비 갠 하늘에서 소낙비처럼 떨어져내렸다.

가게 앞 체로키족 인형은 머리의 깃털 장식에 진주 같은 물방울을 매단 채 평소처럼 서 있었다. 인형은 가톨릭 성당의 종소리에도, 침례교회 종소리에도, 혹은 점점 다가오는 카니발 악단의 태양처럼 찬란한 심벌즈 소리와 이교도의 심장이 쿵쿵 울려대는 소리에도 동요하지 않고 자리를 지켰다. 화려한 북소리, 노파의 비명 같은 증기오르간 소리, 기묘한 인간들의 행렬도 매처럼 예리한 인디언 인형의 노란 눈을 홀리지 못했다. 그러나 북소리는 교회 종소리를 압도하며 작은 변화에도 바로 호기심을 불태우는 소년들의 관심을 단박에 사로잡았다. 이윽고 교회 종이 은과 쇠로 된 빗줄기 뿌리기를 멈추자 신도석에 앉아 있던 사람들이 긴장 풀린 얼굴로 길거리로 나와서, 벨벳처럼 부드럽고 사자처럼 거칠고 매머드처럼 웅장한 깃발을 휘날리며 위풍당당하게 행진하는 카니발 퍼레이드를 줄지어 따라갔다.

인디언 인형 손에 쥐여진 나무 손도끼 그림자가 담뱃가게 앞 배수구에 박힌 쇠창살에 드리워졌다. 창살은 지나가는 사람들이 희미한 금속성 소리를 내며 떨어뜨리는 민트껌 포장지, 금색 시가 밴드, 성냥개비, 담배꽁초, 구리 페니화 따위를 영원히 빛을 보지 못하도록 아래에 가둔 채 오랜 세월 쌓아가고 있었다.

화려한 색깔로 치장한 카니발 악단이 사자와 화산처럼 요란하게 지나가는 동안에도 수백 개의 발이 창살을 밟고 지나갔다.

그 밑에는 두 그림자가 바들바들 떨고 있었다.

위에서는 화려한 공작새 같은 기인들이 벽돌과 아스팔트로 포장된 길을 성큼성큼 지나갔다. 기인은 눈을 부라리고 사방을 살피면서, 사무실 건물 지붕과 교회 첨탑, 치과며 안경점의 간판을 살피고 싸구려 잡화점과 포목점 유리창 너머를 들여다보았다. 카니발 북소리에 진열창이 후들거리고 안에 놓인 밀랍 인형들이 하나같이 두려움에 몸서리쳤다. 퍼레이드가 열리는 내내 강렬하고 밝고 예리하기 그지없는 무수한 눈알들이 사방을 샅샅이 살피며 목표물을 찾았지만 그 욕망은 좀처럼 충족되지 못했다.

그들의 목표물은 어둠 속에 숨어 있으니까.

짐과 윌은 담뱃가게 앞 보도의 쇠창살 아래 숨어 있었다.

무릎을 바짝 붙이고 웅크린 채 고개를 들어 밖을 내다보며 아이스캔디처럼 차가운 공기를 들이마셨다. 차가운 바람에 여자들의 원피스가 꽃처럼 나부끼고 남자들은 하늘을 찌를 듯 커 보였다. 쨍쨍거리는 심벌즈 소리에 놀라 엄마의 무릎에 매달리는 어린아이도 있었다.

"왔어!" 짐이 외쳤다. "퍼레이드가 지금 담뱃가게 앞을 지나고 있어! 이러고 있지 말고 나가서 사람들 사이에 섞이자!"

"안 돼!" 윌이 짐의 무릎을 잡고 쉰 목소리로 말렸다. "너무 가까이 있어서 오히려 지금은 못 보는 거야. 여긴 살펴볼 생각도 못할 테니까 이대로 있어! 입다물고!"

드르르르륵······

한 남자의 낡은 구두징이 쇠창살을 밟고 지나갔다.

'아빠다!' 윌은 소리칠 뻔했다.

벌떡 일어나려다 입술을 깨물며 도로 앉았다.

짐은 그가 무언가를 찾듯 서성이는 모습을 바라보았다. 쇠창살

과의 거리는 불과 90센티미터밖에 되지 않았다.

'손을 뻗어 닿을 수만 있으면 좋을 텐데……' 윌은 생각했다.

하지만 윌의 아버지는 창백하고 초조한 얼굴로 서둘러 걸어가 버렸다.

윌은 자기 영혼이 뱃속에서 얼어붙어 하얀 젤리처럼 부르르 떨리는 기분이었다.

탕!

갑작스러운 소리에 둘은 깜짝 놀랐다.

지상에서 누군가 씹던 분홍색 풍선껌이 창살 사이로 빠지면서 짐의 발치에 쌓인 낡은 신문 더미 위로 떨어졌다.

다섯 살배기 남자아이가 잃어버린 풍선껌을 찾으려고 엎드려 창살 안쪽을 들여다보았다.

'저리 가!' 윌은 속으로 외쳤다.

아이는 무릎을 꿇은 채 쇠창살 안으로 손을 뻗었다.

'얼른 꺼내 가라고!' 윌은 다시 외쳤다.

껌을 집어서 아이 입에 쑤셔넣고 싶은 충동이 들었다.

그때 퍼레이드 북소리가 한 번 크게 울리더니…… 정적이 흘렀다.

짐과 윌은 서로 마주보며 동시에 생각했다.

'퍼레이드가 멈췄어!'

껌을 떨어뜨린 아이가 창살 사이로 한쪽 손을 반쯤 들이밀었다.

지상에서 문신한 사나이 다크가 기인과 짐승우리, 태양 모양의 튜바, 비단뱀 같은 호른 행렬을 뒤돌아보며 고개를 끄덕였다.

그 신호에 퍼레이드 인원이 사방으로 흩어졌다.

기인들은 반으로 나뉘어 양쪽 보도로 올라가 구경꾼들 사이를 파고들며 전단지를 나눠주었다. 눈이 불붙은 수정처럼 빛나고 뱀의 혀처럼 빠르고 위협적이었다.

껌을 찾는 아이의 그림자가 윌의 뺨을 가려서 열을 식혔다.

'행진은 끝났어. 이제 수색을 시작한 거야.' 윌은 생각했다.

"여기 좀 봐, 엄마! 여기!" 아이가 창살 사이를 손가락질하며 소리쳤다.


# 35


담뱃가게에서 반 블록 떨어진 곳의 '네드의 나이트스폿'이라는 카페에서는, 잡다한 생각에 빠져 잠을 설치고 오래 걸은 탓에 기진맥진해진 찰스 핼러웨이가 두 잔째 커피를 마시고 값을 치르려하고 있었다. 그러나 바깥 거리가 갑자기 조용해진 것에 문득 불안을 느꼈다. 퍼레이드 인원이 구경꾼들 사이를 이물질처럼 파고들어 혼란해진 광경을 눈으로 보지 않아도 상상할 수 있었다. 스스로도 이유는 모르겠지만, 찰스는 계산하려고 꺼낸 돈을 도로 넣고 말했다.

"한 잔 더 주겠나, 네드?"

네드가 뜨거운 커피를 따르는데 카페 문이 열리며 낯선 이가 들어와 카운터에 오른손을 가볍게 올렸다.

찰스는 그 손을 바라보았다.

그 손도 그를 지그시 마주보았다.

다섯 손가락마다 눈알 문신이 하나씩 새겨져 있었다.


"엄마! 여기! 이 아래 좀 봐!"

아이가 쇠창살 사이를 손가락질하며 외쳤다.

옆으로 몇몇 그림자가 다가와 발길을 멈추었다.

해골 사나이도 그중 하나였다.

겨울 고목처럼 길쭉하고 허수아비처럼 바짝 마른 해골 사나이는 쇠창살 아래서 움찔거리는 두 소년과 오래된 종이 쓰레기 위로 실로폰처럼 앙상한 그림자를 드리웠다.

'가! 저리 가!' 윌은 속으로 외쳤다

아이의 통통한 손가락이 창살 사이를 휘저었다.

'가라고!'

해골 사나이는 그대로 지나갔다.

'다행이다.' 안심하던 것도 잠시, 윌은 외마디소리를 질렀다.
"앗, 안 돼!"

갑자기 난쟁이가 다가온 것이다. 지저분한 셔츠 끝에 매달린 작은 종들을 울리면서 뒤뚱거리며 걸어와 두꺼비 같은 그림자를 창살 아래로 드리웠다. 깨진 갈색 구슬 조각처럼 기분 나쁘게 번득이는 눈에는 영원한 비탄과 광기가 새겨져 있었다. 그는 그 눈으로 잃어버린 무언가를 찾는 듯했다. 어딘가로 사라져버린 자기 자신과, 마찬가지로 사라진 두 소년을. 땅딸막하게 오그라든 두 눈이 충혈되어 사방으로 움직이며 그렇게 과거와 현재를 오갔다.

"엄마!" 아이가 외쳤다.

난쟁이는 걸음을 멈추고 자신과 체구가 비슷한 아이를 바라보았다. 둘의 눈이 마주쳤다.

월은 얼른 고개를 돌리고 콘크리트에 몸을 바짝 붙였다. 짐도 옆에서 똑같이 했다. 몸뿐 아니라 마음과 영혼까지 어둠 속으로 기어들어가 위에서 펼쳐지는 작은 드라마를 피하려 했다.

"어서 가자, 아가!" 여자의 목소리가 들렸다.

아이는 엄마의 손에 이끌려 자리를 떴다.

하지만 이미 늦었다.

난쟁이가 아래를 들여다본 것이다.

이토록 무시무시한 운명을 맞닥뜨리기 전 수일간, 아니, 수년간 평화롭고 안전하고 멋진 생활을 영위하며 피뢰침을 팔아온 퓨어리라는 남자의 잃어버린 파편이 그 눈에 비쳤다.

'아, 퓨어리 씨. 대체 저들이 아저씨한테 무슨 짓을 한 거죠? 말뚝 박는 기계 밑에 던져넣고, 강철 압축기로 짜부라뜨리고, 눈물과 비명을 쥐어짜며 장난감 상자에 집어넣어서 아저씨의 모든 것이 사라질 때까지 압축한 건가요. 그 눈만…… 남기고서.'

난쟁이의 얼굴은 인간이라기보다 기계 같았다. 그래, 카메라다.

어둠에 고정된 난쟁이의 눈에서 셔터가 열리고 두 개의 렌즈가 확대되었다가 매끄럽게 축소되었다. 찰칵. 쇠창살의 사진을 찍은 것이다.

그 아래 숨어 있는 것도?

난쟁이가 창살을 보고 있는 건지, 그 사이의 공간을 보고 있는 건지 월은 알 수 없었다.

한껏 짜부라진 찰흙 인형 같은 난쟁이는 한참을 그 자리에 서 있었다. 서 있는데도 쭈그려 앉은 듯 보였다. 그의 카메라 눈이 연신 커지는 걸 보면 계속 사진을 찍는 건지도 몰랐다.

월과 짐을 또렷하게 찍은 것 같진 않았다. 얼굴 모양과 머리카락 색깔 따위를 담았을 뿐이다. 그리고 카메라 구실을 하는 두개골에 저장했다. 나중에, 얼마나 나중일지는 몰라도, 망각의 강에 잠겨 방황하는 미쳐버린 피뢰침 장수의 내면에서 그 이미지가 현상될 것이다. 그리고 창살 아래 숨어 있는 것이 확연히 보일 것이다. 그뒤에 따라오는 것은? 발각! 복수! 파멸이다!

찰각-스르륵-찰칵.

아이들이 와자하게 웃으며 달려갔다.

난쟁이는 그 환한 웃음소리에 이끌리듯 따라갔다. 무언가를 기억해내기 위해, 스스로도 알지 못하는 무언가를 찾아내기 위해 힘껏 내달렸다.

태양이 구름 사이로 빛을 비추었다.

가늘고 긴 구멍 아래서 옴짝달싹 못하던 두 소년은 악문 이 사이로 조심스레 한숨을 내쉬었다.

짐이 월의 손을 꼬옥 잡았다.

둘은 또다른 눈동자가 다가와 쇠창살 위를 넘어가는 동안 가만히 기다렸다.

파랑, 빨강, 초록으로 문신된 눈알 다섯 개가 카운터 위에서 미끄러졌다.

회전의자에 앉아 세 잔째 커피를 찔끔찔끔 마시던 찰스 핼러웨이는 살짝 몸을 틀었다.

문신한 사나이가 그를 바라보았다.

찰스는 고개를 까딱여 인사했다.

문신한 사나이는 고개를 까딱이지도 눈을 깜빡이지도 않고 찰스를 가만히 쳐다보기만 했다. 도서관 수위는 먼저 시선을 돌리고 싶었지만 생각을 고치고 무례한 침입자를 최대한 태연하게 마주보았다.

"주문하시겠습니까?" 카페 주인이 물었다.

"아뇨." 다크는 윌의 아버지를 바라본 채 대답했다. "실은 남자아이 둘을 찾는 중입니다."

나와 같군, 찰스는 그렇게 생각하며 일어나 계산했다. "잘 마셨네, 네드." 문 쪽으로 가다보니 문신한 사나이가 양손바닥을 펼쳐 네드에게 보여주고 있었다.

"남자아이들요? 몇 살 정도인데요?" 네드가 물었다.

문이 닫혔다.

다크는 찰스 핼러웨이가 창밖을 걸어가는 모습을 지켜보았다.

네드가 뭐라고 말했다.

그러나 문신한 사나이는 듣고 있지 않았다.


밖으로 나온 윌의 아버지는 도서관으로 가려다 멈추고, 법원 쪽으로 걸음을 옮겼다가 다시 멈추었다. 어디로 갈지 좀더 좋은 생각이 떠오르기를 기다리면서 주머니를 뒤지다가 담배가 없다는 걸 깨닫고 유나이티드 담뱃가게로 향했다.

고개를 든 짐이 창살 위로 익숙한 다리와 창백한 얼굴, 희끗희끗한 머리카락을 보았다.

"윌, 너희 아빠야! 불러봐! 도와주실 거야."

윌은 입을 열지 않았다.

"그럼 내가 부른다!"

윌은 짐의 팔을 때리고는 고개를 세차게 저었다.

왜 안 돼? 짐이 입모양으로 물었다.

왜냐하면…… 윌도 위를 올려다보며 입을 벙긋했다.

어젯밤 집에서 봤을 때보다 아버지가 훨씬 작아 보였다. 여기서 그를 부르는 건 지나가는 소년을 불러세워 도움을 청하는 거나 다름없다. 둘에게 필요한 건 소년이 아니라 장군, 아니, 육군 소장쯤은 되는 사람이었다. 윌은 담뱃가게 카운터 앞 유리창에 비친 아버지의 얼굴을 보려고 고개를 틀었다. 어젯밤 우유처럼 하얀 달빛을 받던 얼굴보다 더 나이들고 강해 보이는지 확인하고 싶었다. 하지만 겨우 확인한 건, 초조하게 떨리는 손가락과 테들리 씨에게 담배 이름도 제대로 꺼내지 못하며 달싹이는 입술이었다……

"음…… 그거…… 25센트짜리 시가 주게."

"이런, 부자시군요!" 테들리 씨가 말했다.

찰스 핼러웨이는 천천히 셀로판 포장지를 벗겨내며 이제 어디로 가면 좋을지, 왜 피우고 싶지도 않은 시가를 사러 여기까지 왔는지 하늘이 알려주기를, 영감이 떠오르기를 기다렸다. 몇 번 누군가 부르는 소리를 들은 것 같아 인파 쪽을 살펴보았지만 전단지를 나눠주는 광대들뿐이었다. 그들을 쳐다보던 찰스는 이윽고 카운터에 놓여 있던 작은 은색 라이터의 푸른 불꽃으로 별로 피우고 싶지 않은 담배에 불을 붙였다. 한 번 빨아들인 후 담배를 쥐지 않은 손으로 시가 밴드를 바닥에 버리고는 창살 위로 굴러가는 모습을 지켜보았다. 밴드가 창살 아래로 빠지자 시선도 자연스레 따라갔다. 그리고……

밴드는 그의 아들, 윌 핼러웨이의 발치에서 반짝이고 있었다.

찰스 핼러웨이는 담배 연기를 잘못 들이마시고 콜록거렸다.

어둠 속에 두 아이의 그림자가 보였다! 길바닥 아래 어두컴컴한 배수구에 웅크린 채 공포에 질린 눈동자가 그를 올려다보았다. 찰스는 하마터면 엎드려서 창살을 움켜쥐고 소리를 지를 뻔했다.

하지만 스스로도 믿기지 않는 광경인데다 주위 인파와 날이 개어 점점 밝아지는 하늘을 의식한 탓에 작게 속삭이는 것이 고작이었다.

"짐, 윌! 거기서 대체 뭐하는 거냐?"

그때 30미터쯤 앞의 카페에서 문신한 사나이가 나왔다.

"핼러웨이 아저씨……" 짐이 말했다.

"어서 나와라." 찰스가 재촉했다.

구경꾼 사이에 서 있던 문신한 사나이가 천천히 방향을 돌려 담뱃가게 앞으로 걸어왔다.

"그럴 수 없어요, 아빠! 우릴 쳐다보지 마요!"

문신한 사나이가 점점 다가왔다.

"애들아, 일단 경찰서에 가서……" 찰스가 속삭였다.

"안 돼요, 어서 고개를 들지 않으면 우린 죽은목숨이에요! 문신한 사나이가 혹시……" 짐이 쉰 목소리로 말을 잘랐다.

"문신한 뭐?"

"온몸에 문신을 한 남자요!"

카페 카운터에서 보았던 손가락에 새겨진 푸르스름한 눈알 문신이 찰스의 뇌리를 스쳤다.

"아빠, 법원 시계 쪽을 보고 있어요. 나중에 설명할 테니까……"

찰스는 몸을 일으켰다.

문신한 사나이가 코앞까지 다가왔다.

그는 찰스를 주의깊게 쳐다보며 "선생님" 하고 말을 걸었다.

"흠, 열한시 십오분이라." 찰스는 담배를 문 채 법원 시계와 손목시계를 번갈아보며 딴청을 부렸다. "일 분 느리군."

"선생님." 문신한 사나이가 다시 말을 걸었다.

껌 종이와 담배꽁초가 널린 배수구 안에서 윌과 짐은 서로를 꼭 붙잡았다. 지상에서는 네 개의 발이 바닥을 질질 끌며 조금씩 움직였다.

"선생님." 다크라는 이름의 남자는 찰스 핼러웨이가 누군가와 닮지 않았는지 확인하는 듯 그의 얼굴을 유심히 살폈다. "우리 쿠거와 다크 쇼에서 이 동네 소년 두 명을 선발해 축하공연에 특별히 초대하기로 했습니다. 딱 두 명만요!"

"그래요?" 찰스는 보도 쪽을 쳐다보지 않으려 애썼다.

"이 두 소년은······"

문신한 사나이의 이빨처럼 날카로운 구두징이 창살을 스치며 불꽃을 튀기는 걸 윌은 똑똑히 바라보았다.

"무료로 모든 놀이기구를 탈 수 있고, 모든 쇼를 구경할 수 있으며, 모든 공연자들과 만나 악수할 수 있고, 마술 도구와 야구방망이를 선물로 받게 되며······"

"그 운좋은 애들이 누구요?" 찰스가 말허리를 잘랐다.

"어제 카니발에 온 사람들을 사진으로 찍어서 그중 두 명을 뽑은 겁니다. 이 아이들 이름을 알려주시면 선생님께도 같은 혜택을 드리죠. 여기 있습니다!"

윌은 가슴이 철렁했다. '우리를 봤었나봐! 큰일이다!'

문신한 사나이가 양손바닥을 펼쳐 내밀었다.

윌의 아버지는 움찔했다.

오른쪽 손바닥에 선명한 파란색으로 그려진 윌의 얼굴이 찰스를 응시했다.

왼쪽 손바닥에 같은 색으로 그려진 짐의 얼굴도 마치 살아 있는 듯 또렷했다.

"이 아이들 아시죠?" 찰스가 긴장으로 목이 막히고 눈살을 찌푸리고 망치로 얻어맞은 듯 잘게 떠는 모습을 문신한 사나이는 놓치지 않았다. "이름이 뭡니까?"

'아빠, 넘어가면 안 돼요!' 윌이 속으로 외쳤다.

"잘 모르겠는데······" 윌의 아버지가 입을 열었다.

"아시잖습니까."

문신한 사나이가 양손바닥을 찰스의 눈앞에 대고 흔들며 이름을 댈 것을 요구했다. 피부 위에 새겨진 짐과 월의 얼굴도, 땅 아래 숨은 짐과 월의 얼굴도 똑같이 부들부들 떨며 일그러지고 움츠러들었다.

"선생께선 이 아이들이 혜택을 받는 게 싫은 겁니까……?"

"그건 아니지만……"

"아니지만? 아니지만 뭐요?" 다크가 바짝 다가섰다. 그의 온몸에 화랑처럼 새겨진 그림과 눈, 불운한 짐승과 괴물의 눈들이 셔츠와 외투와 바지를 꿰뚫고, 눈앞의 나이든 남자를 불로 지질 듯 이글거리는 눈으로 노려보고, 몇천 개의 낚싯줄을 드리워 끌어당겼다. 다크는 양손바닥을 눈앞에 들이밀며 대답을 재촉했다. "아니지만?"

찰스는 애꿎은 담배를 물어뜯으며 우물거렸다. "잠깐 생각을 해보니까……"

"생각해보니?" 다크의 얼굴이 밝아졌다.

"둘 중 하나가 누굴 닮았는데……"

"누구요?"

'정말 집요해. 아빠도 이상하다는 거 알겠죠?' 월은 생각했다.

"그런데," 월의 아버지가 말했다. "그 두 아이에게 왜 그리 집착하는 겁니까?"

"집착이라고요……?"

다크의 얼굴에서 웃음기가 솜사탕 녹듯 사라졌다.

짐과 월은 난쟁이처럼 바짝 웅크리고 위를 올려다보며 기다렸다.

"저의 호의가 그렇게 보이시나요? 집착으로?"

월의 아버지는 사나이의 팔 근육이 팽팽하게 도드라지고, 독사와 방울뱀 문신이 함께 꿈틀거리는 모습을 보았다.

"그 그림 중 하나는 밀턴 블럼퀴스트 같군요." 찰스가 중얼거리듯 말했다.

다크가 주먹을 쥐었다.

짐은 눈앞이 아득해지는 두통을 느꼈다.

"또 한 명은," 찰스가 차분하게 말을 이었다. "에이버리 존슨이고요."

'잘했어요, 아빠!' 윌은 속으로 외쳤다.

다크는 다른 쪽 손으로도 주먹을 쥐었다.

윌은 머리가 마치 쥠틀로 조이듯 아파서 비명을 지를 뻔했다.

"그런데 둘 다 얼마 전에 밀워키로 이사갔어요." 찰스가 말을 맺었다.

"거짓말." 다크가 냉랭하게 받아쳤다.

월의 아버지는 충격을 받은 표정을 지었다.

"내가요? 그애들을 방해하려 한다는 겁니까?"

"실은 십 분 전에 아이들의 이름을 알아냈어요. 혹시 몰라 확인차 물어본 겁니다."

"이름이 뭔데요?" 찰스가 의심스러운 투로 물었다.

"짐과 윌입니다."

어둠 속에서 짐이 한층 작게 웅크렸다. 월은 어깨를 잔뜩 움츠리고 눈에 힘을 주었다.

그러나 월 아버지의 얼굴에서는 둘의 이름을 새긴 돌멩이가 잔물결조차 일으키지 못하고 가라앉아버렸다.

"짐? 월? 그런 이름은 이 마을에 몇백 명은 될 텐데요."

월은 잔뜩 웅크린 몸을 움찔거리며 생각했다. '누가 우리 이름을 알려줬을까? 폴리 선생님? 하지만 선생님은 집에 없었잖아. 빈집에 빗방울 그림자뿐이었고. 그렇다면……

나무 밑에서 울던, 폴리 선생님을 닮은 어린 소녀? 우릴 놀라게 만든 그 여자애? 삼십 분쯤 전에 퍼레이드가 그쪽을 지나가면서 발견한 거야. 몇 시간째 우느라 지치고 겁이 나 있었으니 놈들 얘기를 들을 수밖에 없었겠지. 음악이 나오는 회전목마에 다시 올라타기만 하면 나이를 먹고, 눈물도 멈추고, 이 끔찍한 상황도 끝이 날 테니까. 나무 아래서 카니발로 데려가면서 원래 모습으로 돌아가게 해주겠다고 약속을, 아니, 거짓말을 한 걸까? 그래도 아는 걸 전부 얘기하진 않은 것 같아. 왜냐하면……'

"두 아이의 성은 뭐랍니까?" 월의 아버지가 물었다.

다크는 알지 못했다.

피부 위 갖가지 괴물들이 인이 섞인 땀을 내뿜어 겨드랑이에서 시큼한 냄새가 풍겼다. 강철 같은 힘줄 가득한 다리 사이에서도 마찬가지였다.

"음, 내가 보기엔 댁이 거짓말하는 것 같군요." 찰스는 상황을 즐기는 듯한 기색까지 드러내며 지금까지와 전혀 다른 냉랭한 투로 말했다. "아이들 이름도 제대로 모르면서. 카니발 사람이 이렇게 외진 동네 길거리에서 왜 거짓말을 하는 겁니까?"

문신한 사나이는 두 아이의 얼굴이 그려진 양 주먹을 세게 움켜쥐었다.

찰스는 창백해진 얼굴로 그 주먹을 바라보았다. 분노한 다크의 비열한 손가락과 날카로운 손톱이 아이들의 얼굴을 상처내며 지독하게 일그러뜨렸다.

창살 아래 두 아이의 그림자가 고통에 몸부림쳤다.

문신한 사나이의 표정은 태연했다.

그러나 오른쪽 주먹에서 물방울 하나가 툭 떨어졌다.

왼쪽 주먹에서도 마찬가지였다.

물방울들이 창살을 타고 아래로 떨어졌다.

축축한 무언가가 월의 뺨에 떨어졌다. 월은 흠칫 놀라 닦아내고는 손바닥을 내려다보았다.

뺨에 묻은 건 선홍색 액체였다.

옆을 돌아보았다. 짐은 여전히 꼼짝 않은 채 실제인지 상상인지 모를 희생이 끝나기를 기다리고 있었다. 문신한 사나이의 구두징이 창살에 부딪혀 부싯돌처럼 불꽃을 일으키자 둘의 시선이 다시 위를 향했다.

월의 아버지는 남자가 움켜쥔 주먹에서 피가 떨어지는 모습을 곁눈으로 보았으나 그의 얼굴에서 시선을 떼지 않으려 애쓰며 말했다.

"미안하지만 더이상 도와드리지는 못하겠군요."

그때 문신한 사나이의 뒤에서 알록달록한 집시 옷을 입은 여자가 모퉁이를 돌아 걸어왔다. 양손을 허공에 들어올리고 밀랍 얼굴 위의 두 눈을 짙은 색 안경으로 가린 채 뭐라고 중얼거리며 걸어오는 점쟁이, 바로 먼지 마녀였다.

월은 한발 늦게 마녀를 알아보았다. '안 죽었구나! 바람 빠진 열기구랑 같이 초원으로 떨어져서 죽었을 줄 알았는데, 다치긴 했어도 목숨은 건지고 돌아온 거야. 엄청 화가 났겠지! 나를 찾으려 혈안이 돼 있을 거야!'

월의 아버지도 마녀를 본 순간 본능적으로 심장이 멎을 듯한 기분을 느꼈다.

구경꾼들은 즐거운 듯 웃으며 길을 비켜주고, 색깔은 화려하지만 낡아빠진 마녀의 옷에 대해 쑥덕거리고, 나중에 다른 이들을 만나 이야깃거리로 삼기 위해 마녀의 입에서 흘러나오는 운율 섞인 목소리에 귀기울였다. 마녀는 커다랗고 복잡한 패턴의 벽걸이 융단을 쓰다듬듯 주위 공기를 손가락으로 살살이 훑으며 노래했다.

"남편에 대해 알고 싶나요. 아내에 대해 알고 싶나요. 운명을 알고 싶나요. 당신의 인생을 알고 싶나요. 나한테 와요. 공연장으로 오세요. 남자의 눈 색깔, 여자의 거짓말, 상대의 속마음이 뭔지 다 알려드려요. 꼭 오세요. 날 보러 와요. 공연장으로 와요."

아이들은 오싹해하면서도 마녀에게서 눈을 떼지 못했고 부모들은 흥미로운 듯 웃으며 먼지 마녀의 노래에 귀기울였다. 그 노랫소리를 따라 시간이 흘렀다. 마녀는 손가락 사이로 섬세한 거미줄을 치고, 날아오르는 그을음과 사람들의 숨결을 맡았다. 파리의 날개, 보이지 않는 박테리아의 영혼, 얼룩과 진드기, 태양빛 눈덩어리까지, 감정을 헤치고 구별해낼 수 있었다.

월과 짐은 뼈가 으스러져라 몸을 움츠리면서도 귀는 쫑긋 세웠다.

"나는 앞이 안 보여요. 하지만 마음먹으면 다 볼 수 있지요. 내가 어디 있는지도 알아요." 마녀가 나지막이 노래를 이어갔다. "가을에 어울리는 밀짚모자를 쓴 남자가 있네요. 안녕하세요. 그리고…… 다크 씨와…… 나이 많은…… 노인이 있군요."

'아빠는 노인이 아니야!' 발끈한 월은 속으로 외치고 눈을 깜빡이며 올려다보았다. 별안간 마녀가 입을 다물고 창살 위에 멈춰 서서 둘의 몸에 개구리처럼 축축하고 서늘한 그림자를 드리웠다.

"……노인……"

찰스는 마치 차가운 칼에 배를 찔린 것처럼 움찔했다.

"……노인…… 노인……"

계속 중얼대던 마녀가 "아아……" 하고 입을 벌리며 코털을 바짝 세웠다. 그리고 숨을 들이마시며 또다시 "아아……" 하고 내뱉었다.

문신한 사나이가 그 입에 집중했다.

"잠깐……!" 마녀가 탄식하듯 외쳤다.

마녀의 손톱이 보이지 않는 허공의 칠판을 날카롭게 긁었다.

월은 자신이 사냥개처럼 으르렁거리다 미친듯이 짖고 있음을 느꼈다.

마녀의 손가락이 스펙트럼을 가르고 빛의 무게를 가늠하며 천천히 아래로 향했다. 이윽고 집게손가락이 배수구의 창살을 가리키고는 소리 없이 외쳤다. 저기다! 저기 있다!

'아빠! 어떻게 좀 해보세요!' 월도 소리 없는 비명을 질렀다.

문신한 사나이는 앞이 보이지 않지만 놀라운 감각을 지닌 먼지 마녀를 든든하다는 듯 바라보며 느긋함을 되찾고 기다렸다.

"지금……" 마녀가 손가락을 바르르 떨었다.

"지금!" 윌의 아버지가 난데없이 외쳤다.

마녀가 주춤했다.

"지금 한 대 피워야겠군! 이게 아주 좋은 담배거든요." 찰스는 담뱃가게 카운터 쪽으로 크게 돌아서며 소리쳤다.

"조용……" 문신한 사나이가 주의를 주었다.

두 소년은 위를 올려다보았다.

"지금……" 마녀가 바람의 냄새를 맡았다.

"우선 불을 붙여야겠어." 찰스가 라이터의 푸른 불꽃에 담배 끝을 갖다댔다.

"조용히……" 다크가 경고했다.

"담배 하십니까?" 아버지가 아랑곳않고 물었다.

찰스가 연달아 유쾌한 목소리로 산통을 깨자 마녀는 뭔가를 가리키려던 손을 허리께로 내리고 안테나의 먼지를 닦듯 땀을 훔친 뒤, 다시 손을 들어올리고 바람을 들이마시며 콧구멍을 벌름거렸다.

윌의 아버지가 담배 연기를 "후!" 하고 뿜어냈다. 연기가 짙은 뭉게구름처럼 마녀를 에워쌌다.

마녀는 숨이 막혀 "컥!" 소리를 냈다.

"이 멍청이!" 문신한 사나이가 소리쳤다. 찰스에게 한 말인지, 마녀에게 한 말인지, 아니면 창살 밑에 숨은 소년들에게 한 말인지는 알 수 없었다.

"한 대 피워보시죠." 찰스는 한번 더 연기를 내뿜으며 다크에게 담배를 건넸다.

마녀는 재채기를 하며 주춤주춤 뒤로 물러섰다. 문신한 사나이가 찰스의 팔을 낚아채듯 잡았지만 주위의 눈길을 의식했는지 이내 놓아주었다. 한 방 먹은 것으로 모자라 뜻밖의 패배까지 당한 그는 이대로 집시 마녀와 물러서는 수밖에 없었다. 하지만 자리를 뜨려던 찰나 등뒤로 의기양양한 찰스의 말을 듣고 말았다. "좋은 하루 보내십쇼!"

'안 돼요, 아빠!'

아니나 다를까 문신한 사나이가 몸을 돌려 찰스에게 돌아왔다.

"선생님 성함은 어떻게 되십니까?"

'말해주면 안 돼요!' 윌은 속으로 외쳤다.

윌의 아버지는 잠시 고민하다 입에서 담배를 빼고 재를 털며 나지막이 말했다.

"핼러웨이요. 도서관에서 일하니 언제 한번 들르시죠."

"네, 꼭 그러겠습니다. 핼러웨이 씨."

마녀는 모퉁이 근처에서 기다리고 있었다.

찰스는 검지를 세우고 바람의 방향을 가늠한 후 마녀 쪽으로 연기를 훅 불었다.

그러자 마녀는 팔을 휘저으며 황급히 모퉁이를 돌아 갔다.

문신한 사나이는 굳은 표정으로 돌아서서 손안의 초상화를 일그러뜨릴 기세로 주먹을 꽉 쥐고 모퉁이를 향해 성큼성큼 걸어갔다.

그리고 정적이 흘렀다.

창살 아래도 쥐죽은듯 조용해서 찰스는 혹시나 아이들이 겁에 질려 죽어버린 건 아닌지 걱정되었다.

윌은 입을 벌린 채 눈물을 글썽이며 위를 올려다보고 속으로 중얼거렸다. '맙소사, 왜 지금껏 몰랐을까?'

아빠는 작지 않았다. 엄청나게 큰 사람이었다.

하지만 찰스 핼러웨이는 창살 쪽을 내려다보는 대신, 보도에 점점이 남아 모퉁이로 이어지는 붉은 핏방울을 바라보았다. 모퉁이 너머로 사라진 다크의 주먹에서 떨어진 피였다. 동시에 믿을 수 없는 행동을 해낸 스스로를 되돌아보며 반은 절망적으로, 반은 침착하게 그 경이로움을 받아들였다. 왜 진짜 이름을 알려주었는지는 아무에게도 설명할 수 없었다. 스스로도 그것의 진짜 무게를 분석하거나 재볼 수 없었으니까. 그는 그저 법원 시계에 시선을 고정한 채 말했다. 아래에 숨은 두 아이에게도 들리도록.

"짐, 윌. 무슨 일이 일어나고 있는 게 확실하구나. 날 저물 때까지 잘 숨어 있을 수 있겠니? 시간이 좀 걸릴 거야. 문제를 어디서부터 해결할지 생각해볼 시간이. 저들이 딱히 법을 어긴 것도 아니니 말이다. 그런데 난 산 채로 한 달은 땅에 묻혀 있었던 것처럼 오한이 들고 온몸이 떨리는구나. 숨어라, 짐, 윌. 꼭꼭 숨어 있는 거야. 엄마들한테는 카니발에서 일거리가 생겨 못 들어올 거라고 얘기해두마. 어두워질 때까지 잘 숨어 있다가 저녁 일곱시에 도서관으로 오거라. 그동안 난 카니발에 대한 경찰 기록을 찾아보고, 도서관 신문 자료든 책이든 고문서든 최대한 조사해보마. 잘하면 날이 저물고 너희가 찾아올 즈음에는 계획을 세워놓을 수 있을 거야. 그때까지 잘 숨어 있어라. 짐, 윌, 행운을 빈다."

봄집은 작지만 윌에게는 누구보다 크게 보이는 아버지는 천천
히 걸어가 사라졌다.

저도 모르게 손에서 떨어진 담배가 창살 사이로 불꽃을 튀겼다.

직사각형 배수구에 떨어진 담배가 불타는 분홍빛 눈으로 짐과
윌을 노려보았다. 둘은 그 눈을 마주보다가 밟아 꺼버렸다.

## 36

난쟁이는 광기어린 눈을 번득이며 큰길을 따라 남쪽으로 걸어
가고 있었다.

그러다 갑자기 걸음을 멈추고 머릿속 필름을 현상해 유심히 살
피더니 뭔가를 깨달은 듯 재빨리 걸음을 돌렸다. 사람들의 다리로
된 숲을 헤치고 문신한 사나이를 찾은 뒤, 속삭임도 외침처럼 크게
들릴 만한 곳으로 그를 데려갔다. 다크는 난쟁이의 얘기를 주의깊
게 듣더니 그를 남겨두고 혼자 달려갔다.

담뱃가게 인디언 인형 앞에 멈춰 선 그는 보도에 무릎을 꿇고
격자무늬 쇠창살을 움켜쥐고는 아래를 들여다보았다.

그러나 누렇게 변색된 신문지, 구깃구깃한 사탕 포장지, 타다
만 담배꽁초, 씹다 버린 껌이 전부였다.

다크는 분노에 찬 비명을 삼켰다.

"뭐 떨어뜨리셨어요?"

담뱃가게 카운터 너머에서 테틀리 씨가 눈을 깜빡이며 물었다.

다크는 창살을 잡은 채 고개를 한 번 끄덕였다.

"혹시 떨어진 동전이 있으면 주우려고 한 달에 한 번씩 아래를 청소하는데요." 테틀리 씨가 말했다. "얼마짜리인데요? 10센트? 25센트? 50센트?"

핑!

다크가 번쩍 고개를 들었다.

금전등록기 창에 자그마한 붉은색 글자가 떴다.

매상 없음

## 37

마을 시계가 저녁 일곱시를 알렸다.

거대한 종소리가 불 꺼진 도서관 홀에 울려퍼졌다.

어둠 속 어딘가에서 가을 나뭇잎이 바삭거리며 떨어지는 듯했다.

그러나 그건 책장 넘기는 소리였다.

찰스 핼러웨이는 지하묘지 같은 도서관 한구석에 자리잡고, 녹색 갓이 달린 전등 빛을 받으며 책상에 상체를 기울이고 앉아 있었다. 입술을 오므리고 실눈을 뜬 채 떨리는 손으로 책을 집어들어 책장을 넘겼다가 덮었다가 했다. 가끔 창가로 다가가 가을 밤거리를 주의깊게 살폈다. 그리고 자리로 돌아와 클립이나 종이를 끼워둔 페이지를 펼쳐 참고할 만한 부분을 옮겨 적고 혼잣말을 중얼거렸다. 그 목소리가 도서관의 동그란 천장에 부딪혀 다시 돌아왔다.

"이거야!"

"······거야······" 한밤의 복도가 울렸다.

"이 그림······!"

"······그림······!" 홀이 울렸다.

"그리고 여기!"

"······여기······" 먼지가 가라앉았다.

지금껏 살면서 가장 길게 느껴진 하루였다. 낯선 이들과 그렇지 않은 이들 사이에 섞여 추적자들을 쫓고, 사방으로 흩어진 퍼레이드의 흔적을 따라갔다. 짐과 윌의 어머니에게는 행복한 일요일을 망치지 않도록 필요 이상의 얘기는 하지 않았다. 그러고는 난쟁이와 그림자가 엇갈리고, 뾰족머리와 불을 먹는 사나이를 스쳐지나며, 치미는 두려움을 누르면서 어둑한 골목을 따라 담뱃가게 앞으로 되돌아갔다. 쇠창살 아래 배수구를 살피니 아이들은 보이지 않았다. 괴물들과의 숨바꼭질에서 한발 앞서 다른 데로 피한 모양이었다. 다행히, 아주 멀리.

잠시 후 찰스는 구경꾼들에 섞여 카니발 부지로 들어섰다. 천막 안에는 들어가지 않고 놀이기구도 타지 않고 그저 관찰했다. 해가 뉘엿뉘엿 넘어가고 황혼이 깔릴 즈음에는 거울 미로 안의 차가운 유리 바다를 살피고 있었다. 해안까지 다가갔다가 익사할 뻔한 기분으로 겨우 빠져나왔다. 온몸이 차가운 땀으로 젖어 뼛속까지 얼어붙는 듯했다. 그리고 밤이 오기 전, 사방의 구경꾼을 방패삼아 무사히 카니발을 벗어나서 마을로, 도서관으로, 가장 중요한 책들을 찾아갔다······ 우선 시계 보는 법을 새로 익히려는 사람처럼 책들을 책상 위에 거대한 시계 모양으로 늘어놓았다. 그리고 나무판에 핀으로 고정한 죽은 나방의 날개처럼 누렇게 변색된 책장을 내려다보며 주위를 서성였다.

그중 한 장에 '어둠의 왕자'*의 초상화가 있었다. 그 옆에는 〈성 안토니우스의 유혹〉이라는 환상적인 연작 그림이 있었다. 그리고 그 옆에는 조반니 바티스타 브라첼리**의 동판화집 중 다양한 연금술 의식을 집전하는 인간을 꼭 닮은 로봇을 묘사한 그림이 펼쳐져 있었다. 열두시 오십오분 방향에는『파우스트 박사』가 있고, 두시 방향에는『초자연적 초상화 연구』가, 지금 그가 손가락으로 짚고 있는 여섯시 방향에는 거리의 약장수, 음유시인, 죽마를 탄 마술사, 광대 등을 통해 전해내려온 서커스, 카니발, 그림자 인형극, 꼭두각시 인형극의 역사에 관한 책이 놓여 있었다.『공중 왕국 안내서』라는 역사서도 나란히 있었다. 아홉시 정각 방향에는『악마 들림』『이집트의 미약들』『저주받은 자들을 고문하는 법』『거울 마법』이 차곡차곡 쌓여 있고, 아홉시와 열두시 방향 사이에는『기관차와 기차』『수면의 불가사의』『자정과 새벽 사이』『마녀의 연회』『악마와의 계약』등이 한눈에 들어오도록 가지런히 놓여 있었다.

그러나 그 시계에는 바늘이 없었다.

찰스는 자신에게, 아이들에게, 그리고 아무것도 모르는 마을 사람들에게 가장 유리한 시간이 언제인지 알 수 없었다.

---

* 악의 화신인 사탄을 가리키는 표현 중 하나.
** 바로크시대의 이탈리아 조각가이자 화가.

다시 말해, 무엇에 기대어 나아가야 할지 알 수 없었다.

새벽 세시에 도착한 것, 괴상한 거울 미로, 일요일의 퍼레이드, 땀이 밴 피부에 전기 불꽃 같은 강청색 문신을 가득 새긴 키 큰 남자, 보도의 쇠창살 사이로 뚝뚝 떨어지던 핏방울, 두려움에 떨며 올려다보던 두 소년, 그리고 적막한 도서관에서 홀로 퍼즐 조각을 맞추는 찰스 자신.

아이들이 창살 사이로 속삭인 말을 그는 왜 진실로 받아들였을까? 두려움, 그 자체가 확실한 증거다. 그것을 알고도 남을 만큼 찰스는 지금껏 살면서 충분히 두려움을 겪어왔다. 여름날 해 질 무렵 정육점에서 풍기는 냄새처럼 뚜렷한 두려움을.

문신한 카니발 단장의 침묵이 포악하고 사악하고 위협적인 수천 마디 말을 쏟아내는 듯 느껴지는 건 왜일까?

그날 오후 카니발 천막 사이로 목격한 노인, '전기 사나이'라는 표지판 아래 앉아 푸른 도마뱀 같은 전광에 온몸이 뒤덮여 있던 그 노인 안에는 무엇이 도사리고 있을까.

모든 것, 지금까지의 모든 것이 의문이었다. 이 책은 어떤가. 그는 『관상학』 책을 집어들었다. 얼굴로 성격을 파악하는 비법.

배수구에 숨어 무시무시한 퍼레이드를 올려다보던 짐과 윌의 얼굴은 천사처럼 순진무구하다고 할 수 있을까. 그 둘은 태도, 외모, 정신의 균형 모두 뛰어난 여름의 이상향일까?

'반대로……' 찰스 핼러웨이는 책장을 넘기며 생각을 이어갔다. 그 문신한 사나이와 카니발의 기인들은 탐욕스럽고 냉혹한 인간의 이마와 음란하고 거짓된 인간의 입을 가졌을까. 그들의 이빨은 교활

하고 불안정하고 파렴치하며 오만하고 잔인한 살인자의 그것일까?

'아니, 그렇진 않다.' 찰스는 책을 탁 덮었다. 만약 얼굴만으로 판단할 수 있다면, 그 기인들은 찰스가 오랫동안 도서관에서 밤을 지새우며 들여다본 수많은 얼굴들보다 딱히 흉측스러울 것이 없었다.

다만 한 가지는 확실했다.

셰익스피어가 쓴 두 줄. 찰스는 그 구절을 옮겨 쓴 종이를 책으로 만든 시계 한가운데 놓고 의문의 핵심을 비추어보았다.

내 엄지가 뜨끔한 걸 보니,
무언가 사악한 것이 오는구나

대단히 모호하면서도 많은 것을 함축한 구절이었다.

그는 그 의미를 받아들이고 싶지 않았다.

그러나 오늘밤 그러지 않으면, 죽는 날까지 그 구절처럼 살아야 할 것임을 알고 있었다.

찰스는 창밖을 내다보며 생각했다. '짐, 윌, 지금 이리로 오고 있는 거냐? 무사히 올 수 있겠니?'

기다리는 동안 찰스의 피부에서 서서히 핏기가 가셨다.

## 38

일요일 저녁 일곱시 십오분, 일곱시 삼십분, 그리고 일곱시 사십오분. 침묵의 단편이 가득한 도서관에서는 설형문자 석판처럼 영구한 세월을 새기며 빼곡하게 꽂혀 있는 책들 위로 보이지 않는 시간의 눈송이들이 켜켜이 내려앉았다.

바깥에서는 마을이 카니발을 향해 숨을 내쉬었다가 들이마시고, 수많은 사람들이 도서관 근처 덤불에 몸을 숨긴 짐과 윌의 옆을 줄지어 지나갔다. 둘은 간간이 고개를 들고 주변을 살폈다가 다시 코가 땅에 닿도록 납작 엎드렸다.

"조심!"

덤불 속에 웅크리고 있는데 소년 같기도 하고 난쟁이 같기도 한 것이 앞을 지나갔다. 혹시 몸은 소년이고 정신은 난쟁이인 자일까? 바람을 맞아 살짝 언 보도 위를 게걸음치듯 날아가는 낙엽인지도 몰랐다. 짐은 벌떡 일어나 앉았고 윌은 여전히 불안한 듯 땅에 얼굴을 대고 있었다.

"이제 들어가자, 왜 이렇게 질질 끌어?"

"도서관에 들어가기가 겁나." 윌이 말했다. 도서관 서가에는 수백 년 묵어서 낡고 겉이 벗겨진 책들이 몇만 마리 독수리 떼처럼 가득 들어차 있다. 어두컴컴한 서가 사이를 걷다보면 책등의 금박 제목들이 일제히 이쪽을 노려보는 기분이 든다. 오래된 카니발, 오래된 도서관, 그리고 아빠도…… 모두 나이든 것들이다……

"아빠가 저 안에 있는 건 아는데, 정말 우리 아빠가 맞을까? 그러니까, 만약 놈들이 벌써 와서 아빠를 악마처럼 바꿔놨으면 어떡해? 원하는 걸 줄 것처럼 약속하는 거짓말을 아빠가 믿어버렸을지도 몰라. 그렇다면 무턱대고 들어갔다가 어떻게 되겠어? 오십 년

쯤 후에 누군가가 와서 책을 펼쳤을 때, 나방 날개처럼 바짝 마른
너랑 내가 바닥으로 툭 떨어질지도 몰라. 놈들이 책갈피에 끼워넣
는 바람에 아무도 우릴 찾지 못했던 거지. 그래서……"

짐은 더는 못 참겠다는 듯 벌떡 일어났다. 윌이 돌아보았을 때
는 이미 도서관 문을 두드리고 있었다. 윌도 부리나케 달려가 함께
문을 두드렸다. 차가운 밤거리를 벗어나 따뜻한 책의 숨결이 담긴
도서관의 밤으로 들어가기 위해. 어차피 어둡기는 매한가지라면
그쪽이 더 나았다. 이윽고 문이 열리고 책 냄새가 훅 끼치면서 유
령처럼 머리가 희끗한 아버지가 나타났다. 소년들은 발끝으로 살
금살금 걸어 아무도 없는 복도를 나아갔다. 윌은 해 질 무렵 묘지
를 지날 때 종종 그러던 것처럼 휘파람이라도 불고 싶었지만, 아버
지가 왜 이리 늦게 왔느냐고 묻는 바람에 오후 내내 숨어 있던 장
소를 하나하나 떠올리며 설명해야 했다.

짐과 윌은 오래된 차고에 숨었다가, 낡은 창고로 옮겨갔다가,
최대한 높이 올라갈 수 있는 나무를 찾아 그 위에 숨었다. 그러자
곧 진력났다. 두려움보다 지루함이 더 견디기 힘들었다. 그래서 경
찰서로 향해 경찰서장에게 자초지종을 설명하면서 이십 분 정도
안전하게 머물렀다. 그뒤에 윌이 교회를 찾아다니자는 아이디어를
냈고, 마을에 있는 모든 교회의 첨탑에 올라가 종루에 둥지를 튼
비둘기를 겁주어 쫓아버리곤 했다. 교회에 있는 것이, 종루에 올라
가는 것이 안전한지는 확신할 수 없었지만 마음이 놓이긴 했다. 하
지만 또다시 지루해지고 피곤이 몰려와 차라리 뭐든 새로운 일이
일어나는 편이 낫겠다 싶어 제 발로 카니발에 가려는 찰나 다행히

해가 저물었다. 그뒤로 도서관까지 오는 길은 마치 아랍인들에게 포위된 동맹군의 요새로 지원을 가는 기분이라 그다지 지루하지 않았다.

"그리고 도착한 거예요." 소곤대며 말을 맺은 짐이 잠시 멈칫하다 외쳤다. "왜 소곤대고 있는 거지? 여기 우리 말곤 아무도 없는데, 나 참!"

그리고 소리 내어 웃다가 황급히 입을 다물었다.

지하 동굴처럼 동그란 천장 아래서 부드러운 발소리가 들렸기 때문이다.

그러나 그건 흑표범처럼 살금살금 깊은 서가를 맴돌며 메아리치는 웃음소리였다.

그들은 다시 목소리를 낮추고 속삭였다. 깊은 숲, 어두운 동굴, 어둑한 교회, 절반쯤 불이 꺼진 도서관에는 공통점이 있다. 그 안에 있으면 분위기에 압도되어 흥분이 가라앉고, 자신의 목소리가 유령 쌍둥이 같은 메아리를 불러오는 게 두려워, 저도 모르게 숨을 죽이고 웅얼거리는 소리만 내게 된다는 것이다.

둘은 작은 방으로 들어가서 찰스 핼러웨이가 책들을 시계 모양으로 늘어놓고 몇 시간째 자료 조사에 열중하던 책상에 둘러섰다. 그리고 처음으로 서로의 얼굴을 똑바로 바라보고 그 창백한 안색에 놀랐지만 굳이 그런 얘기를 입에 담지는 않았다.

"이제 처음부터 얘기해보렴." 윌의 아버지가 의자를 빼주었다.

둘은 얘기하기 편한 대로 번갈아가며 그간의 사정을 설명했다. 마을을 돌아다니던 피뢰침 장수, 폭풍우가 올 거라는 예언, 새벽녘에 도착한 기차, 순식간에 카니발 부지가 된 초원, 달빛으로 친 천막, 저절로 연주되는 증기오르간, 환한 대낮에 카니발로 입장한 수백 명의 기독교인을 맞이한 것이 사나운 사자가 아니라 폭포처럼 펼쳐진 거울 안에서 시간이 마음대로 흐르는 미로와 '고장난' 회전목마였다는 것. 침묵의 저녁시간. 쿠거 씨와, 밧줄에 묶여 피를 흘리고 기생충이 득실거리는 갈고리에 걸린 온 세상의 죄악을 목격한 소년. 그 눈은 소년의 것이지만 영원한 삶을 살아오며 너무 많은 것을 보아서 이제 그만 죽고 싶어도 죽을 방법을 모르는 사람의 눈이기도 했다는 것……

둘은 잠시 얘기를 멈추고 숨을 골랐다.

폴리 선생님, 다시 카니발에 찾아간 것, 미친듯이 빙빙 도는 회전목마, 고대 미라처럼 변해 달빛을 마시고 은색 먼지를 토해내며 죽어 있던 쿠거 씨가 전기의자에서 폭풍우와 비와 번개에서 추출한 듯한 초록빛 전기 세례를 맞고 되살아났다는 것, 퍼레이드, 담뱃가게 앞 배수구에 숨은 것, 그리고 마침내 도서관에 도착했다는 것까지.

월의 아버지는 한동안 책상 한가운데를 응시하다 입을 열었다.

"짐, 월. 난 너희를 믿는다."

둘은 안심한 듯 힘을 빼고 의자에 기댔다.

"전부요?"

"그래, 전부."

월은 눈가를 손으로 훔쳤다. "갑자기 엉엉 울고 싶어졌어."

"그럴 시간 없어." 짐이 나무랐다.

"짐의 말이 맞아." 월의 아버지는 의자에서 일어나 파이프에 담

226

배를 채우고 성냥을 찾으려고 주머니를 뒤졌다. 낡은 하모니카, 펜나이프, 망가진 라이터, 언제든 위대한 생각이 떠오르면 적어두려고 가지고 다녔지만 아무것도 적지 못한 수첩 따위가 나왔다. 소인족과의 전쟁에서도 힘을 못 쓰고 순식간에 날아가버릴 듯한 그 무기들을 찰스는 매우 소중하게 책상 위에 늘어놓았다. 그리고 하나하나 살피다 고개를 젓고는 낡은 성냥갑을 꺼내 파이프에 불을 붙이고 방안을 서성였다.

"이제부터 한 카니발에 대해 긴 얘기를 해야 할 것 같구나. 그들이 어디서 와서 어디로 가는지, 목적이 무엇인지 말이다. 그 카니발이 예전에도 마을에 온 적 있으리라고는 생각도 못했다. 그런데 여길 보렴."

찰스는 누렇게 변색된 1888년 10월 12일자 신문 광고를 두드리며 한 구절을 손끝으로 짚었다.


  J. C. 쿠거와 G. M. 다크가 국제적 규모의 곁들이 쇼와 돌연변이 박물관을 갖춘 아수라장 극단을 소개합니다!


"J. C.와 G. M.이라는 머리글자가 이번주 마을에 나돌던 전단지에 실린 거랑 같긴 하지만…… 시기상 동일인일 리는 없어요." 짐이 말했다.

"그래야겠지?" 윌의 아버지가 팔뚝을 문질렀다. "벌써 소름이 돋는구나."

찰스가 낡은 신문 몇 장을 더 보여주었다.

"1860년. 1846년. 광고 문구와 이름, 머리글자가 전부 같아. 다크와 쿠거, 쿠거와 다크. 그런데 이십 년에서 사십 년에 한 번꼴로 마을을 방문했기 때문에 그사이 사람들은 까맣게 잊어버린 거야. 마을에 오지 않는 해에는 어디 있었을까? 여행을 했겠지. 그러나 단순한 여행이 아니야. 그들은 언제나 10월에 찾아왔어. 1846년 10월, 1860년 10월, 1888년 10월, 1910년 10월, 그리고 올해 10월 오늘밤." 찰스는 점점 목소리를 낮추며 덧붙였다. "……가을종족을 조심하라……"

"네?"

"오래된 종교 서적에 실린 내용이란다. 뉴게이트 필립스 목사가 쓴 책으로 기억하는데, 어렸을 때 읽었지. 정확히 무슨 내용인가 하면……"

찰스는 입에 침을 바르며 기억을 더듬었다.

"어떤 이들에게 가을은 일찌감치 찾아와 평생 동안 머문다. 9월에서 10월, 이어서 11월이 되지만, 그리스도 탄생일과 베들레헴의 별이 함께하는 경사스러운 12월은 오지 않고, 다시 9월로 돌아간다. 그리고 10월, 11월로 이어지기를 반복한다. 겨울도, 봄도, 만물이 부활하는 여름도 없다. 가을종족에게는 가을이 정상적인 계절이고 유일한 기후이며 다른 계절은 없다. 그들은 어디서 왔을까? 먼지에서다. 어디로 가는가? 무덤으로다. 그들의 혈관에는 피가 흐를까? 아니, 밤바람이 흐를 따름이다. 그들의 머릿속에서 탁탁거리는 것은 무엇인가? 벌레다. 그들의 입을 빌려 말하는 것은? 두꺼비다. 그들의 눈을 통해 바깥을 보는 것은? 뱀이다. 그들의 귀로 소리를 듣는 것은? 별과 별 사이의 심연이다. 가을종족은 인간 사이를 누비며 영혼을 채집한다. 이성의 육신을 먹어치우고, 죄인으로 무덤을 채운다. 그들은 늘 광포하게 전진한다. 돌풍 속을 딱정벌레처럼 가로지르고, 살금살금 기어 요리조리 빠져나가며, 필요한 것을 찾아내 걸러내며 서서히 이동한다. 달을 흐릿하게 물들이고 맑은 강물을 탁하게 한다. 거미줄도 그들이 오는 소리를 듣고 겁에 질려 떨다가 끊어진다. 이게 바로 가을종족이다. 그러니 그들을 조심하라."

잠시 후 두 소년이 동시에 숨을 내쉬었다.

"가을종족이라. 맞아요. 바로 그거예요!" 짐이 말했다.

"그럼……" 윌은 마른침을 삼키며 물었다. "우리는…… 여름종족이에요?"

"꼭 그렇지는 않아." 찰스 핼러웨이가 고개를 저었다. "나보다는 여름에 가깝긴 하지. 나도 한때는 순수한 여름종족이었지만 그건 오래전 얘기니까. 대부분은 여름과 가을이 반씩 섞여 있어. 8월의 한낮에 만끽한 여름이 우리 안에 남아 있기에 11월의 한기를 누그러뜨릴 수 있고, 7월 4일*의 작은 환희를 가슴속에 간직하고 있기에 살아갈 수 있지. 하지만 누구든 가을종족이 되어버릴 수 있단다."

"아빠는 아니에요!"

"맞아요, 아저씨는 아니에요!"

---

* 미국 독립기념일.

찰스는 떨리는 손을 무릎에 꼭 대고 자신을 격려하듯 쳐다보고 있는 두 소년의 창백한 얼굴을 흘끗 마주보았다.

"말이 그렇다는 거니 진정하렴, 얘들아. 나는 사실을 추구할 뿐이야. 윌, 너는 네 아빠에 대해 그동안 얼마나 알고 있었니? 우리가 힘을 합쳐 그들에게 맞서려면 서로를 잘 알아야 하지 않을까?"

짐이 조심스럽게 숨을 내쉬었다. "그럼, 아저씨 정체가 뭔데요?"

"누군지 몰라서 물어?" 윌이 발끈했다.

"과연 그럴까?" 윌의 아버지가 나섰다. "보자. 내 이름은 찰스 윌리엄 핼러웨이지. 쉰네 살 남자라는 것 말고 별다른 특징은 없지만, 나 자신에게는 그 나이가 제법 특별하단다. 스위트워터 마을에서 태어나, 시카고에서 자라고, 뉴욕으로 건너가 살아남고, 디트로이트에서 많은 생각을 하며 살았지. 혼자 있는 걸 좋아하고, 길에서 경험한 것들을 책에 쓰인 것과 비교해보는 걸 좋아해서 전국 곳곳의 도서관을 전전하다 여기 이르렀어. 그렇게 방랑하던 끝에— 나는 그걸 여행이라고 부른다만—서른아홉 살에 네 엄마를 만나 한눈에 반했지. 그후로 쭉 이곳에 살고 있고. 지금도 사람들 틈바구니를 벗어나 밤늦게 도서관에 머무는 게 가장 편안하단다. 이곳이 내 여행의 종착역일까? 그럴지도 모르지. 그런데 왜 하필이면 지금 이곳에 살고 있을까? 내 생각엔 아무래도 너희를 돕기 위해서인 것 같다."

찰스는 두 소년의 해맑고 어린 얼굴을 바라보며 덧붙였다.

"그래, 게임에 늦게 끼어들긴 했지만 지금부터라도 도와주마."

# 39

밤이 되면서 바깥은 칠흑처럼 어두워지고 도서관 창문들이 바람에 덜컹거렸다.

어른과 두 소년은 바람이 물러가길 기다렸다.

윌이 말했다. "아빠는 언제나 우릴 도와줬어요."

"고맙지만 그건 사실이 아니야." 찰스 핼러웨이는 텅 빈 손을 내려다보았다. "나는 바보였어. 눈앞에 있는 널 외면하고, 어깨 너머를 살피며 다가올 것들만 걱정했지. 위안삼아 하는 말이지만 원래 모든 인간은 바보란다. 언젠가 최악의 바보가 돼서 '도와주세요!' 하고 외치는 날을 대비해 열심히 살아가는 거야. 고인 물을 퍼내고, 판자를 덧대고, 밧줄을 묶고, 회반죽을 바르고, 뺨을 쓰다듬고, 이마에 입을 맞추고, 울고 웃으면서. 그러면 여차했을 때 누군가의 대답을 들을 수 있단다. 오늘밤, 나는 온 도시와 마을, 지선 열차 정거장에까지 바보들이 득실거린다는 걸 확실히 알았어. 카니발 기차가 증기를 뿜고 비를 뿌리면서 나무를 뒤흔드는 것도 바보들을 떨어뜨리기 위해서야. 그들은 고립되어 있기에 '도와주세요!'라는 외침에 대답해줄 이 하나 없지. 적어도 그들은 그렇게 생각해. 뿔뿔이 흩어져 있는 바보들. 카니발이 신나게 탈곡기를 돌리며 거둬들이려는 수확물은 바로 그거야."

"맙소사. 그럼 방법이 없겠네요!" 윌이 말했다.

"아니. 우리가 지금 여기서 여름과 가을의 차이를 놓고 고민한다는 사실만으로도 돌파구는 열린 거야. 알겠니? 너희는 바보로 살 필요가 없단다. 사악하고 죄악에 물든 인간이 될 필요도 없지. 그것 말고도 서너 가지 선택지가 있어. 다크라는 사람과 그의 친구들도 모든 카드를 쥐고 있는 건 아니야. 오늘 담뱃가게 앞에서 깨달았지. 나는 그자가 겁이 났는데, 그자도 나를 겁내고 있더구나. 즉 서로 두려워하는 거야. 이걸 어떻게 이용해야 할까?"

"어떻게 해야 돼요?"

"순서대로 차근차근 살펴봐야지. 우선 인류의 역사를 거슬러올라가보자. 만약 인류가 영원히 흉악한 원시 상태로 살고 싶었다면 그럴 수도 있었을 거야. 그렇지? 그런데 우리 조상들이 짐승과 뒤섞여 들판에서 살았니? 아니지. 무시무시한 바라쿠다가 득실거리는 물속에서 살았니? 아니지. 어느 시점부터 그들은 고릴라의 날카로운 발톱과 육식동물의 이빨을 버리고 풀잎을 씹기 시작했어. 길지 않은 인생에서 피비린내 대신 토양을 가꾸고 내면의 철학을 쌓아갔어. 스스로에 대한 기준을 세우고, 천사에는 절반도 미치지 못하지만 원숭이보다는 고등하게 발전했지. 매우 멋지고 새로운 개념이었기에 혹시라도 잊어버리지 않도록 종이에 기록하고 이 도서관 같은 건물을 지어 보관했어. 그리고 그것들을 신선하고 달콤한 풀잎처럼 곱씹으며, 우리가 어떻게 이것을 만들었고 언제부터 진보하게 되었는지, 언제부터 여느 짐승들과 다른 존재로 살아갈 결심을 했는지 사색을 거듭해왔지. 수십만 년 전의 어느 날 밤, 모닥불을 피운 동굴 안에서 털이 덥수룩한 원시인이 잠에서 깼어. 불씨 너머에 잠든 아내와 자식들을 바라보며 언젠가 저들의 몸도 죽음을 맞아 차갑게 식어서 영원히 사라지리라는 생각을 해. 아마 눈물이 났을 거야. 그래서 언젠가 죽게 될 아내를, 뒤따라 세상에서 사라질 자식들을 쓰다듬었어. 다음날 아침부터 남자는 그들에게 좀더 잘해주게 되었어. 그들도 자신처럼 밤의 씨앗을 품고 있음을 알았으니까. 맥박 속에서 느껴지는 점액질의 그 씨앗은 빛을 거슬러 분열하며 어둠 속에서 그의 육체를 증식해나가려고 해. 그렇게 우리에게 주어진 삶은 짧고 영원은 길다는 것을 인류는 최초로 인식하게 되었지. 이 깨달음은 연민과 자비를 낳고, 더 복잡하고 신비로운 감정인 사랑으로 이어졌어.

자, 그럼 지금을 살고 있는 우리는 무엇일까? 지나치게 많은 것을 알고 있는 존재라고 할 수 있어. 그렇기에 웃어야 할지 울어야 할지를 선택해야 하는 짐을 지게 되었지. 다른 짐승들은 그렇지 않은데, 인간만은 이성과 욕구에 따라 둘 다 할 수 있어. 카니발 놈들은 우리가 어느 쪽을 택하는지, 왜 그런 방법을 취하게 되었는지 가만히 지켜보다가 이때다 싶을 때쯤 다가오는 게 아닌가 싶구나."

찰스 핼러웨이는 두 소년이 매우 열심히 자신을 쳐다보고 있음을 깨닫고 쑥스러워져 잠시 말을 끊고 고개를 돌렸다.

"우아, 핼러웨이 아저씨. 대단해요. 계속해주세요!" 짐이 외쳤다.

"아빠가 이렇게 얘기를 잘하는 줄 몰랐어요." 윌도 감격한 듯했다.

찰스는 고개를 저었다. "내가 밤늦게까지 여기서 혼자 중얼거리는 소릴 들었어야 하는데! 이럴 줄 알았으면 일찌감치 너희에게 많은 얘기를 해줄 걸 그랬구나. 그래, 어디까지 말했지? 아, 사랑 얘기까지 했구나. 사랑……"

윌은 그 단어에 지루한 표정을 지었지만 짐의 얼굴은 심각해졌다.

그 표정을 보고 찰스 핼러웨이는 고민에 잠겼다.

어떻게 설명해야 이 아이들이 제대로 이해할 수 있을까? 사랑이란 공통된 체험에서 나오는 공감이라고 하면 될까? 아니면 생명의 시멘트라고 할까? 거대한 우주에서 무언가를 향해, 혹은 무언가로부터 멀어지고자 끝없이 유영하는 태양, 그 주위를 맴도는 땅덩어리 위에서 오늘밤 이렇게 셋이 모여 있는 것이 어떤 느낌인지를 설명하면 될까? 우리는 시속 1,600미터의 비행물체에 함께 올라타 있다. 우리는 밤에 저항하는 공통된 감정을 갖고 있다. 너희의 관계도 그 작은 공통된 감정에서 비롯된 것이다. 3월의 들판에서 멋들어지게 연을 날리는 소년을 우리는 왜 사랑할까? 손바닥을 태울 듯 뜨겁게 마찰하는 연줄의 느낌을 우리 손가락이 알기 때문이다. 기차 차창 너머 시골 마을의 우물 안으로 허리를 굽힌 소녀를 왜 사랑할까? 기억에서 사라진 지 오래인 어느 오후에 마셨던, 쇠맛이 감도는 청량한 물을 우리 혀가 알기 때문이다. 길가에 널브러진 낯선 시신들을 보며 왜 눈물을 흘릴까? 그 시신들이 사십 년째 만나지 못한 옛 친구를 닮았기 때문이다. 파이를 얼굴에 맞은 어릿광대를 보고 왜 웃을까? 그 커스터드의 맛, 인생의 맛을 알기 때문이다. 어째서 아내라는 여인을 사랑하는가? 내가 아는 세상의 공기를 호흡하기에 그녀의 코를 사랑하는 것이다. 내가 밤늦게까지 흥얼거릴 노래를 들어주기에 그녀의 귀를 사랑한다. 이 땅의 계절을 보고 즐기기에 그녀의 눈을 사랑한다. 그녀의 혀가 마르멜루, 복숭아, 초크베리, 민트, 라임의 맛을 알기에 그 혀가 빚어내는 말을 사랑하게 되는 것이다. 그녀의 피부가 열기와 냉기와 고통을 알기에 나는 불과 눈과 아픔을 안다. 몇 번이고 함께 나눈 경험. 무수한 가시가 돋친 옷감. 한 가지 감각을 잘라내고 생명의 일부를 잘라내는 것. 두 가지 감각을 잘라내어 삶이 정확히 이등분되는 경험. 우리는 우리가 알고 있는 것을 사랑하고, 우리 삶을 이루는 것을 사랑한다. 입, 눈, 귀, 혀, 손, 코, 피부, 심장, 영혼이 공유하는 생각, 공유하는 감정을.

그런데…… 이걸 어떻게 설명한다?

"가령 기차에 두 남자가 타고 있다고 하자. 한 사람은 군인이고 한 사람은 농부야. 한 사람은 전쟁 얘기를 하고 다른 사람은 밀농사 얘기를 하는데, 이내 양쪽 다 지루해져서 잠들어버렸지. 그런데 만약 한 사람이 장거리 달리기를 해본 얘기를 꺼냈고 다른 사람도 비슷한 경험이 있었다면, 둘은 소년 시절처럼 밤새도록 대화를 나누고, 마음을 터놓고, 우정을 싹틔울 수 있었을 거야. 그리고 남자에게는 여자라는 공통의 관심사가 있으니 그에 대해서라면 밤을 꼬박 새워서라도 얘기할 수 있을 거란다. 흠, 이건 쓸데없는 소리구나."

찰스 핼러웨이는 얼굴을 붉히며 입을 다물었다. 저 앞에 원하는 말이 어렴풋이 보이기 시작했지만 거기까지 가는 길을 찾을 수 없었다. 그는 입술을 지그시 깨물었다.

'아빠, 멈추지 마요. 아빠가 얘기하는 동안은 이 방이 무척 편안해져요. 안도감이 들어요. 그러니까 계속해줘요.' 윌이 속으로 속삭였다.

찰스는 아들의 눈빛을 읽고 짐의 눈에도 같은 표정이 떠올라 있음을 확인하고는 책상 주위를 천천히 한 바퀴 돌았다. 그 위에 놓인 밤 짐승, 주름투성이 노파의 손, 별, 초승달, 태곳적의 태양, 모래 대신 뼛가루로 시간을 알리는 모래시계의 그림을 손으로 훑으면서.

"전에 선악에 대해 말하면서 이 얘기도 했었나? 잘 기억이 안 나는구나. 어쨌든 낯선 사람이 길에서 총에 맞았다고 치자. 아무도 선뜻 도우러 나서지 않을 거야. 다만 삼십 분 전에 함께 십 분쯤 대화를 나누며 그 사람과 가족에 대해 조금이라도 알게 되었다면 그를 죽이려는 살인자 앞으로 뛰어나가 저지할 수도 있지. 안다는 건 선한 거야. 무지함, 혹은 알려 하지 않는 건 악일 테고. 적어도 도덕적이지는 않지. 알지 못하면 행동할 수도 없어. 섣불리 나섰다가 절벽 끝으로 몰릴 수도 있거든. 이런 얘기나 하고 있으니 미쳤다고 생각할지도 모르겠구나. 당장이라도 나가서 오리나 코끼리를 사냥하듯 놈들과 싸워야 한다고 생각할 테지. 네가 그랬던 것처럼 말이다, 월. 하지만 우리는 그 기인들과 우두머리 남자에 대해 최대한 많은 것을 알아두어야 해. 무엇이 악인지 알지 않고서는 선을 행할 수도 없으니. 그래도 시간을 낭비할 순 없지. 일요일 밤이니까 카니발 쇼가 일찍 끝나고 구경꾼들도 곧장 집에 돌아갈 거야. 그뒤에 가을종족이 우리를 찾아올 거다. 앞으로 두 시간 정도 여유가 있어."

짐은 창가로 다가가 저멀리 서 있는 검은 천막들과, 밤에도 쉬지 않는 지구의 자전을 따라 연주하는 증기오르간을 내다보았다.

"저건 악한 걸까?" 짐이 물었다.

"당연하지! 그걸 질문이라고 해?" 윌이 버럭했다.

"진정하렴." 윌의 아버지가 나섰다. "좋은 질문이구나. 저 쇼의 일부는 훌륭한 구경거리야. 하지만 옛말에도 나오듯 세상에 공짜로 얻을 수 있는 건 없단다. 사실 저 카니발에는 공짜가 아니어도 얻을 것이 없지. 거짓 약속으로 사람들을 끌어들여 방심했을 때 갑자기 덮치는 것이 놈들의 수법이니까."

"저들은 어디서 온 거죠? 대체 정체가 뭐예요?" 짐이 물었다.

윌은 아버지와 함께 창가로 다가가 밖을 내다보았다. 찰스 핼러웨이는 멀리 천막들을 바라보며 대답했다.

"어쩌면 콜럼버스보다 먼저 발목에 작은 종을 매달고 어깨에 류트를 메고 꼽추 같은 그림자를 드리우며 유럽 곳곳을 누빈 남자가 시작이었을지 모르지. 어쩌면 백만 년 전, 원숭이처럼 털이 수북한 채 타인의 불행을 스피어민트껌처럼 씹으며 단맛을 빨고, 불행한 자가 늘어날수록 활기가 솟아서 뛰어다니던 남자였을지도 모르고. 어쩌면 그가 쓰던 덫과 함정을 물려받아 뼈를 갈고 가죽을 벗기고 살을 바르는 도구를 만들어낸 자의 자손일지도 몰라. 그들의 사냥감 잔해가 한적한 연못을 떠다니면 여름밤에 냄새를 맡고 몰려온 초파리들이 밤새 살을 갉아먹으며 카니발 점쟁이가 좋아할 만한 해골을 깎아냈겠지. 그렇게 이쪽에 한 사람, 저쪽에 또 한 사람이 활개를 치면서 그들은 개장수처럼 타인의 불행을 먹이삼고, 말썽을 불러오고, 카펫에서 지네의 자국을 찾고, 식은땀의 냄새를 맡고, 회한과 악몽으로 온몸을 뒤트는 자의 목소리를 듣기 위해 침실 문마다 기웃거리게 되었어.

그들에게 악몽은 일용한 빵과도 같았고, 고통을 버터삼아 발랐지. 살짝수염벌레가 나무 갉아먹는 소리를 시계삼아 수세기 동안 번창했어. 채찍을 휘두르며 인부들의 피와 땀으로 피라미드를 세우고, 유럽 전역에 결핵균을 퍼뜨린 것도 그들이야. 시저에게 그 역시 죽음을 피할 수 없는 인간임을 일깨우고, 개선행진을 기념하는 시장에서 단검을 반값에 팔았지. 어떤 자들은 황제와 왕자, 간질병을 앓는 교황을 모시는 광대 노릇을 했을 거야. 이윽고 집시가 되어 방랑하며 세상이 넓어지고 고통의 종류가 늘어남에 따라 그들의 먹이도 다채로워졌지. 그리고 지금 그들은 기차를 타고 우리 마을로 왔어. 바로크양식과도, 고딕양식과도 거리가 멀어 보이지만 화물차와 객차를 잘 살펴보렴. 중세의 성소와 같은 무늬가 새겨져 있을 거야. 즉 그 기차는 옛날에 말과 노새, 혹은 사람들이 끌고 다녔던 것이란다."

"놈들이 그렇게 오랜 시간을 살아왔다고요?" 짐이 기어들어가는 목소리로 물었다. "쿠거 씨랑 다크 씨가 몇백 살은 먹었을 거라는 뜻인가요?"

"언제든 원할 때 회전목마를 타면 일이 년쯤은 간단히 되돌릴 수 있으니까, 안 그러니?"

"그럼, 그……" 윌은 발밑에 지옥의 심연이 펼쳐지는 기분이었다. "그들은 영원히 살 수 있겠네요!"

"사람들을 괴롭히면서 영원히." 짐이 윌의 말을 곱씹듯 말했다. "하지만 왜, 대체 왜 그러는 걸까?"

찰스가 말했다. "카니발 기차를 달리게 하려면 연료나 가스가 필요하지 않겠니? 사람들이 소문을 약으로 삼아 사는 것처럼. 소문이란 두통, 신경통, 관절염, 충동과 히스테리를 폭풍우가 지난 후의 고요처럼 잠재워주지. 세상에는 입에 넣고 씹을 만한 것이 없으면 이가 빠지고 혼까지 나가는 이들이 있단다. 조간신문에 실린 부고, 고양이처럼 서로의 얼굴을 할퀴어 찢긴 피부를 얼기설기 붙여놓고 평생을 사는 부부나 환자의 배를 가른 후 손때 묻은 실로 꿰매는 돌 팔이 의사의 기사를 읽으며 짓는 웃음, 장례식을 즐기는 그들의 기 쁨을 점점 키워서, 공장에 가득한 다이너마이트의 몇조 배에 달하 도록 폭발시킨 것이 그 카니발의 시커먼 촛불이자 연료인 거야.

그들은 우리 내면의 온갖 악한 부분을, 비열한 부분을 삽으로 퍼낸단다. 보통사람보다 고통, 슬픔, 질병 따위에 십억 배는 민감 하거든. 우리는 타인의 죄로 우리 삶의 맛을 맞추지. 삶이 달콤하 게 느껴지도록. 그러나 카니발 놈들이 원하는 건 두려움과 고통이 기에 설령 우리가 태양 대신 달의 악취를 풍긴다 해도 개의치 않 아. 회전목마를 움직이는 증기와 연료는 신선한 공포의 이유이자, 죄책감 가득한 고통이고, 유형무형의 상처에서 비롯된 비명이야. 카니발은 그 가스를 빨아들이고, 불을 붙이고, 엔진을 가동시키는 거란다."

찰스 핼러웨이는 잠시 눈을 감고 한숨을 쉬었다가 말을 이었다.

"내가 이런 걸 어떻게 아느냐고? 사실은 모른다. 느낄 뿐이지. 그런 맛이 느껴져. 이틀 전 밤, 불타며 바람에 실려 날아온 낙엽같 은 냄새, 무덤가에 놓인 꽃 같은 냄새가 났고 그 음악도 들렸지. 내 귀는 너희가 해준 얘기는 물론 해주지 않은 것도 절반은 들을 수 있단다. 아마 내가 그런 카니발을 항상 꿈꿔왔고, 한 번이라도 볼 수 있기를 고대해왔기 때문인지도 모르겠구나. 지금은 그들의 쇼가 내 온몸의 뼈를 마림바처럼 두드려대고 있어.

내 해골이 알고 있어.

그리고 내게 말하지.

그걸 너희에게 말해주었을 뿐이야."


## 40

"그럼…… 그들은…… 그러니까…… 영혼을 사는 거예요?"

"공짜로 살 수 있는 거겠지?" 짐의 질문에 찰스가 대답했다. "공짜로 주려고 달려드는 사람이 많으니까. 불멸의 영혼도 하찮게 여기고 내던져버리곤 하지. 너희는 지금까지의 얘기를 듣고 악마를 연상하는 듯한데, 악마는 영혼에 기대어 사는 생물의 일종이긴 하지만 영혼 그 자체는 아니란다. 오래된 신화를 읽으면서 나는 항상 의문이었어. 메피스토펠레스*는 왜 영혼을 원할까? 그걸 얻으면 무얼 할 생각일까? 한 걸음 물러나 나름대로 이론을 만들어봤지. 악마는 밤에 잠 못 이루는 사람들의 영혼이 발하는 지독한 가스를, 낮 동안 오래전 저지른 죄악으로 발하는 병적인 열기를 원하는 거야. 죽은 영혼은 불쏘시개로 쓸 수 없어. 하지만 살아서 스스로를 저주하며 발광하는 영혼은 그들 입맛을 돋우는 맛있는 먹이지.

---

\* 파우스트 전설에 나오는 악마.

나는 그걸 어떻게 알까? 관찰했기 때문이야. 그 카니발은 많든 적든 인간과 비슷한 구석이 있어. 남자와 여자는 헤어지거나 서로를 죽이는 대신 머리채를 쥐어뜯고 얼굴을 할퀴면서도 같이 붙어서 평생을 보내지. 서로에게 가하는 고통이 하루를 의미 있게 만들어주는 진정제와도 같거든. 카니발은 몇 킬로미터 밖에서도 부패한 영혼의 냄새를 맡고 그 고통을 쌍수 들고 환영하며 달려오는 거야. 3만 킬로미터 떨어진 곳에 있는 소년들이 어른으로 타락해가며 사랑니의 고통에 겨울밤에도 여름처럼 열을 내는 것 역시 바로 알아차릴 수 있지. 또한 오래전 잃어버린 8월의 오후를 그리워하며 의미 없는 말을 주절거리는 나 같은 중년 남자의 짜증도 느낄 수 있지. 그 욕구, 갈망, 욕정은 우리 몸안에서 불타오르고 영혼 속에서 산화되어 우리 입과 코와 눈과 귀로 분출되고, 손끝의 안테나에서 특수한 전파를 뿜어내. 원래는 신만이 아실 일이지만 카니발 놈들은 그런 욕망을 재빨리 감지하고 대답을 주기 위해 몰려들지. 놈들은 교차로마다 가만히 웅크리고 있다가 사람들이 쏟아내는 번뇌를 연료삼아 편리하게 먼 길을 여행해. 그렇게 카니발은 우리가 서로에게 저지르는 죄에서 비롯된 독과, 가장 지독한 후회의 감정을 취하면서 지금껏 살아남은 거란다."

　찰스 핼러웨이가 자조하듯 코웃음을 쳤다.

　"맙소사, 나 혼자 너무 떠들었구나. 마지막 십 분 정도는 혼잣말을 한 것 같은데."

　"꽤 많은 얘길 했어요." 짐이 대답했다.

　"어떤 언어로 말했는지도 모르겠군, 나 참!" 찰스 핼러웨이는 여느 때처럼 밤중에 도서관 홀을 거닐며 머릿속에 떠오른 생각을 혼자서 중얼거린 듯한 기분이었다. 그 말들은 한 차례 메아리친 후 영원히 소멸되어버렸다. 그는 그렇게 넓은 도서관 안의 넓은 허공에 수많은 책을 써내려가고, 환기구를 통해 날려보내면서 평생을 살아왔다. 지금 그의 입에서 나온 단어들은 화려한 색과 소리, 복잡한 구조로 불꽃놀이처럼 소년들을 매혹하고 그 자신까지 사로잡았다. 그러나 색과 소리가 사라지고 나니 망막에도, 마음속에도 아무런 흔적이 남지 않았다. 단순한 자기 변호의 연설에 지나지 않던 것이다. 찰스는 겸연쩍은 기분으로 물었다.

"내 얘기를 얼마나 이해했니? 다섯 문장 중 한 문장? 아니면 여덟 문장 중 두 문장?"

"천 문장 중에 세 문장요." 윌이 대답했다.

찰스 핼러웨이는 웃음이 날 것 같았으나 한숨으로 대신했다.

그러자 짐이 끼어들어 물었다.

"그…… 카니발은, 죽음이에요?"

"카니발이?" 나이든 남자는 파이프에 불을 붙이고 연기를 뿜은 후 공기 중에 흩어지는 모양을 진지하게 바라보았다. "아니. 카니발은 죽음을 위협의 수단으로 사용할 뿐이란다. 사실 죽음이란 존재하지 않아. 과거에도 그랬고 앞으로도 마찬가지야. 다만 우리는 오랜 세월 죽음의 형상을 수없이 그림으로 그리며 하나의 이미지로 고정하고 이해하려 애썼지. 괴이하고 탐욕스러운, 살아 있는 무언가로 생각한 거야. 하지만 죽음은 멈춰버린 시계이고, 상실이며, 끝이자 암흑에 지나지 않아. 실체가 없지. 그리고 카니발은 우리가 실체가 있는 것보다 실체가 없는 것을 더 두려워한다는 걸 간파하고 있어. 실체가 있는 것과는 싸울 수라도 있지만…… 실체가 없는 것은? 어딜 어떻게 공격할 수 있을까? 심장도, 영혼도, 엉덩이도 뇌도 없는데. 그렇지? 그래서 카니발은 쇼를 통해 실체 없는 죽음으로 우리를 위협하는 거야. 우리가 두려움에 떨면서 펄쩍 뛰어 물러서게 만들지. 실체 있는 것이 궁극적으로 실체 없는 것으로 귀결되는 모습을 보여주면서. 초원에 세운 그 거울 미로는 명백한 실체를 가지고 있지. 그것도 사람들을 놀라 고꾸라지게 하기 위한 거야. 영원불멸일 것 같던 자신이 드라이아이스 연기처럼 소멸되고, 구십 년 후의 모습이 거울에 비쳐 보인다면 얼마나 충격일까. 망연자실해진 사람에게 카니발은 영혼을 좇는 멋지고 달콤한 음악을 들려주지. 5월에 뒤뜰에서 춤추는 여인들의 막 빨아 말린 드레스 냄새가 나고, 꼭꼭 밟은 건초를 와인통에 집어넣는 소리가 나는 음악. 푸른 하늘과 여름밤의 호수 같은 곡조가 이윽고 사람들을 흥분시키고, 증기오르간 주변에서 두드리는 보름달을 닮은 북의 소리에 맞춰 고개를 끄덕이게 하지. 매우 간단해. 너무 직접적이라 감탄스러울 정도야. 노인에게 거울을 들이대 쓰러뜨리고 그가 얼음조각처럼 무너지는 걸 지켜본 후, 자기들만 할 수 있는 방식으로 조각을 도로 짜맞추는 식이지. 어떻게 가능하냐고? 회전목마를 거꾸로 돌리면서 〈아름다운 오하이오〉나 〈유쾌한 미망인〉 같은 신나는 곡을 연주하는 거야. 그러나 그 음악에 맞춰 회전목마를 타는 사람들에게 절대로 말해주지 않는 사실이 하나 있지."

"그게 뭔데요?" 짐이 물었다.

"만약 지금의 네가 비참한 죄인이라면, 겉모습이 바뀌더라도 그 사실은 여전히 바뀌지 않는다는 거야. 얼굴과 체격을 바꾼다고 두뇌까지 바꿀 수는 없어. 내가 너를 내일 당장 스물다섯 살로 만들어준다고 해도 머릿속은 여전히 소년일 테지! 그들이 나를 열 살 소년으로 바꿔놓는다고 해도 마찬가지야. 내 머리는 여전히 쉰 살의 남자이니, 겉은 아이인데 행동거지는 늙은이 같아 우습고 괴상해 보일 테지. 그리고 뒤틀린 세월의 문제도 있어."

"그게 뭐예요?" 이번에는 윌이 물었다.

"나는 갑자기 어려졌는데 친구들은 여전히 쉰 살, 예순 살로 남아 있으니까. 어떻게 이런 모습이 되었는지 털어놓을 수도 없으니 영원히 사이가 멀어지게 될 거야. 사실대로 말한다 해도 미움을 살 따름이야. 그들의 관심사도 나와 달라질 테지. 이건 확실해. 자기네는 질병과 죽음에 시달릴 일밖에 안 남았는데 내 앞에는 새로운 인생이 펼쳐져 있으니 말이야. 그런 식으로 생각해보면, 외모는 스무 살 청년인데 나이는 므두셀라*보다 많은 사람이 이 세상에 설 곳이 있겠니? 누가 그런 괴리를 견딜 수 있을까? 카니발은 그것이 외과 수술만한 충격을 주리라는 걸 절대 경고하지 않아. 내 생각엔, 그에 버금갈지도 모르지!

그럼 어떻게 될까? 대가를 치러야지. 광기에 사로잡히는 거야. 몸과 환경의 변화는 물론이고, 아내나 남편, 친구를 죽음으로 떠나보내고 홀로 세상에 남는다는 죄책감은 사람들을 미치게 만들고도

---

* 969세까지 살았다고 기록된 구약성서 속 인물로 장수의 상징이다.

남지. 그리고 그가 새롭게 발산하는 두려움과 고통이 카니발의 좋은 아침식사가 되는 거야. 엄청난 양심의 가책에 괴로워하고 힘겨운 숨을 내쉬며 원래 모습으로 돌아가고 싶다고 절규하면 카니발은 고개를 끄덕이며 들어줘. 우리가 시키는 대로만 하면 사십 년이든 십 년이든 시간을 도로 돌려주겠다고, 원래 나이로 돌아가게 해주겠다고 약속하고선 그들을 기차에 태우고 전 세계를 유랑하는 거야. 카니발은 속박에서 풀려나는 날만 기다리며 기차에 연료 대신 고통이라는 에너지를 제공하고 쇼에 서는 광인들의 집단이야."

월이 작게 뭐라고 속삭였다.

"뭐라고 했니?"

"폴리 선생님요." 월이 슬픈 듯 말했다. "아, 불쌍한 폴리 선생님. 아빠 말씀대로 지금쯤 카니발에 잡혀 있을 텐데. 원하던 걸 얻었지만 막상 어린아이가 되고 나니 무서워졌는지 엄청 겁을 먹고서 울고 있었어요. 엄청요. 시키는 대로 하면 원래대로 쉰 살로 만들어주겠다고 했을지도 몰라요. 놈들은 선생님에게 무슨 짓을 할 생각일까요. 아, 짐, 아빠, 어떡해요!"

"가엾게도." 찰스는 오래된 카니발 그림을 묵직하게 어루만졌다. "지금쯤 기인들 사이에 끼어 있을 테지. 그런데 그들의 정체가 뭐겠니? 풀려나기를 기다리며 오랜 세월 카니발과 함께 유랑해온 죄인들일까? 자신들이 저지른 죄악 때문에 지금의 모습이 된 걸까? '뚱뚱한 남자'는 원래 어떤 사람이었을까? 카니발이 반어적으로 죄인을 다뤄왔다는 점을 떠올려보면, 그는 아마 온갖 욕망을 좇으며 살아온 갈까마귀 같은 남자였을 거야. 그래서 지금도 뱃속 가득 욕망을 채워넣고 사는 거겠지. 해골처럼 바짝 마른 사나이는 아내와 자식을 육체적으로, 정신적으로 학대하지 않았을까? 난쟁이는 또 어떨까? 너희가 아는 피뢰침 장수라면, 그 사람은 한곳에 정착하지 않고 떠돌며 폭풍우를 앞서가서 피뢰침을 팔았지만 사람들이 고스란히 폭풍우 피해를 입도록 내버려뒀지. 그리고 사고였는지 고의였는지는 알 수 없지만, 카니발의 무료 놀이기구에서 그들을 맞닥뜨리고 자책감에 휩싸여 기괴한 내장 덩어리가 된 거야. 미래를 예언한다는 집시 먼지 마녀는? 나처럼 다가올 내일에 신경쓰느라 오늘을 덧없이 흘려보내고, 다른 이의 운이 뜨고 지는지를 판단하기를 좋아했기에 그런 벌을 받은 건지 모르지. 가까이서 본 너희가 더 잘 알 거다. 뾰족머리 인간, 양 소년, 불을 먹는 사나이, 샴쌍둥이는? 맙소사, 그 샴쌍둥이는 원래 자기도취적으로 서로를 탐닉하던 쌍둥이가 아니었을까? 정확하게는 알 수 없지. 카니발이 말해줄 리도 없고. 그저 추측할 수밖에 없으니 지금 삼십 분간 나온 얘기 중 틀린 것들도 얼마든지 있을 거야. 자, 이제 계획을 세워보자. 어디로 가야 할까?"

찰스 핼러웨이는 마을 지도를 펼쳐 카니발의 위치를 뭉뚝한 연필로 표시했다.

"지금처럼 계속 숨어다녀야 할까? 아니. 폴리 선생님을 비롯해 많은 이들이 얽혀 있으니 그럴 순 없어. 그럼 그들이 눈치채기 전에 공격해야 한다는 건데, 어떤 무기를 써야……"

"은 총알요!" 윌이 대뜸 외쳤다.

"야, 됐어! 놈들이 뱀파이어도 아니고." 짐이 코웃음을 쳤다.

"우리가 가톨릭 신자면 성냥에서 성수라도 얻어볼 텐데……"

"바보 같긴. 그런 건 영화에서나 통하지. 현실에선 달라. 그렇죠, 핼러웨이 아저씨?"

"아마 그럴 거다."

윌이 눈을 빛냈다. "좋아요. 그럼 방법은 하나뿐이네요. 기름 한 통이랑 성냥을 챙겨 들고 초원으로 가서……"

"그건 범죄야!" 짐이 소리쳤다.

"네가 할 소리는 아닌데?"

"잠깐!"

순간, 다들 입을 다물었다.

속삭이는 듯한 소리.

도서관 복도를 스친 바람 한줄기가 방으로 불어들었다.

"누가 도서관 정문을 열었나 봐." 짐이 속삭였다.

멀리서 작게 딸깍 하는 소리가 났다. 소년들의 바짓단을 훑고 나이든 남자의 머리카락을 휘날리던 바깥바람이 이윽고 잦아들었다.

"문을 다시 닫았어."

정적.

드넓은 도서관에는 미로처럼 들어선 책들이 조용히 잠들어 있을 뿐이었다.

"누가 안으로 들어왔어."

소년들은 신음소리를 내며 자리에서 반쯤 몸을 일으켰다.

찰스 핼러웨이는 잠시 주위 기척을 살피다가 소리 죽여 말했다.

"숨어라."

"하지만 아빠만 여기 두고……"

"숨어."

소년들은 어두운 미로를 달려가 몸을 숨겼다.

찰스 핼러웨이는 긴장한 채 천천히 숨을 들이마시고 내쉬며 의자에 고쳐 앉았다. 누렇게 변색된 신문에 시선을 고정하고서 다가올 무언가를…… 가만히 기다렸다.


## 41

그림자들 사이에서 한 그림자가 움직였다.

찰스 핼러웨이는 자신의 영혼이 깊숙이 꺼져드는 기분이었다.

그림자와 그림자의 주인이 출입구에 나타나기까지는 한참이 더 걸렸다. 조약돌처럼 단단한 피부와 태연함으로 무장한 그림자가 신중을 기하며 느긋하게 걸어왔다. 마침내 그림자가 문 앞에 다다르고, 한 명도 백 명도 아닌 천 명의 얼굴이 한꺼번에 안으로 들어왔다.

"내 이름은 다크입니다." 그림자가 말했다.

찰스 핼러웨이는 양손에 담길 정도의 숨을 내뱉었다.

"문신한 사나이로 더 잘 알려져 있죠." 그림자가 말을 이었다. "소년들은 어디 있습니까?"

"소년들?" 윌의 아버지는 그제야 고개를 돌리고 문 앞에 선 키 큰 남자를 바라보았다.

문신한 사나이는 오래된 책에서 피어오르는 노란 꽃가루 냄새에 코를 킁킁댔다. 윌의 아버지는 책상 위에 여봐란듯 책들이 펼쳐져 있음을 퍼뜩 깨닫고, 최대한 자연스럽게 일어나 한 권씩 덮어나갔다.

　문신한 사나이는 짐짓 못 본 척했다.

　"아이들이 집에 없더군요. 두 집 모두. 무료이용권을 쓸 기회를 놓칠 것 같아 유감입니다."

　"나도 어디 있는지 궁금하네요." 찰스 핼러웨이가 책을 챙겨 서가로 가져가며 대답했다. "댁이 무료이용권을 들고 여기까지 찾아온 걸 알면 좋아서 소리를 지를 텐데."

　"그래요?" 흰색과 분홍색을 섞어 만든 파라핀 사탕이 열에 녹듯 다크의 입가에서 미소가 사라졌다. 그리고 말투를 바꿔 나지막이 위협했다. "지금 여기서 널 죽일 수도 있다."

　찰스는 천천히 걸어가며 고개를 끄덕였다.

　"내 말 제대로 들었나?" 문신한 사나이가 외쳤다.

　"그럼요." 찰스 핼러웨이는 책의 무게를 가늠하는 시늉을 했다. "하지만 지금 여기서 날 죽이지는 않겠지요. 그러기엔 당신은 너무 영리하니까. 오랜 세월 길에서 공연을 해온 것만 봐도요."

　"신문이나 책 좀 읽었다고 우리에 대해 다 안다고 생각하나보지?"

　"아뇨, 다는 아닙니다. 두려워할 만하다는 것 정도만 알아요."

　"그렇다면 더욱 두려워해라." 소름 끼치는 밤의 어둠 속에서 다크의 검은 정장에 갇힌 문신들이 그의 가는 입술을 빌려 외쳤다.

"내 친구 하나가 바깥에서 기다리고 있다. 심장마비로 죽은 것처럼 보이도록 자연스럽게 널 손봐줄 거야."

찰스 핼러웨이는 심장으로 온몸의 피가 확 몰려들어 관자놀이와 손목에서 크게 맥박이 뛰는 것을 느꼈다.

마녀 얘기일까, 그는 생각했다.

입모양으로도 그렇게 말한 모양이었다.

"그렇다." 다크가 끄덕였다.

나이든 남자는 나머지 책을 서가에 꽂고 한 권만 손에 들었다.

"이런, 뭘 들고 있지?" 다크가 눈을 가늘게 떴다. "성경? 귀엽고 유치하지만 너무 구식이라 오히려 신선하군."

"읽어본 적 있습니까, 다크 씨?"

"읽어본 적이 있냐고? 토씨 하나 빠뜨리지 않고 다 알고 있어." 다크는 느긋하게 담배에 불을 붙이고 '금연' 안내판과 윌 아버지의 얼굴에 연달아 연기를 뿜었다. "그 책으로 나를 물리칠 수 있을 것 같나? 그렇게까지 순진한 줄은 몰랐군. 이리 내놔!"

다크는 찰스 핼러웨이가 움직이기도 전에 성큼 다가와 성경을 빼앗아 들었다.

"놀랍나? 봐라, 난 이걸 만져도 아무렇지 않아. 심지어 펼쳐서 읽을 수도 있어."

다크는 책장을 넘기며 연기를 훅 뿜었다.

"내가 네 눈앞에서 사해문서* 안으로 빨려들어갈 걸 기대했나?

---

* 사해 북서부 동굴에서 발견된 구약성서 사본 등을 포함한 고문서의 총칭.

안됐지만 신화는 신화일 뿐이야. 생명, 내가 수없이 매력적인 구절로 표현할 수 있는 생명은 스스로의 힘으로 역경을 견디고 살아남는 것이지. 내 생명의 힘도 그렇다. 제임스 1세의 시적인 역본*은 그런 내 생명 활동을 담아냈다는 점에서 가치가 있다 하겠지."

다크는 성경을 휴지통에 던져넣고 다시는 그쪽을 보려 하지 않았다.

"네 심장이 매우 빨리 뛰는 소리가 들리는군. 내 귀가 그 집시 여자만큼 예민하진 않아도 들을 수 있어. 게다가 네 눈은 내 어깨 너머를 살피고 있는데, 그애들이 토끼사육장처럼 빽빽한 저 서가 어딘가에 숨어 있다는 뜻이겠지? 좋아. 그애들은 여기서 나가지 않는 편이 좋을 거다. 횡설수설 지껄여대는 말을 믿어줄 사람은 아무도 없으니까. 오히려 우리 쇼를 광고해주는 꼴이 될 테고, 사람들은 주춤거리면서도 호기심을 이기지 못해 찾아와 우리가 얼마나 안전한 사람들인지 알고 놀랄 테지. 그런데 네가 오늘 카니발 근처에 얼씬거린 건 단순한 호기심 때문은 아닌 듯하군. 나이가 몇이지?"

찰스 핼러웨이는 입을 꾹 다물었다.

"쉰? 쉰하나? 아니면 쉰둘? 어때, 젊어지고 싶지는 않나?" 다크가 부드러운 목소리로 달래듯 물었다.

"아니!"

"소리지를 필요 없어. 점잖게 얘기하자고." 다크는 콧노래를 흥얼거리고 방안을 서성이면서 햇수를 세듯 책들을 쓰다듬었다. "이

---

* 1611년 잉글랜드 왕 제임스 1세의 후원으로 출판된 영역 성서.

봐, 젊어진다는 건 참으로 멋진 일이야. 다시 마흔 살이 된다면 얼마나 좋겠나? 마흔으로 돌아가면 즐거운 시간이 십 년 늘어나고, 서른으로 돌아가면 이십 년이 늘어나는 거야."

"듣고 싶지 않아!" 찰스 핼러웨이는 소리치며 눈을 질끈 감았다.

다크는 담배를 문 채 고개를 갸웃했다. "듣고 싶지 않다면서 눈을 감는 건 이상한데? 양손으로 귀를 막는다면 모를까……"

윌의 아버지는 손을 들어 양쪽 귀를 틀어막았으나 상대의 목소리는 여전히 들려왔다.

다크는 손가락 사이에 끼운 담배를 흔들며 말을 이었다. "앞으로 십오 초 안에 나를 도와주면 마흔 살 생일로 돌아가게 해주지. 십 초 안에 도와주면 서른다섯 살로 돌아가고. 그 정도만 해도 한창때야. 지금에 비하면 애송이나 다름없지. 자, 지금부터 시간을 재겠다. 당장 손을 뻗어 달려든다면 삼십 년은 젊어질 수 있어! 포스터 문구 같지? 이런 기회는 또 없습니다! 잘 생각해봐. 모든 것을 새롭고 즐겁고 행복하게 다시 시작할 수 있어. 다시 한번 인생을 경험하고 생각하고 음미할 수 있다고. 마지막 기회야! 시작한다. 일 초. 이 초. 삼 초. 사 초……"

찰스 핼러웨이는 듣지 않으려고 이를 악물며 몸을 웅크린 채 조금씩 뒷걸음쳐서 서가에 기댔다.

"이봐, 시간이 점점 가고 있어. 소중한 늙은 친구여. 오 초. 얼마 안 남았다고. 육 초. 벌써 많이 지나갔어. 칠 초. 아까워라. 팔 초. 서둘러! 구 초. 십 초. 이런 멍청이! 십일 초. 핼러웨이! 십이 초. 시간이 거의 다 됐잖아. 십삼 초! 이런! 십사 초! 끝! 십오 초! 영원히 끝이다!"

다크가 시계를 찬 손을 내렸다.

찰스 핼러웨이는 숨을 헐떡이며 오래된 책의 냄새와 기분좋게 닳은 가죽 표지의 감촉, 묵은 먼지와 책갈피에 눌린 꽃의 향기에 얼굴을 묻었다.

다크가 바깥으로 발을 내디뎠다.

"거기서 네 심장소리나 듣고 있어라. 곧 멈춰줄 사람을 보낼 테니. 그전에 아이들을 찾아야겠군……"

다크의 장신을 온통 뒤덮고 올라탄 채 잠들 줄 모르는 짐승들이 그와 함께 어둠 속으로 소리 없이 나아갔다. 그들의 외침과 웃음은 들리지 않았지만 터질 듯한 흥분이 다크의 쉰 목소리에 섞여 기분 나쁜 울림을 남겼다.

"얘들아? 어디 있을까? 대답해주렴."

찰스 핼러웨이는 다크의 상냥하고 유쾌한 목소리가 어둠 속으로 퍼져나가는 것을 듣고 벌떡 일어났으나 곧 현기증이 일어 무릎을 꺾고 의자에 쓰러지듯 앉았다. '내 심장소리를 들어봐! 이대로 폭발할 것 같아. 찢겨서 터져나갈 것 같아!' 이대로 쫓아가기는 불가능했다.

다크는 어두운 얼굴로 기다리는 책들의 미로 사이로 고양이처럼 가볍게 걸음을 옮겼다.

"얘들아……? 내 말 들리니……?"

대답은 없었다.

"얘들아……?"

## 42

서가 사이 통로를 오른쪽으로 스물네 번, 왼쪽으로 서른여섯 번 돌고, 막다른 길과 자물쇠 걸린 문을 몇 번 맞닥뜨리고서 반쯤 빈 서가를 지난 곳에 가득한 수백만 권의 책 사이, 디킨스의 런던과 도스토옙스키의 모스크바, 혹은 더 깊숙한 초원지대에, 지리책과 지도책에 두껍게 쌓인 먼지 속에 두 소년이 끝없이 배어나오는 식은땀에 젖어서 웅크렸다가, 몸을 일으켰다가, 납작 엎드렸다가 하면서 숨어 있었다. 참고 있던 재채기가 곧 터질 것 같았다.

숨은 채 짐이 생각했다. '놈이 오고 있어!'

마찬가지로 숨어 있는 윌도 생각했다. '가까이 왔어!'

"얘들아……?"

다크가 한밤중에도 한낮의 햇빛 아래처럼 늘어져 있는 파충류를 갑옷처럼 온몸에 두르고 다가왔다. 티라노사우르스는 고대 광물유의 원천처럼 매끄럽고, 뇌룡은 움직일 때마다 유리구슬처럼 반짝였으며, 기괴한 푸른색의 육식동물 무리가 뒤따랐다. 양들은 천둥소리에 놀라 희생양을 원하는 무시무시한 폭풍우 앞을 미친듯이 내달렸다. 다크가 팔을 높이 들자 익룡 모양의 연과 낫이 대리석 천장을 향해 날아갔다. 잉크와 스텐실로 찍고 섬광 화상을 가해 피스톤 주사기와 칼날로 새긴 어둠이 구경꾼처럼 주변을 감싸고, 사지에 매달리고, 견갑골 위에 자리잡고, 가슴팍의 정글 사이로 밖을 내다보고, 겨드랑이 아래 거꾸로 매달려 적을 맞닥뜨린 박쥐처럼 기성을 지르고, 언제든 사냥감에게 달려들어 물어뜯을 태세를 갖추었다. 다크는 암울한 해변으로 다가오는 검은 해일처럼, 아름다운 푸른빛을 띤 지독한 악몽처럼, 팔과 다리와 몸뚱이에서 수런거리는 소리를 내며 날카로운 얼굴로 앞을 보고 나아갔다.

"얘들아……?"

대단한 인내심이 담긴 부드러운 목소리가 메마른 책들 사이에서 오들오들 떨고 있는 친구를 부르듯 흘러나왔다. 다크는 종종걸음을 치다가 발끝으로 걷다가 부드럽게 미끄러졌다가 하며, 영장류와 이집트의 신상 사이에 서 있다가, 아프리카 흑인의 검은 역사를 지나, 잠시 아시아에 머문 후 신대륙으로 느긋하게 걸음을 옮겼다.

"얘들아, 내 목소리 들리는 거 다 안다! 여기 '정숙' 안내문이 있구나. 이제 작게 말해야겠군. 너희 중 한 명은 여전히 우리 제안을 받아들이고 싶어한다는 걸 알고 있어. 그렇지?"

'짐 얘기일까.' 윌이 생각했다.

'내 얘기인가봐.' 짐도 생각했다. '하지만 이젠 아냐! 아니란 말이야!'

다크가 잇새로 나지막이 쉿쉿 소리를 냈다. "나오너라. 선물을 주마! 누구든 먼저 나오는 사람이 선물을 독차지하는 거다!"

쿵쾅, 쿵쾅!

'내 심장소리인가봐.'

'내 심장소리인가, 아니면 짐?'

다크의 입술이 떨렸다. "너희 소리가 들린다. 점점 가까워지고 있어. 윌? 짐? 둘 중에 짐이 더 똑똑했지? 어서 나와라, 얘야……!"

'안 돼!' 윌이 소리 없이 외쳤다.

'난 아무것도 몰라!' 짐도 속으로 마구 도리질을 했다.

"짐, 그래, 짐이었지……" 다크가 몸의 방향을 빙글 돌렸다. "네 친구가 어디 있는지 알려주렴. 그애 입을 막고 널 회전목마에 태워주마. 그애가 머리를 좀 쓸 줄 아는 녀석이면 태워줄까 했지만 말이다. 알겠니, 짐?" 달콤한 목소리가 속삭였다. "더 가까워졌구나. 네 심장소리가 들린다!"

'멈춰!' 윌이 제 가슴에 대고 속으로 외쳤다.

'멈춰! 멈추라고!' 짐도 안간힘을 썼다.

"혹시…… 이 벽감 안에 있나……?"

다크는 서가에 꽂힌 책을 앞쪽으로 기울여 중력을 흐트러뜨렸다. "여기 있니, 짐……? 아니면, 저 뒤에……?"

다크가 고무바퀴 달린 수레를 어둠 속으로 휙 밀었다. 덜커덩거리며 굴러가던 수레가 어딘가에 부딪히더니 책더미가 와르르 무너져 검은 까마귀떼의 사체처럼 바닥에 쌓였다.

"둘 다 술래잡기를 잘하는구나. 하지만 술래가 더 잘한단다. 오늘밤 회전목마의 증기오르간 소리를 들었겠지? 너희와 가까운 사람이 회전목마를 타러 온 것도 알고 있니? 윌, 윌리, 윌리엄. 윌리엄 핼러웨이. 네 엄마가 지금 어디 있을까?"

정적.

"네 엄마가 밤바람을 가르며 회전목마를 탔단다, 윌리, 윌리엄. 우리가 직접 태워줬어. 빙글빙글. 그리고 그대로 회전목마에 남겨졌단다. 계속 빙글빙글 돌도록. 들리니, 윌리? 한 바퀴에 일 년, 또

한 바퀴에 일 년, 그렇게 빙글빙글빙글 돌았단다!"

'아빠! 어디 계세요!' 윌은 속으로 비명처럼 외쳤다.

멀리 떨어진 방에서 찰스 핼러웨이는 쿵쿵 뛰는 심장을 부여잡고 앉아 생각에 잠겨 있었다. '놈은 아이들을 찾지 못할 거야. 그러려면 나도 여기서 움직이지 말아야 돼. 놈은 아이들을 못 찾을 테고, 아이들도 넘어가지 않을 거야! 아이들은 놈의 말을 믿지 않아! 결국 놈은 포기하고 물러갈 테지!'

"네 엄마가 어느 방향으로 돌았는지 맞혀보겠니, 윌리?" 다크가 다정하게 속삭였다.

유령처럼 여윈 손이 서가 사이의 어두운 허공에 원을 그렸다.

"빙글빙글 돌고 난 후에 네 엄마를 회전목마에서 내려 거울 미로로 들여보냈어. 그때 네 엄마가 내지른 소리를 너도 들었어야 하는데. 크고 끈적끈적한 헤어볼이 목에 걸린 고양이 같았지. 눈, 귀, 코 어디로도 토해내지 못하고 비명도 제대로 지르지 못했어. 엄청나게 늙어버렸지. 거울에 비친 자기 모습에 질겁해서 도망친 게 우리가 마지막으로 본 모습이란다, 윌리. 아마 짐의 집으로 달려가 현관문을 두드리며 도움을 청했을 거야. 하지만 짐의 엄마가 열쇠구멍으로 내다본 광경은 이백 살은 족히 먹은 노파가 침을 질질 흘리며 차라리 총으로 쏴 죽여달라고 애원하는 모습이었겠지. 짐의 엄마도 기겁해서 마찬가지로 헤어볼이 목에 걸린 고양이처럼 헐떡이면서 쫓아버렸을 거야. 길거리에서 다른 사람들에게도 도와달라고 애걸하겠지만, 글쎄, 누가 그 말을 믿을까. 뼈마디마다 우두둑 소리가 나는 추한 노파가 장미처럼 아름다웠던 네 엄마라는 걸 누가 믿겠어! 윌, 당장 밖으로 달려나가서 엄마를 찾아 도와줘야 해. 엄마가 누구인지 아는 건 우리뿐이니까…… 그렇지, 윌? 그렇지, 윌? 그렇지, 그렇지, 그렇지?!"

음침한 목소리가 정적을 가르고 퍼져나갔다.

그 순간, 도서관 어디선가 작게 흐느끼는 소리가 들렸다.

문신한 사나이는 검은 허파에서 기분좋게 공기를 토해냈다.

"여기구나…… 뭐라고? 소년의 'ㅅ' 밑이라고? 아니면 모험의 'ㅁ'? 은신의 'ㅇ', 비밀의 'ㅂ', 두려움의 'ㄷ'? 아니면 짐의 'ㅈ'나, 나이트셰이드의 'ㄴ', 윌리엄의 'ㅇ', 핼러웨이의 'ㅎ'? 그 소중한 인간의 책들이 어디 있을까? 어서 펼쳐봐야 하는데, 응?

탑처럼 높이 솟은 서가의 맨 아래 칸을 밟고 선 다크가 체중을 싣고 왼발을 들어올렸다.

"자, 간다."

왼발이 두번째 칸의 책을 뒤로 밀어내고 공간을 만들었다. 다크가 몸을 끌어올렸다. 이어서 오른발로 세번째 칸을 밟고, 서가의 밑판을 잡고, 책 사이 책갈피를 찾듯 어둠을 더듬으며 네번째, 다섯번째, 여섯번째 칸으로 어두운 도서관의 천국을 향해 점점 올라갔다.

그의 오른손 위, 장미 화관을 쓴 타란툴라 거미가 바이외 태피스트리* 책을 집어서 저 아래 보이지 않는 심연으로 떨어뜨렸다. 금색, 은색, 하늘색 실로 정교하게 짜인 융단이 바닥에 쏟아지기까

---

* 1066년에 있었던 노르만족의 잉글랜드 정복 과정을 자수로 표현한 작품.

지 실로 오랜 시간이 걸린 듯했다.

다크의 왼손이 아홉번째 칸에 닿았다. 그는 숨을 헐떡이고 신음하며 책이 꽂혀 있지 않은 빈 공간을 보았다.

"얘들아, 에베레스트산에라도 올라가 있는 거니?"

대답은 없었지만 소리 죽여 흐느끼는 소리가 한층 가까워졌다.

"여기 있으니 춥지? 점점 추워지지 않니?"

문신한 사나이의 두 눈이 열한번째 칸에 닿았다.

불과 8센티미터 앞에 짐 나이트셰이드가 시체처럼 굳은 채 배를 깔고 엎드려 있었다.

그리고 서가의 지하묘지 바로 위 칸에, 눈물이 그렁그렁해서 떨고 있는 윌리엄 핼러웨이가 누워 있었다.

"흠, 여기 있었구나."

다크가 손을 뻗어 윌의 머리를 쓰다듬었다.


# 43


위로 올라오는 손바닥이 윌의 눈에는 마치 떠오르는 달처럼 보였다.

푸른 잉크로 선명하게 자신의 얼굴이 새겨져 있었다.

짐도 눈앞에 다가온 손을 보았다.

손바닥에 새겨진 자신의 얼굴이 마주보았다.

윌의 얼굴이 그려진 손이 윌을 붙잡았다.

짐의 얼굴이 그려진 손이 짐을 붙잡았다.

비명과 고함.

문신한 사나이가 팔을 들어올렸다.

몸을 틀어 바닥으로 훌쩍 뛰어내렸다.

소년들은 발버둥치면서 그와 함께 바닥으로 떨어졌다. 발이 바
닥에 닿자 비틀거리며 쓰러졌다가 멱살을 잡은 다크의 손을 떼어
내려고 마구 몸부림쳤다.

"짐! 윌! 위에서 뭘 했지? 독서중은 아니었을 테고?"

"아빠!"

"아저씨!"

윌의 아버지가 어둠 속에서 걸어나왔다.

문신한 사나이는 장작을 운반하듯 소년들을 한 팔에 안고는 호
기심어린 눈빛으로 찰스 핼러웨이를 쳐다보다 다가갔다. 윌의 아
버지는 왼주먹을 내질렀으나 다음 순간 문신한 사나이가 그 주먹
을 한 손에 움켜쥐고 홱 비틀었다. 소년들이 비명을 지르며 지켜보
는 가운데 찰스 핼러웨이는 숨을 헐떡이며 한쪽 무릎을 바닥에 꿇
고 말았다.

다크는 찰스의 왼주먹을 더욱 세게 쥐어짜면서 소년들을 안은
다른 팔에도 서서히 힘을 주며 갈비뼈 안쪽의 공기를 입 밖으로 토
해냈다.

밤의 어둠이 윌의 눈 안에서 거대한 엄지손가락의 지문처럼 세
차게 소용돌이쳤다.

급기야 윌의 아버지는 양 무릎을 꿇고 신음을 흘리며 오른팔을

힘없이 휘저었다.

"이거 놔! 저주받을 놈!"

찰스의 일갈에 카니발 단장이 나지막이 대꾸했다. "난 이미 저주받았다."

"저주받을 놈, 저주받을 놈!"

"그래봐야 아무 소용 없어, 늙은 친구. 책에 적힌 문장이나 입으로 하는 말이 아니라 빨리 생각하고 실제로 행동하는 것만이 승리를 부를 수 있는 거다!"

다크가 마지막으로 손을 힘껏 쥐고 비틀었다.

소년들은 찰스 핼러웨이의 손가락뼈가 부러지는 소리를 들었다. 찰스는 외마디소리를 내지르며 쓰러졌다.

다크는 느긋하게 파반 춤을 추듯 바닥에 쌓인 책더미 주변을 돌아나갔고, 그의 팔 아래 낀 소년들은 발버둥치며 서가에 꽂힌 책을 걷어찼다.

온몸이 바짝 조여진 채 벽과 책과 바닥이 신발 끝에 스치는 것을 느끼며 윌은 뜬금없는 생각을 했다. '왜, 왜, 다크 씨의 몸에서…… 증기오르간 냄새가 나는 거지?'

두 소년은 갑자기 바닥으로 떨어졌다. 그러나 몸을 움직이거나 숨을 들이마실 새도 없이 머리채를 휘어잡혀 꼭두각시 인형처럼 창밖의 거리를 보고 서야 했다.

"얘들아, 디킨스 소설 읽어봤니?" 다크가 속삭였다. "평론가들은 우연을 남발한다며 비난하지만 우린 알잖아? 인생은 우연으로 가득하다는 거. 죽은 황소의 몸뚱이에서 벼룩을 떨어내듯 우연의 조각을 죄다 걷어버리면 남는 건 죽음뿐이지!"

굶주린 공룡과 털북숭이 유인원의 손아귀에 붙들린 둘은 마치 관 모양 고문기구에 갇힌 것처럼 온몸을 비틀며 몸부림쳤다.

월은 기쁨의 눈물을 흘려야 할지 새롭게 절망해야 할지 알 수 없었다.

창문 아래 큰길 건너, 어머니와 짐의 어머니가 교회에서 돌아오고 있었다.

어머니는 회전목마에 타지 않았다. 늙지도 미치지도 죽지도 짐 승우리에 갇히지도 않고, 상쾌한 10월의 공기를 마시며 걷고 있었다. 바로 오 분 전까지 어머니는 여기서 90미터도 채 떨어져 있지 않은 교회에 있었던 것이다!

엄마! 월은 소리치려 했으나 다크가 그의 입을 세게 틀어막았다. 그러고는 "엄마아, 와서 나 좀 살려주세요!" 하고 월의 말투를 흉내내며 조롱했다.

'아니야, 엄마! 이리로 오지 말고 도망치세요!' 월은 속으로 외쳤다.

아무것도 모르는 월과 짐의 어머니는 따뜻한 교회를 나서서 집으로 기분좋게 걸어가고 있었다.

엄마! 월은 다시 외쳤지만 땀에 젖은 다크의 손 사이로 작게 울부짖는 소리만 새어나올 뿐이었다.

아득하게 멀리 있는 듯 보이던 월의 어머니가 문득 보도에서 걸음을 멈추었다.

'들었을 리 없어! 그래도 혹시……'

월의 어머니가 도서관 쪽으로 고개를 돌렸다.

"좋아. 잘됐어." 다크가 한숨을 섞어서 말했다. "아주 좋아."

월은 남몰래 소리쳤다. '여기예요! 우리 여기 있어요, 엄마! 얼른 경찰에 신고해주세요!'

"왜 창문 쪽을 빨리 안 보는 거지?" 다크가 말했다. "우리 셋이 초상화처럼 서 있는 게 보일 텐데. 어서 고개를 들고 이쪽을 봐. 그리고 이리로 달려와라. 안으로 들여주마."

월은 소리 내어 울고 싶은 걸 꾹 참았다. '안 돼, 안 돼.'

어머니의 시선이 도서관 정문에서 1층 창문으로 옮겨갔다.

"여기다. 2층이야." 다크가 중얼거렸다. "이런 게 바로 우연이라는 거야."

그때 짐의 어머니가 뭐라고 말을 걸어서 둘은 길가에 잠시 멈춰 섰다.

'안 돼, 아, 안 돼.'

이윽고 두 어머니는 고개를 돌리고, 어둠이 내린 일요일 밤의 마을로 모습을 감추었다.

월은 문신한 사나이의 손아귀에 약간 힘이 빠진 것을 느꼈다.

"우연이 일어나지 못했으니 위기도 없고 승자도 패자도 없어. 시시하군. 가자!"

다크는 소년들의 발을 질질 끌며 유유히 아래층으로 내려가 정문을 열었다.

문 앞에서 누군가가 기다리고 있었다.

도마뱀처럼 차가운 손이 월의 턱을 쓰다듬었다.

"핼러웨이." 마녀가 쉰 목소리로 말했다.

카멜레온 같은 손끝이 짐의 콧등에 얹혔다.

"나이트셰이드." 거칠게 메마른 목소리가 읊조렸다.

마녀의 등뒤에서 난쟁이와 해골 사나이가 초조하게 서성였다.

소년들은 그 틈을 노려 고함을 지르려 했으나 이번에도 문신한 사나이가 먼저 눈치채고 입을 틀어막고는 늙은 마녀에게 짧게 고갯짓을 했다.

눈꺼풀이 검은 실로 꿰맨 파충류의 피부 같고, 콧등이 담뱃재로 시커매진 파이프 대통 같은 마녀가, 마음속에 새긴 상징물의 근원을 더듬는 듯한 손짓으로 허공을 가르며 비틀비틀 다가왔다.

둘은 눈을 부릅뜨고 바라보았다.

파르르 떨리던 마녀의 손가락이 앞으로 뻗어나와 한겨울의 물처럼 차가운 공기를 부드럽게 어루만졌다. 입을 열자 식초에 절인 초록 개구리처럼 시큼한 숨결이 피부에 닿으면서 소름이 돋았다. 마녀는 달팽이가 지나간 것처럼 끈적끈적한 흔적이 남은 지붕과, 던져진 화살과, 쪼그라들어 하늘에서 추락한 열기구의 친구들, 아이들, 손자들을 달래듯 나지막이 흥얼거렸다.

"짜깁기 바늘 잠자리야, 이 녀석들이 말을 못하게 입을 꿰매라!"

마녀의 엄지손가락이 둘의 입술 위에서 바느질을 시작했다. 아랫입술과 윗입술을 찔러 구멍을 내고 실을 당기는 시늉을 하자 이윽고 소년들의 입이 보이지 않는 실로 단단히 봉해졌다.

"짜깁기 바늘 잠자리야, 녀석들이 듣지 못하게 귀를 꿰매라!"

차가운 모래가 월의 귀에 흘러들어 그 안을 채워나갔다. 마녀가 캘리퍼스*처럼 손바닥을 크게 펼쳐 휘저으며 모래를 다루는 소리가 노랫소리에 섞여 아득하게 들려오더니 이윽고 완전히 사라졌다.

짐의 귓속에 이끼가 자라나 안쪽 깊은 곳을 틀어막았다.

"짜깁기 바늘 잠자리야, 이 녀석들이 보지 못하게 눈꺼풀을 꿰매라!"

하얗게 작열하는 마녀의 손끝이 두려움에 움츠러든 둘의 눈동자를 뒤로 넘어가게 한 뒤, 주석으로 된 거대한 문을 내리닫듯 눈꺼풀을 아래로 당겨 여몄다.

월의 눈앞이 몇백만 개의 플래시가 터진 것처럼 밝아졌다. 그 섬광이 어둠으로 빨려들어가는 사이, 보이지 않는 잠자리가 햇볕에 달궈진 꿀단지에 모여들듯 신나게 날갯짓하며 날아와 두 소년의 감각을 완전히 마비시켰다.

"짜깁기 바늘 잠자리야, 눈과 귀와 입술과 이를 꿰맸으니 이제 검은 실로 봉하고 선잠을 부르는 먼지를 쌓아라. 그리고 매듭지어 깊은 강으로 모래를 흘려보내듯 핏속에 침묵을 주입해라. 어서, 어서."

둘의 눈앞 어딘가에서 마녀가 양손을 밑으로 내렸다.

소년들은 아무 소리도 내지 않고 가만히 서 있었다. 뒤에서 둘을 잡고 있던 문신한 사나이가 그제야 팔을 풀고 뒤로 물러섰다.

먼지 마녀는 자신이 만들어낸 한쌍의 조각상에 코를 대고 킁킁거린 후, 손을 뻗어 마지막으로 한번 부드럽게 훑었다.

---

* 둥근 물체의 직경 등을 재는 기구.

난쟁이가 소년들이 드리운 그림자 안으로 아장아장 걸어들어와 둘의 손가락을 잘근잘근 깨물며 나지막이 이름을 불렀다.

문신한 사나이가 도서관 쪽으로 고개를 까딱였다.

"도서관 수위의 시계를 멈춰라."

마녀는 입을 크게 벌리고 어둠을 만끽하며 대리석 통로로 천천히 걸어들어갔다.

다크가 구령을 붙였다. "왼쪽, 오른쪽. 하나, 둘."

짐의 옆에는 난쟁이가, 윌의 옆에는 해골 사나이가 딱 붙은 채 계단을 내려가기 시작했다.

이윽고 다크가 죽음처럼 고요하게 뒤를 따랐다.


## 44


찰스 핼러웨이는 펄펄 끓는 용광로에 손을 담근 듯한 고통을 느끼며 번쩍 눈을 떴다. 도서관 정문이 한숨을 쉬듯 열렸다 닫히고, 복도를 따라 걸어오는 여자의 목소리가 들렸다.

"노인이여, 노인이여, 어디 있나요……?"

왼손이 있어야 할 자리가 피투성이 푸딩처럼 부풀어올라 맥박이 뛸 때마다 엄청난 고통이 엄습하며 그의 의지와 주의력, 생명력을 갉아먹었다. 일어나 앉으려고 했지만 통증이 밀려와 도로 쓰러지고 말았다.

"노인이여, 어디 있나요……?"

'난 노인이 아니야! 쉰넷이 무슨 늙은 나이라고!' 그는 속으로 분노에 차 내뱉었다.

이윽고 마녀가 오래된 돌계단을 올라왔다. 손가락을 나방처럼 파닥이며 점자책 제목을 훑고, 커다란 콧구멍으로 그 그림자를 빨아들였다.

찰스 핼러웨이는 몸을 웅크린 채 가까운 서가로 엉금엉금 기어갔다. 터져나오려는 비명을 혀로 짓눌렀다. 한밤의 추격자에게 책을 무기삼아 던지며 싸울 수 있는 곳까지 어떻게든 이동해야 했다……

"노인이여, 그대 숨소리가 들려요……"

마녀는 찰스가 잇새로 고통스럽게 내쉬는 숨결을 파도삼아 미끄러지듯 다가왔다.

"노인이여, 그대의 고통이 느껴져요……"

이 손을, 이 통증을 창밖으로 내던질 수만 있다면! 그러면 바깥 어딘가에 떨어져 심장처럼 펄떡이며 마녀를 유인하고 끔찍한 불덩어리로 이끌 텐데. 찰스는 길바닥에 버려진 쓸데없는 살덩어리를 향해 허리를 굽히고 손을 뻗는 마녀의 모습을 상상했다.

하지만 그렇게 되지는 않았다. 손은 그의 바로 옆에서 새빨갛게 달아올라 공기 중에 독을 흩뿌리며 기이한 집시 여자의 발걸음을 재촉할 뿐이었다. 마녀는 탐욕스러운 입을 한껏 벌리고 다가왔다.

"저주받을 것!" 찰스는 외쳤다. "어디 끝장을 보자! 나 여기 있다!"

마녀는 재빨리 방향을 돌리고 검은 옷을 입은 인형이 고무 롤러를 타고 오듯 순식간에 찰스 앞에 다다랐다.

찰스는 마녀를 보려 하지 않았다. 절망의 무게와 압박 때문에 기력이 거의 바닥난 채 눈꺼풀 안쪽에서 공포의 잔상이 점점 늘어나고 쉴새없이 바뀌며 위아래로 미친듯이 날뛰는 것을 바라볼 뿐이었다.

"아주 간단해." 마녀는 자세를 낮추고 속삭였다. "심장을 멈출 뿐이니까."

'못할 것도 없지.' 찰스는 흐릿한 머릿속으로 생각했다.

"점점 느려진다." 마녀가 중얼거렸다.

'그러든가.'

"점점 더, 느려지는 거다."

그의 심장이 한 번 쿵 뛰었다가 알 수 없는 병에 걸린 것처럼 멈칫거리더니 이내 편안하게 가라앉았다.

"더 천천히, 천천히……"

'피곤하구나, 그래, 너도 저 말 들리지?' 찰스는 자기 심장에 대고 읊조렸다.

심장이 그 말을 들은 듯했다. 꽉 쥔 주먹에서 손가락이 하나씩 펴지는 것처럼 심장에서 힘이 빠져갔다.

"영원히 멈춰라. 영원히 잊는 거다." 마녀가 속삭였다.

'그래, 안 될 것도 없지.'

"더 천천히…… 아주 천천히."

이제 심장은 멈추기 직전이었다.

통증에서 어떻게든 벗어나고 싶었고, 그러려면 잠드는 것이 유일한 방법이었지만, 마지막으로 한번 주변을 돌아보고 싶었는지…… 찰스 핼러웨이는 문득 눈을 떴다.

눈앞에 마녀가 있었다.

마녀의 손가락이 공기를 쓰다듬고 찰스의 얼굴과 몸, 몸속의 심장, 심장에 깃든 영혼을 조종하는 것이 보였다. 늪처럼 축축한 마녀의 숨결을 느끼면서도 찰스는 호기심을 억누르지 못하고 그 입술에서 뚝뚝 떨어지는 독즙과, 실로 꿰매인 주름투성이 눈꺼풀, 아메리카독도마뱀 같은 목덜미, 미라를 감싼 아마포 같은 귀를 살펴보며 바짝 마른 강모래처럼 거칠거칠한 이마의 주름을 셌다. 지금껏 누군가를 이토록 가까이서 관찰해본 적이 없었다. 마치 마녀 자체가 퍼즐이고, 수수께끼를 풀면 인생의 가장 큰 비밀을 알 수 있을 듯한 기분이 들었다. 해답은 아마 마녀의 내면에 있을 것이다. 그리고 금방이라도 알아낼 수 있을 듯했다. 전갈처럼 길게 뻗은 저 손가락이 공기를 간지럽히는 움직임을 지켜본다면! "천천히!" 마녀가 속삭였다. "천천히!" 심장 박동이 고삐가 당겨진 말처럼 속도를 줄였다. 마녀의 손가락은 계속 공기를 간질이듯 움직였다.

찰스 핼러웨이는 피식 콧소리를 내며 웃었다.

문득 의아해졌다. '왜지? 왜 내가…… 이런 상황에서 웃는 거지?'

그 순간, 숨어 있던 전등 소켓에 젖은 손끝이 닿아 전기가 오른 것처럼 마녀가 흠칫 놀라며 5밀리미터쯤 물러섰다.

찰스 핼러웨이는 계속 마녀를 보고 있었지만 그 모습은 알아채지 못했다. 그러나 마녀가 왜 움찔했는지 생각해볼 필요는 없었다.

잠시 뒤로 물러섰던 마녀가 이내 정신을 차린 듯 앞으로 몸을 숙이고. 직접 손을 대지 않았지만 오래된 시계추에 마법을 걸듯 그의 가슴께 위에서 조용히 손가락을 놀렸다.

"천천히!" 마녀가 크게 외쳤다.

찰스는 무의식중에 바보처럼 웃었다. 웃음은 풍선처럼 부풀어 오르며 입가로 퍼져갔다.

"더 천천히!"

마녀의 초조함과 불안이 분노로 바뀌었지만 찰스의 눈에는 그저 장난처럼 보였다. 그는 슬쩍 눈을 들어 핼러윈 가면 같은 마녀의 얼굴을 땀구멍 하나하나까지 자세하게 살펴보았다. 이 상황에서 그가 깨달은 건 모든 게 실은 그리 중요하지 않다는 사실이었다. 삶이란 대단해 보이지만 실은 장난과 같다. 죽을 때가 되어서야 도서관 복도 끝에 홀로 쓰러져 인생이 덧없이 길고 쓸데없이 높다는 걸 깨닫게 되다니. 인생이 말도 안 되게 거대한 산이라면 보잘것없는 인간은 그 그림자에 파묻혀 장대한 풍경에 희롱당할 뿐이다. 죽음에 내몰려 몸이 굳어가는 지금, 소년이 노인이 되기까지 겪은 헛된 자만심, 이별과 만남, 어리석은 여행이 주마등처럼 찰스의 뇌리를 스쳐갔다. 이기심에서 발현된 그의 약점과 도구, 장난감이 지금 바보 같은 책더미 사이에서 궤멸되어가고 있었다. 그러나 여기 눈앞에, 먼지를 읽는 마녀 집시만큼 희한한 광경이 또 있을까. 공기를 간질이다니! 대체 무슨 생각으로 저런 짓을 하는 걸까?

찰스는 입을 벌렸다.

순진한 부모에게서 태어난 아이처럼 천진난만한 웃음이 터져나왔다.

마녀가 순간 깜짝 놀라 물러섰다.

찰스 핼러웨이는 그 모습을 보지 못했다. 참을 수 없는 유쾌함이 목구멍을 타고 솟아올라 손끝까지 흐르는 통에 미간을 구기며 눈을 질끈 감았기 때문이다. 그래도 웃음의 조각은 사방으로 날아갔다.

"당신!" 그는 누구에게랄 것 없이 마녀와 자신을 포함해 모든 인간을 향해 외쳤다. "정말 재미있군!"

"뭐가?" 마녀가 당황했다.

"간지럼 좀 그만 태워!" 찰스는 숨까지 헐떡이며 웃었다.

"입다물어!" 마녀가 몸을 물리고 분노해서 외쳤다. "잠들어야 해! 천천히! 더 천천히!"

"아니, 그냥 간지러울 뿐이야! 하하, 그만해, 그만 멈춰!"

"그래, 멈추는 거다! 피의 흐름을 멈춰." 마녀가 새된 소리로 외쳤다. 그러나 정작 마녀의 심장이 탬버린처럼 요동치는 듯했다. 손이 부들부들 떨리더니 자기 행동이 얼마나 바보 같은지 알아챈 듯 뚝 멈추었다.

찰스는 눈물까지 글썽이며 웃어댔다. "아, 배가 찢어지겠네! 하하, 아이고, 심장아!"

"그래, 네 심장!"

찰스는 눈을 휘둥그레 뜨고 숨을 크게 들이마셨다. 웃음이 자아낸 눈물이 비눗물처럼 눈앞을 말끔히 씻어낸 덕에 사방이 더없이 선명하게 보였다. "세상에! 넌 장난감이구나! 등에 열쇠가 꽂혀 있어! 태엽은 누가 감아주지?"

가장 큰 웃음덩어리가 마녀에게 날아가 양손을 태우고 얼굴을 그슬리는 것처럼 보였다. 마치 용광로의 열기에 움츠러들듯 불 탄 손을 이집트 붕대로 감싸고 바짝 마른 몸을 웅크리더니 주춤주춤 물러서고, 잠시 주저하다 다시 물러서기를 반복하며 계속 뒷걸음 쳤다. 서가에 부딪히고 비틀거리며 팔다리를 휘저은 탓에 책들이 바닥으로 하나둘 떨어졌다. 역사책에, 허망한 이론서에, 누적된 시간에, 약속했지만 흐지부지되어 끝나버린 세월에 마녀의 이마가 속속 부딪혔다. 사방에 메아리치며 대리석 천장을 가득 채운 찰스의 웃음소리에 쫓기고 일격을 당하고 상처를 입은 마녀가 몸을 돌리는가 싶더니 손톱으로 미친듯이 공기를 가르며 계단 아래로 굴러떨어졌다.

잠시 후, 도서관에서 가까스로 빠져나간 마녀가 쾅 소리를 내며 문을 닫았다!

마녀가 계단을 구르는 소리와 정문이 요란하게 닫히는 소리에 찰스는 몸뚱아리가 터져나갈 만큼 한층 크게 웃었다.

"아, 세상에, 이제 그만해, 그만 웃자!"

그렇게 스스로에게 애원하고서야 겨우 웃음이 잦아들었다.

우렁찬 웃음소리가 정상적인 소리로, 기분좋은 미소로, 작은 키득거림으로 줄어들었다. 그는 만족스럽게 심호흡을 하고 노곤해진 머리를 흔들었다. 목구멍과 갈비뼈에서 느껴지는 가벼운 욱신거림이 짓이겨진 왼손의 통증을 지워주었다. 책더미 위로 쓰러져 친근한 책에 잠시 머리를 기대고 있었다. 안도의 눈물이 볼을 타고 흘러내리는 사이, 문득 눈앞에서 마녀가 사라졌음을 깨달았다.

'왜지? 내가 뭘 어쨌기에?'

마지막 웃음을 털어내며 그는 천천히 몸을 일으켰다.

'무슨 일이 일어난 거지? 아, 도무지 모르겠어! 우선 약국에 가서 아스피린 여섯 알로 한 시간쯤 손의 통증을 멈춘 후에 생각해보자. 지난 오 분 사이에 나는 확실히 뭔가를 이겼어. 그렇지? 이 승리감은 무엇 때문이지? 생각해! 기억해내야 해!'

그리고 그는 구부린 팔 위에 얹힌 죽은 동물 같은 왼손을 보고 다시 미소 지은 후, 밤의 복도를 내달려 마을로 나갔다……

3장
/
# 출발

# 45

소리 없이 나아가는 작은 퍼레이드가 끊길 듯 끊기지 않는 두 마리 뱀처럼 영원히 회전하는 크로세티 씨 이발소의 간판 기둥 앞을 지났다. 상점들은 불이 꺼졌거나 이미 문을 닫아서 거리에 인기척이 없었다. 사람들은 교회에서 성찬식을 끝내고 집으로 돌아가거나, 그날의 마지막 카니발 쇼에서 솜털처럼 가볍게 어둠을 가르는 공중 곡예사를 구경하러 갔다.

윌의 발이 땅 저 아래를 타박타박 울렸다. 하나, 둘. 왼쪽, 오른쪽. 누군가가 그렇게 구령을 붙이고 있는 기분이 들었다. 잠자리가 속삭이는 건지도 몰랐다.

짐도 이 행렬에 있을까? 윌의 눈이 재빨리 옆을 살폈다. 있다! 그런데 그 옆에 조그만 사람은 누구지? 미치광이, 모든 것에 호기심을 보이며 새빨간 몸을 뒤뚱거리는 난쟁이다! 그리고 해골 사나이도 있었다. 그런데 내 뒷덜미에 숨을 내뿜으며 따라오는 수천 명의 군중은 누구일까?

문신한 사나이였다.

윌은 고개를 끄덕이고 소리 없이 높이 울부짖었다. 하지만 그 소리는 말이 통하지 않는, 별 도움이 되지 않는 개한테만 들렸다.

앞쪽을 흘끗 보자 정말로 개 한 마리, 두 마리, 세 마리가 예사롭지 않은 퍼레이드의 냄새를 맡고 달려와 기병대의 삼각기처럼 꼬리를 흔들며 앞서거니 뒤서거니 따라오고 있었다.

'짖어!' 윌이 속으로 외쳤다. '영화에서처럼 짖어! 경찰을 부르는 거야!'

하지만 개들은 좋아라 하며 따라올 뿐이었다.

'우연이라도 좋으니까 제발. 아주 작은 우연이라도 일어난다면!'

그래, 테틀리 씨다! 윌은 알아보았다. 인디언 인형을 가게 안으로 굴려서 들여오고 문 닫을 준비를 하고 있었다!

"고개 돌려." 문신한 사나이가 둘에게 속삭였다.

짐이 고개를 돌렸다. 윌도 고개를 돌렸다.

자기 쪽을 바라보는 소년들에게 테틀리 씨가 미소를 지었다.

"웃어라." 다크가 속삭였다.

짐과 윌은 웃어 보였다.

"안녕!" 테틀리 씨가 말했다.

"안녕하세요, 라고 말해." 누군가가 속삭였다.

"안녕하세요." 짐이 인사했다.

"안녕하세요." 윌도 인사했다.

개들이 짖어댔다.

"카니발에 공짜로 놀이기구 타러 가요, 라고 말해." 다크가 중얼거렸다.

"카니발에 공짜로," 윌이 말하고,

"놀이기구 타러 가요!" 짐이 외쳤다.

그리고 정밀한 기계처럼 얼굴에서 웃음기를 지웠다.

"재미있게 놀렴!" 테들리 씨가 말했다.

개들이 신나게 짖어댔다.

퍼레이드는 이어졌다.

"그럼, 공짜로 놀이기구 타면 재미있겠지." 다크가 속삭였다. "앞으로 삼십 분 후에 구경꾼들이 모두 집에 가면 짐을 회전목마에 태워주자고. 아직 타고 싶은 마음이 있지, 짐?"

닫힌 귀로 소리만 들릴 뿐 옴짝달싹할 수 없는 상태인 윌은 속으로 외쳤다. '짐, 듣지 마!'

짐의 눈이 촉촉해졌다. 눈물인지 기름기인지는 알 수 없었다.

"우리랑 같이 유랑하는 거다, 짐. 쿠거 씨가 목숨을 부지할지 어떨지 아직까지는 확신할 수 없는데―한번 더 시도는 해보겠지만―만약 살아나지 못한다면 네가 내 파트너가 되는 게 어떻겠니? 널 멋지고 강한 젊은이로 만들어주마. 스물둘? 아니면 스물다섯쯤? 다크와 나이트셰이드, 나이트셰이드와 다크. 전 세계를 돌아다니는 우리 쇼에 딱 어울리는 근사한 이름이지! 어떠냐, 짐?"

마녀의 꿈속에 갇힌 짐은 아무 말도 하지 못했다.

'듣지 마!' 듣고 싶지 않은데도 들어버린 그의 절친한 친구가 속으로 외쳤다.

"그럼 월은 어떻게 할까?" 다크가 말을 이었다. "녀석은 거꾸로 빙글빙글 돌려주자, 응? 갓난아기로 만들어서 난쟁이에게 안겨주고, 앞으로 오십 년간 퍼레이드에서 아장아장 걷게 하는 거야. 어떠냐, 월? 영원히 아기로 살면 네가 아무리 기발한 생각을 떠올려도 아무에게도 말할 수 없겠지. 그래, 월에게는 그게 제일 좋겠어. 난쟁이의 노리개, 꼬맹이 오줌싸개 친구가 되는 거다!"

월은 분명 비명을 질렀을 것이다.

소리는 들리지 않았지만.

개들이 깜짝 놀라 짖어대며 날아온 돌멩이를 피하듯 꼬리를 말고 도망갔다.

한 남자가 모퉁이를 돌아 다가왔다.

경찰이었다.

"누구지?" 다크가 나지막이 물었다.

"콜브 씨요." 짐이 대답했다.

"콜브 씨!" 월이 소리쳤다.

"짜깁기 바늘 잠자리야, 꿰매어라." 다크가 속삭였다.

무언가가 월의 귀를 찔렀다. 이끼가 눈을 메웠다. 끈끈이가 윗니와 아랫니를 붙였다. 보이지 않는 무언가가 수없이 얼굴 위를 오가며 얼얼하게 감각이 사라졌다.

"콜브 씨에게 인사해."

"안녕하세요." 짐이 인사했다.

"······콜브 씨······" 윌이 비몽사몽으로 말했다.

"안녕, 얘들아. 안녕하십니까."

"여기서 꺾어라." 다크가 말했다.

퍼레이드는 모퉁이를 돌았다.

따뜻한 마을의 불빛을 벗어나 안전한 거리에서 멀어지며, 북소리도 없는 퍼레이드는 휑한 초원으로 향했다.


# 46


퍼레이드 행렬은 띄엄띄엄 늘어지듯 약 1,600미터에 달하는 카니발 부지로 들어섰다.

짐과 윌은 길 가장자리의 풀을 무감각한 발로 밟으며, 짜깁기 바늘 잠자리의 능력을 끝없이 설명하는 기인들과 보조를 맞춰 걸어갔다.

600미터쯤 뒤에서는 부상을 당한 먼지 마녀가 그들을 따라잡기 위해 소용돌이 먼지를 불러일으키며 불가사의한 걸음을 옮겼다.

그리고 훨씬 뒤에는 윌의 아버지가 있었다. 나이를 생각해 걸음을 늦추었다가도 마녀와의 대적에서 첫 승리를 거둔 기쁨으로 다시 젊은이처럼 걸음을 재촉했고, 다친 왼손을 가슴께에 댄 채 아스피린을 삼키며 퍼레이드와 마녀를 쫓았다.

카니발 입구에 다다른 다크는 그 안의 목소리가 자기 뒤를 쫓는 누군가의 이름을 부른 듯 휙 돌아보았다. 그러나 확실히 알아듣기 전에 목소리는 사라져버렸다. 다크가 고개를 까딱이며 신호하자 퍼레이드 행렬의 난쟁이와 해골 사나이, 짐, 윌이 구경꾼 사이로 섞여들었다.

짐은 밝은 인파에 휩쓸린 기분이었지만 그들과 닿을 수는 없었다. 윌은 여기저기서 끓어오르는 웃음의 폭포 사이로 들어갔다. 반딧불이가 밤하늘을 수놓고, 거대한 불꽃놀이 같은 대관람차가 머리 위에서 빛났다.

이윽고 그들은 거울 미로 앞에 도착했다. 매끈한 얼음 연못에는 둘과 꼭 닮은, 거미에 찔려 고통스러워하는 수천 명의 소년들이 우글거리며 서로 부딪히고 모습을 드러냈다 사라졌다를 수없이 되풀이했다.

'저건 나야!' 짐이 속으로 말했다.

'그런데 도와줄 수가 없어.' 윌도 생각했다. '내가 이렇게 많은데도!'

다크가 외투와 셔츠를 벗어던지자 거울 속 소년 무리에 수많은 문신이 더해지더니 미로 끝의 밀랍 인형을 향해 순식간에 늘어섰다.

"여기 가만히 앉아 있어라." 다크가 지시했다.

총에 맞고, 단두대에 목이 잘리고, 밧줄에 매달린 남녀 밀랍 인형들 사이에 자리잡은 둘은 이집트 벽화의 고양이처럼 눈도 깜빡이지 않고 꼼짝없이 숨을 죽였다.

느지막이 나온 구경꾼들이 시끌벅적하게 웃으며 밀랍 인형에 대해 뭐라고 한마디씩 했다.

그중 한 '밀랍 인형' 소년의 입술 가장자리에서 가느다란 침이 흐르고 있음을 알아챈 이는 아무도 없었다.

또다른 '밀랍 인형' 소년의 시선이 다른 인형과 다르게 반짝 빛나고, 이윽고 물기가 차오르며 맑은 눈물이 뺨을 타고 흐르는 광경을 목격한 이도 없었다.

잠시 후 마녀가 밧줄과 말뚝이 어지럽게 널린 천막 뒷길을 따라 절룩거리며 걸어왔다.

"신사 숙녀 여러분!"

삼사백 명쯤 되는 오늘밤 마지막 구경꾼들이 그 소리에 일제히 돌아섰다.

윗통을 벗어젖힌 문신한 사나이의 몸에는 악몽 같은 독사, 검치호랑이, 외설적인 유인원, 탐욕스러운 독수리 따위의 온갖 괴물이 수태고지를 내릴 듯 불길한 연어색 하늘을 가득 채웠다.

"오늘 저녁 마지막 무료 공연입니다! 어서 오세요! 다들 구경하세요!"

구경꾼들이 난쟁이, 해골 사나이, 다크가 서 있는 기인 쇼 천막 바깥의 대형 무대로 물밀듯 몰려들었다.

"가장 놀랍고 위험하며, 종종 목숨을 잃기도 하는, 세계적으로 유명한 총알 마술입니다!"

관객들은 기대감에 숨을 죽였다.

"라이플을 가져와라!"

해골 사나이가 날카롭게 빛나는 라이플을 꺼내들었다.

서둘러 다가오던 마녀가 이어지는 다크의 말에 얼어붙은 듯 멈쳐 섰다. "그리고 여기, 목숨 걸고 죽음에 도전하는 총알받이, 마드모아젤 타로입니다!"

마녀는 창백해져서 고개를 저었으나 다크는 그녀를 어린아이 다루듯 가볍게 잡아 무대로 끌어올렸다. 마녀가 여전히 완강하게 거부하자 다크는 잠시 주춤했지만 모든 이들의 이목이 쏠린 마당에 중단할 수도 없었다.

"자, 그럼 라이플을 쏠 지원자를 받겠습니다!"

관객들이 웅성거렸지만 선뜻 나서는 사람은 없었다.

다크가 보일 듯 말 듯 입술을 달싹이며 작은 소리로 마녀에게 물었다. "시계는 멈추었나?"

"아뇨. 멈추지 못했어요." 마녀가 울먹이는 소리로 대답했다.

"못 멈췄다고?" 그는 하마터면 소리를 지를 뻔했다.

이글이글 불타는 눈으로 마녀를 쏘아보고 관객을 향해 돌아선 다크가 라이플을 톡톡 치며 말했다.

"지원자 안 계십니까?"

"제발 중단해주세요." 마녀가 양손을 모아쥐고 나지막이 애원했다.

"아니, 계속할 거다. 빌어먹을, 이 빌어먹을 것!" 다크가 소리 죽여 사납게 내뱉었다.

그리고 남몰래 자기 손목을 감싸쥐고 그 위에 새겨진 검은 수녀복 차림의 눈먼 여자 문신을 손톱으로 찍었다.

마녀가 파르르 떨더니 가슴께를 부여잡고서 악다문 이 사이로 "자비를 베풀어주세요!" 하고 약간 소리 높여 외쳤다.

관객들의 소란이 갑자기 잦아들었다.

다크가 재빨리 고개를 끄덕였다.

"지원자가 없는 관계로……" 다크가 손목을 다시 할퀴자 마녀가 몸서리를 쳤다. "이 마지막 공연은 취소하겠……"

"여기! 지원하겠소!"

관객들이 일제히 뒤돌아보았다.

다크가 흠칫 놀라며 물었다. "어디 계십니까?"

"여기요."

객석 저쪽 끝에서 손 하나가 올라오자 주위 사람들이 좌우로 물러나 길을 터주었다.

다크는 그곳에 홀로 서 있는 남자를 똑똑히 보았다.

이 마을 주민이자, 한 소년의 아버지이며, 내성적인 남편, 밤의 방랑자, 그리고 마을 도서관 수위인 찰스 핼러웨이였다.


47


관객들의 환호성이 차츰 잦아들었다.

찰스 핼러웨이는 아직 움직이지 않았다.

무대까지 길이 열리기를 기다렸다.

무대 위에 있는 기인들의 표정까지는 자세히 보이지 않았다. 찰스는 관객들의 머리 너머 앞쪽을 바라보았다. 거울 미로에 백억 광년을 날아온 빛이 비치고 반사되고 수없이 겹쳐지며 무한의 심연으로, 현기증 나는 망각의 세계로 곤두박질치는 것이 보였다.

저 유리 뒷면의 은가루에서 메아리치는 건 두 소년의 목소리가 아닐까? 아니면 흔들림 없는 눈동자와 달리 몹시 떨리는 눈썹 끝이, 거울 미로의 좁은 통로 저편 차가운 밀랍 인형 사이에서 공포에 사로잡혀 구조를 기다리는 둘의 존재를 인식한 걸까?

아니, 그런 생각을 할 때가 아니다. 눈앞의 상황부터 해결해야 한다! 찰스 핼러웨이는 마음을 다잡았다

"갑니다!" 찰스가 외쳤다.

"가서 총을 잡아요, 아저씨!" 한 남자가 응원했다.

"그럼요." 찰스 핼러웨이는 말했다. "잡을 겁니다."

찰스가 대꾸하며 관객들 사이로 난 길을 따라 무대로 향했다.

다가오는 밤의 방랑자에게 이끌린 듯 마녀는 천천히 몸을 돌렸다. 검은 실로 꿰맨 눈꺼풀이 검은 안경 너머에서 움찔거렸다.

다크는 온몸에 우글거리는 짐승들과 함께 상체를 앞으로 기울이며 입맛을 다셨다. 눈 속에서 생각의 불길이 회전폭죽처럼 사납게 맴돌았다. 대체 저 늙은이는 무슨 속셈으로 저러는 거지? 무슨 속셈이야!

늙은 수위는 과자상자에서 튀어나온 장난감 인형처럼 하얀 이를 드러내고 미소 지으며 성큼성큼 걸어갔다. 모세 앞에서 홍해가 갈라지듯 관객들이 양옆으로 물러서며 길을 넓히다 찰스가 지나가자 다시 닫았다. 이제 어쩔 셈이지? 왜 여기 온 거지? 여전히 의문이 들었지만 걸음걸이는 안정되고 힘찼다.

찰스 핼러웨이의 발이 무대로 올라가는 첫 계단을 밟았다.

마녀는 남몰래 부들부들 떨었다.

그걸 알아챈 다크가 날카롭게 마녀를 쏘아보고는 무대로 올라오는 걸 도와주려는 양 쉰네 살 남자의 성한 오른손을 향해 재빨리 손을 내밀었다.

쉰네 살 늙은이는 고개를 저었다. 손을 잡히기는커녕 건드리게 할 생각도 없었다. "고맙지만 괜찮습니다."

무대 위로 올라간 찰스 핼러웨이가 관중에게 손을 흔들었다.

폭죽 터지듯 요란한 박수가 쏟아졌다.

다크는 짐짓 놀란 척했다. "하지만…… 선생님 왼손이 문제군요. 한 손으로는 라이플을 들고 쏠 수 없을 텐데요!"

찰스 핼러웨이의 낯빛이 창백해졌다.

"한 손으로 해보죠."

"대단해요!" 무대 아래서 한 소년이 소리쳤다.

"할 수 있어요, 찰스!" 저 뒤쪽에서 어떤 남자도 소리쳤다.

관객들의 응원소리가 커지자 다크의 얼굴이 벌게졌다. 그는 양손을 들어올려 빗줄기처럼 쏟아지고 파도처럼 밀려드는 함성을 몰아냈다.

"좋습니다, 좋아요! 하실 수 있다고 하니 어디 봅시다!"

문신한 사나이는 총걸이에서 라이플을 난폭하게 낚아채고는 찰스 핼러웨이에게 휙 던졌다.

관객들이 놀라 숨을 죽였다.

찰스 핼러웨이는 얼른 상체를 굽히고 오른손을 들어올렸다. 라이플이 손바닥을 스치는가 싶더니 다음 순간 손아귀에 들어왔다.

바닥으로 떨어지지 않았다. 그는 손안의 총을 힘주어 잡았다.

관객들은 다크의 배려 없는 행동에 발을 구르며 야유를 보냈다. 다크는 잠시 고개를 옆으로 돌리고 소리 없이 욕을 내뱉었다.

월의 아버지가 활짝 웃으며 라이플을 들어 보였다.

관객들이 환호했다.

박수의 파도가 무대라는 섬으로 밀려들었다 부서지며 해안으로 물러나는 동안, 찰스 핼러웨이는 또다시 거울 미로 쪽을 보았다. 눈에 보이지는 않지만 월과 짐의 그림자가 저 현실과 허상의 거대한 면도날 사이에 끼어 있는 것 같았다. 그는 눈길을 돌려 다크의 메두사 같은 눈빛을 마주보고, 이어서 눈꺼풀이 닫힌 채 안절부절 못하는 밤의 장님을 보았다. 마녀는 옆걸음으로 슬금슬금 물러서며 붉은색과 검은색 소용돌이가 그려진 무대 끝의 과녁에 거의 달라붙다시피 했다.

"잠깐!" 찰스 핼러웨이가 외쳤다.

다크의 표정이 굳었다.

"나를 도와 라이플을 들어줄 소년이 한 명 필요합니다!" 찰스가 말을 이었다.

"누구든! 아무라도 좋아요!"

관중 사이에서 소년 몇 명이 까치발을 들었다.

"아, 제 아들이 저기 있군요. 지원해줄 겁니다. 그렇지, 월?"

마녀는 쉰네 살 늙은이의 몸에서 뿜어져나오는 뜨겁고 대담한 의욕을 확인하려는 듯 손을 뻗었다. 다크는 기관총 세례를 맞은 듯 몸을 뒤로 물렸다.

"윌!" 그의 아버지가 소리쳤다.

그러나 밀랍 인형 전시관에 앉은 윌은 꼼짝도 하지 않았다.

"윌!" 아버지가 다시 소리쳤다. "어서 나와라, 얘야!"

관객들은 왼쪽, 오른쪽, 뒤쪽을 돌아보았다.

대답은 들리지 않았다.

윌은 계속 밀랍 인형 전시관에 앉아 있을 뿐이었다.

다크는 감탄과 존경과 관심이 뒤섞인 기묘한 눈빛으로 그 상황을 지켜보았다. 마치 윌의 아버지와 함께 윌이 나타나기를 기다리는 듯했다.

"윌, 나와서 애비를 좀 도와다오!" 찰스가 쾌활한 목소리로 불렀다.

윌은 여전히 밀랍 인형 전시관에서 옴짝달싹하지 않았다.

다크가 미소를 지었다.

"윌! 윌리! 어서 나오렴!"

대답이 없었다.

다크의 미소가 더욱 번졌다.

"윌리! 아빠가 부르는 소리 안 들리니?"

다크의 얼굴에서 미소가 싹 걷혔다.

그 소리는 찰스가 아니라 관중 사이의 한 남자가 목청 높여 외친 것이었기 때문이다.

관객들이 큰 소리로 웃었다.

한 여자가 "윌!" 하고 불렀다.

다른 여자가 "윌리!" 하고 불렀다.

턱수염 난 신사가 "어이!" 하고 불렀다.

한 소년도 "어서 나와, 윌리엄!" 하고 소리쳤다.

관객들은 팔꿈치로 서로를 찔러가며 더욱 크게 웃었다.

찰스 핼러웨이가 윌을 불렀다. 사람들도 같이 불렀다. 찰스 핼러웨이가 언덕 너머로 소리쳤다. 사람들도 언덕 너머로 소리쳤다.

"윌! 윌리! 윌리엄!"

거울 미로에서 그림자 하나가 움찔하더니 거울 사이로 걸어나왔다.

땀범벅이 된 마녀의 몸이 샹들리에처럼 빛났다.

"저기 좀 봐!"

누군가가 외치는 소리에 다들 연호를 멈추었다.

찰스 핼러웨이도 목구멍까지 올라온 아들의 이름을 침과 함께 꿀꺽 삼켰다.

윌은 밀랍 인형과 다름없는 모습으로 거울 미로 입구에 서 있었다.

"윌." 아버지가 부드럽게 불렀다.

그 소리에 마녀의 땀방울이 떨렸다.

윌은 앞이 보이지 않는 상태로 사람들 사이를 가르고 무대로 걸어왔다.

그의 아버지가 라이플을 지팡이처럼 내밀어 잡게 하고 무대 위로 끌어올렸다.

"여기 멀쩡한 내 왼손이 왔습니다!" 윌의 아버지가 소리 높여 외쳤다.

관객들이 우레 같은 함성과 박수를 보내는 것을 윌은 볼 수도 들을 수도 없었다.

다크는 가만히 서 있었지만 찰스는 그의 머릿속에서 번개가 번쩍이고 폭죽이 펑펑 터지는 것을 볼 수 있었다. 그러나 그 불꽃이 이내 하나씩 잦아들었다. 다크는 찰스와 윌이 무엇을 하려는지 짐작할 수 없었다. 실은 찰스도 마찬가지였다. 마치 몇 년째 밤마다 도서관에서 연극 대본을 쓰고 내용을 암기한 후 찢어버렸는데 지금 와서는 전혀 기억나지 않는 기분이었다. 결국 시시각각 마음에 비치는 자아의 뜻에 기대어 귀, 아니, 심장과 영혼으로 연기해야 했다. ……그런데?

미소를 지으면서 드러난 찰스의 이가 빛을 반사해 마녀를 공격한 듯 보였다. 설마? 마녀가 황급히 한 손을 들어 실로 꿰맨 눈꺼풀 위의 안경을 가렸다!

"여러분, 가까이 오세요!" 윌의 아버지가 외쳤다.

관객들이 몰려들었다. 무대는 사람들로 이뤄진 바다 위 섬이 되었다.

"과녁을 잘 보십시오!"

마녀는 누더기옷 안에서 한껏 움츠렸다.

문신한 사나이는 자신의 양옆에 선, 바짝 말라 뼈와 거죽만 남은 해골 사나이와 어리석은 광기의 세계에 잠긴 난쟁이를 보았지만 별 도움이 되지는 못했다.

"총알을 내주시죠!" 윌의 아버지가 기세 좋게 말했다.

온몸에 새겨진 무수한 문신조차 그 소리를 듣지 못했으니 다크가 무슨 수로 들을 수 있었을까?

"총알요." 찰스 핼러웨이가 재촉했다. "저 집시 노파의 사마귀에 앉은 벼룩을 맞혀보죠!"

윌은 미동도 없이 서 있었다.

다크는 망설였다.

관객의 바다 여기저기에 하얀 웃음이 백 개, 이백 개, 삼백 개는 떠 있었다. 웃음의 썰물이 달의 중력에 간지럼을 타듯 일렁였다.

문신한 사나이는 머뭇거리며 기다란 손을 뻗어 윌에게 총알을 내밀었다. 윌이 알아보는지 확인하려는 듯했다. 물론 윌은 꼼짝도 하지 않았다.

아버지가 대신 총알을 받아들었다.

"선생님 이름의 머리글자를 새겨넣으시죠." 다크가 딱딱한 투로 말했다.

"아뇨, 다른 걸로 하겠습니다!" 찰스 핼러웨이는 아들의 손에 총알을 쥐어준 뒤, 성한 손으로 펜나이프를 잡고 총알에 괴상한 무늬를 새겨넣었다.

'무슨 일이 일어나는 거지?' 윌은 생각했다. '뭔가 일어나고 있는 것 같은데 그게 뭔지 모르겠어. 뭐지?'

다크는 총알에 새겨진 초승달을 보았다. 별다를 것 없는 무늬일 뿐이었다. 총알을 아무렇게나 쑤셔넣고 라이플을 획 던졌다. 윌의 아버지가 이번에는 잘 받아냈다.

"준비됐지, 윌?"

소년의 복숭앗빛 얼굴이 살짝 끄덕였다.

찰스 핼러웨이는 거울 미로를 마지막으로 흘끗 보았다. '짐, 너

는 아직 거기 있지? 조금만 기다리렴!'

다크는 주름투성이 친구를 진정시키기 위해 다가가려 했으나 철컥! 하고 라이플 약실이 다시 열리는 소리에 멈칫했다. 윌의 아버지가 약실을 열고 총알을 꺼내 관객들에게 확인시키고 있었다. 진짜 총알처럼 보이지만 실은 가짜임을 찰스는 오래전 책에서 보아 알고 있었다. 강철처럼 보이지만 알고 보면 색을 넣은 밀랍이라, 라이플에 넣고 발사하면 열 때문에 녹아 연기와 증기가 되어 날아가게 돼 있다. 조금 전 문신한 사나이가 초승달을 새긴 총알을 라이플에 넣는 척하면서 가짜 총알로 바꿔 넣었고, 진짜는 마녀의 손에 재빨리 쥐여주었다. 마녀는 그걸 슬쩍 입안에 넣어 숨겼다. 그리고 총이 발사되면 마녀는 정말 맞은 것처럼 비틀거리다 시궁쥐 같은 누런 이 사이에 낀 총알을 관객들에게 보여주는 것으로 끝난다. 빰빠라밤! 짝짝짝짝!

문신한 사나이는 약실을 열고 밀랍 총알을 꺼내든 찰스 핼러웨이를 흘끗 보았다. 찰스는 그것이 초승달 표시가 없는 가짜임을 관객들에게 밝히는 대신 윌에게 "표시를 좀더 선명하게 하는 게 어떨까, 응?" 하고 물었다. 그러고는 감각 없는 윌의 손에 다시 밀랍 총알을 들려주고 펜나이프로 기묘한 초승달 무늬를 새겨넣은 후 다시 총에 집어넣었다.

"준비됐지?"

다크가 마녀를 쳐다보았다.

마녀는 망설이다가 힘없이 고개를 한 번 끄덕였다.

"준비!" 찰스 핼러웨이가 외쳤다.

관중이 쥐죽은듯 조용해졌다. 초조한 표정의 기인들, 바짝 긴장해 굳어버린 마녀, 보이지 않는 곳에 숨어 있는 짐, 전기의자에 앉아 푸른 불꽃을 뿜는 고대 미라까지 모두 숨을 죽였다. 회전목마는 쇼가 끝나고 구경꾼들이 모두 돌아간 뒤 소년들, 나아가 윌의 아버지를 함정에 빠뜨려 하나씩 태우고 질주하기를 조용히 기다리고 있었다.

찰스 핼러웨이는 묵직한 라이플을 들고 아들에게 말했다. "윌, 이제부터 네 어깨가 버팀대 역할을 해야 한다. 총 한가운데를 한 손으로 잡으렴." 윌이 한 손을 들어올렸다. "그래, 여기야. 아들, 내가 숨을 멈추라고 하면 멈추는 거다. 알겠지?"

알아들었다는 듯 윌의 머리가 아주 미세하게 움직였다. 윌은 잠들어 있었다. 꿈을 꾸고 있었다. 악몽이었다. 눈앞에서 펼쳐지는 이 악몽.

악몽 속에서 아버지가 소리쳤다.

"신사 숙녀 여러분!"

문신한 사나이가 힘껏 주먹을 쥐었다. 손바닥에 새긴 윌의 얼굴이 한 송이 꽃처럼 뭉개졌다.

윌이 몸부림을 쳤다.

라이플이 바닥으로 떨어졌다.

찰스 핼러웨이는 개의치 않는 척했다.

"지금부터 윌이 제 왼팔 역할을 할 겁니다. 우리 둘이서 가장 위험하고, 어쩌면 목숨을 빼앗을지도 모르는 총알 마술을 해보겠습니다!"

박수와 함께 웃음이 터져나왔다.

쉰네 살의 아버지는 나이답지 않게 재빠른 동작으로 라이플을 집어 월의 떨리는 어깨에 얹었다.

"들리니, 윌? 잘 들어봐! 우리를 응원해주고 있어!"

월은 귀를 기울이고 점차 평정을 되찾았다.

다크가 다시 주먹을 꽉 쥐었다.

월의 몸이 마비된 것처럼 굳었다.

"우리 둘이 저 과녁을 해치워보자, 아들아!" 아버지가 말했다.

관객들이 더 크게 웃었다.

그 소리에 월은 한층 진정했고, 아까처럼 어깨에 얹은 라이플을 떨어뜨리지 않았다. 다크가 손바닥 안의 앳된 얼굴을 힘껏 쥐어짰지만 월은 주위에 넘쳐흐르는 웃음소리에 정신이 팔려 아무것도 느끼지 못했다. 아버지는 한 발 더 나아가 이렇게 외쳤다.

"저 여자에게 이가 보이게 웃어주렴, 윌!"

월은 과녁에 바짝 붙은 마녀에게 이를 드러내며 웃었다.

마녀의 얼굴에서 핏기가 가셨다.

찰스 핼러웨이도 마녀를 향해 나란히 웃어 보였다.

겨울이 마녀의 몸을 엄습했다.

"우아, 저것 좀 봐." 한 관객이 말했다. "대단해! 겁먹은 척하는 게 진짜 같아!"

보고 있고말고. 월의 아버지는 속으로 중얼거린 뒤, 다친 왼손을 옆으로 늘어뜨리고 오른손을 방아쇠로 가져갔다. 조준기를 들여다보며 아들이 흔들림 없이 받쳐주는 총구를 마녀의 얼굴로 겨누고 생각했다. 드디어 마지막 순간이다. 그러나 약실에 든 건 밀랍 총알인데. 과연 무슨 소용이 있을까? 발사되기도 전에 녹아버릴 텐데. 나는 어쩌다 이런 데 와버렸을까. 뭘 하려고? 바보 같다, 바보 같아!

'아니! 다른 생각은 하지 말자!'

그는 마음속에서 의심을 쫓아냈다.

그리고 소리 없이 입만 움직여 뭐라고 중얼거렸다.

마녀의 귀에는 그게 들렸다.

관중의 밝은 웃음소리가 완전히 잦아들기 전에 그의 입술은 이렇게 말했다.

"내가 총알에 새긴 건 초승달이 아니다.

그건 내 미소다.

이 총에는 내 미소가 담겨 있다."

그는 마녀가 알아들을 때까지 기다렸다.

그리고 소리 없이 한번 더 되풀이했다.

문신한 사나이가 입모양을 읽어내기 전에 찰스 핼러웨이는 작게 외쳤다. "숨을 멈춰!" 윌은 숨을 멈추었다. 저 뒤쪽 밀랍 인형 사이에 앉은 짐의 입에서 침이 흘렀다. 죽었는지 살았는지 모를 전기의자 위의 미라도 잇새로 전류를 뿜어냈다. 다크가 마지막으로 주먹을 꽉 쥐었고, 문신 속 괴물들이 식은땀을 흘리며 요동쳤지만…… 이미 늦었다! 윌은 흔들림 없는 자세로 숨을 멈추고 가만히 총을 받치고 있었다. 아버지가 침착하게 말했다. "지금이다."

그리고 라이플이 불을 뿜었다.

# 48

한 발의 총성!

마녀가 헉하고 숨을 들이마셨다.

밀랍 인형 전시관의 짐도,

반쯤 잠든 윌도,

그의 아버지도,

다크도,

기인들도,

관객들도 숨을 들이마셨다.

마녀가 괴성을 내질렀다.

그 순간, 밀랍 인형 사이에 앉아 있던 짐이 폐에 담긴 공기를 토해냈다.

윌이 무대 위에서 비명을 지르며 잠에서 깼다.

문신한 사나이가 분노에 차 씩씩거리고 양손을 휘저으며 공연을 중지시켰다. 마녀는 휘청하면서 무대에서 굴러떨어져 흙바닥으로 쓰러지고 말았다.

찰스 핼러웨이는 아직 하얀 연기가 피어오르는 라이플을 한 손에 들고 천천히 숨을 내쉬며 공기가 몸안에서 빠져나가는 걸 느꼈다. 시선은 여전히 라이플 조준기를 따라 목표물인 마녀가 서 있던 과녁을 보고 있었다.

무대 가장자리로 다가선 다크가 비명을 지르는 관객들과 그 원인이 된 여자를 내려다보았다.

"기절했나봐……"

"아니야, 미끄러진 거야!"

"총알에…… 맞았어!"

찰스 핼러웨이도 문신한 사나이 곁으로 다가와 아래를 내려다보았다. 그의 얼굴에 복잡한 감정이 스쳤다. 놀라움, 당황스러움, 그리고 약간의 안심과 만족감까지.

기인들이 마녀를 들어 무대 위로 끌어올렸다. 입을 벌린 채 굳어버린 마녀의 얼굴은 이미 무슨 일이 일어났는지 아는 듯했다.

찰스 핼러웨이는 마녀가 죽었음을 바로 알아보았다. 곧 관객들도 알게 될 것이다. 다크는 생명의 흔적을 찾으려는 듯 마녀의 몸을 더듬었다. 꼭두각시 인형을 다루듯 양손을 잡고 흔들었다. 하지만 마녀의 몸은 움직이지 않았다.

다크가 마녀의 한 팔을 난쟁이에게, 다른 팔을 해골 사나이에게 넘겼다. 난쟁이와 해골 사나이가 죽은 이를 억지로 되살리려는 듯 그 팔을 잡고 흔들자 관객들이 주춤주춤 물러서며 웅성거렸다.

"……죽었어……"

"그렇지만…… 다친 곳도 없는데."

"충격으로 죽은 건가?"

찰스는 생각했다.

'충격이라니, 맙소사, 그래서 죽었다고? 아니면 입에 넣어둔 진짜 총알에 질식한 건가? 내가 라이플을 쏘았을 때 총알이 목구멍으로 꿀꺽 넘어간 거야. 아니면…… 내가 웃는 걸 보고 숨이 막힌 걸까? 그래, 그거야!'

"괜찮습니다! 쇼는 끝났어요! 기절한 겁니다! 공연일 뿐이에요! 다 쇼의 일부입니다!" 다크가 죽은 마녀도, 관객도 아닌 윌을 보며 말했다. 윌은 악몽에서 깨어나 눈을 깜빡이며 주위를 둘러보고는 아버지와 다크가 등장하는 새로운 악몽으로 들어왔다. 다크가 소리를 질렀다. "다들 돌아가요! 쇼는 끝났습니다! 조명 꺼! 조명 *끄라고*!"

카니발의 조명이 일제히 깜빡거렸다.

흐릿해진 조명 속에서 관객들이 거대한 회전목마처럼 움직이기 시작했다. 차가운 바람에 휩싸이기 전 몸을 녹이려는 듯 남아 있는 빛의 웅덩이를 향해 우르르 몰려갔다. 이어서 조명이 하나둘 꺼졌다.

"빨리 꺼!" 다크가 악을 썼다.

"뛰어라!" 윌의 아버지가 외쳤다.

윌은 무대에서 뛰어내려 아버지와 함께 달려갔다. 미소를 발사해 집시 노파를 쓰러뜨린 무기는 여전히 찰스 핼러웨이의 손에 들려 있었다.

"짐이 저 안에 있지?"

둘은 거울 미로 앞에서 멈추었다. 등뒤 무대 위에서 다크의 고함소리가 들렸다. "조명 꺼! 집으로 가세요! 공연은 끝났습니다!"

"짐이 저 안에 있냐고요?" 윌이 방금 들은 말을 멍하니 되풀이했다. "아, 맞아요, 있어요!"

거울 미로 안쪽의 밀랍 인형 전시관에서 짐은 여전히 꼼짝 않고 앉아 있었다.

"짐!" 윌 아버지의 목소리가 미로 안쪽으로 파고들었다.

짐이 움찔거리며 눈을 깜빡였다. 뒷문이 활짝 열려 있었다. 짐은 비틀거리며 그리로 향했다.

"내가 데리러 가마, 짐!"

"안 돼요, 아빠!"

거울 미로 첫번째 모퉁이에서 찰스는 왼손이 불덩어리처럼 타오르며 통증이 신경을 타고 심장까지 올라오는 느낌에 멈춰 섰다. 뒤따라온 윌이 성한 오른팔을 잡고 말렸다. "들어가지 마요!"

등뒤 무대에는 이제 아무도 없었다. 다크는 도망간 걸까…… 어디로? 밤의 장막이 사방에 드리우고 불빛이 하나둘 꺼지고 어둠이 휘파람을 불며 모여드는 지금, 구경꾼들은 큼지막한 나무에서 우수수 떨어진 낙엽처럼 여기저기로 흩어졌다. 윌의 아버지는 유리의 물결과 거울의 파도, 두려움의 바다를 마주했다. 그는 저 바다를 헤엄쳐 건너야 한다는 것, 자아를 집어삼키려는 파도에 맞서 싸워야 한다는 것을 알았다. 충분할 만큼 잘 알고 있었다. 눈을 감으면 길을 잃는다. 눈을 뜨면 극도의 절망과 고뇌에 짓눌려 열두번째 모퉁이를 돌기도 전에 쓰러질 것이다. 그러나 그는 윌의 손을 떨쳐냈다. "짐이 저기 있어. 기다려라! 내가 가마!"

찰스 핼러웨이는 미로 안으로 한 발 더 내디뎠다.

은빛 수문과 그림자의 조각이 앞쪽을 흘러가며 그 자신의 모습과 타인의 모습, 예전에 이곳을 지나가며 고뇌로 거울을 닦고, 자기애로 차가운 얼음을 깎고, 공포의 땀으로 벽과 모서리를 적신 이들의 모습으로 거울에 광을 내고 씻어냈다.

"짐!"

그는 달렸다. 윌도 따라 달렸다. 그러다 동시에 멈추었다.

미로 안의 조명이 하나씩 어두워지더니 푸른색으로 바뀌고, 한여름의 번개 같은 연보라색이 되고, 바람에 흔들리는 고대의 촛불 그림자처럼 깜빡이기 시작했다.

이어서 입을 일그러뜨리고 머리카락과 턱수염이 서리처럼 하얗게 센 몇만 명의 백발 노인이 나타나 구조를 기다리는 짐과 찰스의 사이를 막아섰다.

'저건! 저거 다 내 모습이잖아.' 찰스는 생각했다.

뒤에 있던 윌은 놀라지 않았다. '아빠, 두려워하지 마요. 저건 그냥 아빠예요. 아빠 모습이라고요!'

하지만 찰스는 그 모습이 거슬려 참을 수 없었다. 그들은 너무 늙었다. 게다가 안쪽으로 나아갈수록 더더욱 늙어갔다. 양팔을 휘저으며 그 환상을 떨쳐내려 하자 그들도 광기어린 몸짓으로 따라 했다.

'아빠! 저건 아빠일 뿐이에요!'

그러나 찰스에게 그게 전부는 아니었다.

미로 안의 조명이 일제히 꺼졌다.

둘은 숨막히는 정적 속에 멈춰 서서 두려움에 떨었다.


## 49


손 하나가 두더지처럼 어둠 속을 파헤쳤다.

월의 손이었다.

주머니를 뒤지다가 밖으로 꺼내고 다시 다급히 다른 주머니를 뒤졌다. 노인들이 어둠을 틈타 진군해서 아버지를 습격하고 깔아뭉갤지도 몰랐다! 이런 어둠 속에서는 사 초만 그들 생각을 해도 무슨 짓을 당할지 모른다! 서두르지 않으면 미래에서 온 이 경악스럽고 비열하고 생생한 환상이 내일, 모레, 글피의 아버지 모습을 여실히 보여주고, 세월의 압박으로 아버지의 영혼을 송두리째 박살내버릴 것이다!

그러니 서둘러라!

마술사보다 많은 주머니를 갖고 있는 건 누구일까?

소년이다.

마술사의 주머니보다 많은 것이 들어 있는 주머니는 누구의 것일까?

소년의 주머니다.

월은 주방용 성냥 두 개비를 꺼냈다.

"다행이다, 아빠, 여기요!"

그가 성냥을 켰다.

적군이 한층 가까이 다가와 있었다!

어둠을 틈타 공격 태세를 갖추고 있던 그들은 성냥불이 켜지자 월의 아버지처럼 눈을 휘둥그레 뜨고 입을 딱 벌리며 고색창연한 가면을 경련시켰다. 거기 멈춰라! 성냥이 호령했다! 좌우로 늘어선 적들은 그 자리에 힘겹게 멈춰 서서 당장이라도 성냥불을 불어 끄고 싶은 기세로 매섭게 노려보았다. 다시 기회가 생기면 그들은 순식간에 몹시 늙어버린 윌의 아버지에게 달려들어 운명의 굴레로 질식시키고 말 것이었다.

"안 돼!" 찰스 핼러웨이가 외쳤다.

안 돼! 백만 개의 죽은 입술들이 따라 했다.

윌은 성냥불을 앞으로 내밀었다. 거울 속에서 어마어마한 수의 소년들이 쪼그라든 채 노란 장미 봉오리 같은 불빛을 들고 기다렸다.

"안 돼!"

거울이 일제히 빛의 창을 던졌다. 창들은 윌의 혈관을 얼어붙게 하고, 신경을 끊어버리고, 광기와 마비로 심장을 파괴하려는 듯 그의 폐를, 영혼을, 심장을 깊숙이 찔렀다. 급격하게 늙은 윌의 아버지는 비틀거리며 무릎을 꿇었다. 그의 일주일 후, 한 달 후, 이 년 후, 이십 년 후, 오십 년, 칠십 년, 구십 년 후의 모습들도 두려움에 떨며 회색 몸뚱이를 숙였다! 이대로 일 초가 지나고 일 분이 지나고 한밤중이 지나면 목숨만은 건지더라도 정신이 나가버릴 것이다. 사방의 거울은 당장이라도 그의 몸을 관통해 피를 짜내고 물기를 빨아먹어 바짝 말린 후 뼈를 부수어서 나방 가루처럼 바닥에 흩뿌릴 듯했다.

"그만!"

찰스 핼러웨이가 아들의 손에서 성냥불을 떨어뜨렸다.

"아빠, 그러면 안 돼요!"

다시 어둠이 깔리자 멈춰 있던 노인들이 쿵쿵대는 심장소리와 함께 어기적어기적 다가왔다.

"아빠, 앞을 똑바로 봐야 해요!"

윌은 두번째이자 마지막 성냥을 켰다.

불빛 속에서 눈을 꼭 감고 주먹을 쥔 채 맥없이 주저앉은 아버지와, 마지막 빛이 꺼지는 순간 꿈틀거리며 기어올 준비를 하는 기괴한 노인들이 보였다. 윌은 아버지의 어깨를 잡고 마구 흔들었다. "아빠, 아빠 나이가 몇이든 상관없어요! 정말로! 그런 게 무슨 상관이에요!" 윌은 와락 울음을 터뜨렸다. "아빠, 사랑해요!"

그 말에 찰스 핼러웨이가 눈을 떴다. 자신의 모습, 자신을 꼭 닮은 노인들, 뒤에서 자신을 끌어안은 아들, 흔들리는 성냥불, 윌의 뺨을 타고 흐르는 눈물이 보였다. 그리고 문득 마녀의 모습이 떠오르고, 도서관에서의 대결과 승리의 기억이 밀려들면서, 라이플의 총성, 미소를 새겨넣은 총알, 썰물처럼 도망치던 관객들이 뇌리를 스쳐갔다.

그는 잠시 자신과 윌을 번갈아보았다. 이윽고 작은 목소리가 그의 입에서 흘러나왔다. 곧이어 좀더 큰 소리가 나왔다.

그리고 마침내 미로와 거울을 향해, 앞과 뒤, 위와 아래, 주변을 에워싼 시간을 향해, 혹은 그가 지금껏 허비해온 내면의 시간을 향해, 지금 생각할 수 있는 유일한 대답을 내놓았다.

입을 크게 벌리고, 있는 힘껏 큰 소리를 내질렀다.

마녀가 만약 살아났다 해도 그 소리를 듣고 다시 죽고 말 것이었다.

# 50

거울 미로 뒷문으로 뛰쳐나온 짐 나이트셰이드는 카니발 부지 안에서 길을 잃고 멈춰 섰다.

검은 천막들 사이를 달리던 문신한 사나이도 우뚝 멈춰 섰다.

난쟁이도 얼어붙었다.

해골 사나이가 뒤를 돌아보았다.

모두 다 들었다.

찰스 핼러웨이가 내지른 목소리가 아니라,

그뒤에 이어진 끔찍한 소리를.

첫번째 거울, 두번째 거울, 잠시 후 세번째, 네번째, 다섯번째, 여섯번째, 나머지 모든 거울이 차례대로 그 매끄러운 면에 거미줄 같은 무늬가 나타나는가 싶더니 날카로운 소리를 내며 깨져버린 것이다.

거울은 야곱의 사다리*처럼 접히고 또 접혀 빛의 책 속에 수많은 이미지를 담아냈다가 다음 순간 유성처럼 산산이 부서져 쏟아졌다.

걸음을 멈추고 귀기울이던 다크는 자신의 눈도 그 소리에 얼어붙고 거미줄처럼 금이 가는 것을 느꼈다.

마치 찰스 핼러웨이가 괴상하고 섬뜩한 교회 성가대 소년이 되어 생애에서 가장 아름답고 높은 소리로 노래했는데, 그것이 거울 뒷면의 은박을 벗겨내고 앞면에 비친 상을 떨어뜨리고 나중에는

---

* 성서 창세기에서 야곱이 꿈에서 본 하늘까지 닿는 사다리.

유리까지 산산조각낸 것 같았다. 그리고 몇백, 몇천 개의 거울이 노쇠한 찰스 핼러웨이의 모습과 함께 달빛에 반짝이는 진눈깨비처럼 땅 위로 쏟아져내렸다.

모두 찰스의 폐에서 목구멍을 지나 입으로 토해진 목소리 덕분이었다.

찰스가 드디어 모든 것을 받아들인 덕분이었다. 카니발도, 저 너머 언덕도, 언덕에 사는 사람들도, 짐, 윌, 자기 자신과 인생까지 흔쾌히 받아들이고, 오늘밤 두번째로 그 얼굴을 바라보며 당당하게 감정을 표출한 것이었다.

그렇게 예리코성의 나팔처럼 내지른 소리에 거울의 환영들이 떨쳐지자 찰스 핼러웨이는 안도하며 얼굴을 감싸쥔 손을 내렸다. 선명한 별빛과 꺼져가는 카니발 조명이 그를 비추어 해방시켰다. 거울 속 노인들은 심벌즈처럼 요란하게 무너져 발밑을 가득 메운 거울 조각의 파도에 잠겨서 보이지 않았다.

"조명 끄라고!"

멀리서 들리는 외침이 남은 온기를 빼앗았다.

겨우 정신을 차린 다크가 급히 천막 사이로 모습을 감추었다.

구경꾼들도 모두 사라지고 없었다.

"아빠, 이제 어떡하죠?"

성냥불이 손가락까지 타들어오는 바람에 놀란 윌이 성냥을 떨어뜨렸다. 그래도 아직 카니발에 흐릿한 조명이 남아 있어 아버지가 깨진 조각들을 헤치고 조금 전까지 거울 미로가 있던 자리로 들어서는 모습을 볼 수 있었다.

"짐?"

문이 열려 있었다. 희미한 불빛 아래 죽인 자와 죽은 자들의 모습을 한 밀랍 인형들이 어렴풋이 보였다.

짐은 그 사이에 앉아 있지 않았다.

"짐!"

둘은 열린 문을 바라보았다. 짐은 조금 전 이 문을 통해 밤의 어둠이 꿈틀대는 검은 천막 사이로 나가버린 것이다.

마지막 남은 전등이 꺼졌다.

"이래서는 짐을 못 찾을 것 같아요." 윌이 말했다.

"아니, 찾을 수 있을 거다." 아버지가 어둠 속에서 대답했다.

'어디서요?' 윌은 다시 물으려다가 입을 다물었다.

카니발 부지 안쪽에서 회전목마가 돌아가고 증기오르간이 목을 쥐어짜내며 연주를 시작한 것이다.

'저기야. 짐이 아직 카니발 안에 있다면 분명 저 음악을 따라갈 거야. 주머니에 티켓을 감춰둔 게 분명해! 이 바보, 바보 같은 놈!' 윌은 발을 동동 구르다가 생각을 고쳤다. '그래, 짐은 완전히 깨어나지 못했을 거야. 그런데 이런 어둠 속에서 어떻게 찾지? 이제 성냥도 없고 조명도 다 꺼졌는데, 우리 둘 말고는 적이 가득한데, 어떻게 짐을 찾아야 하지?'

"어떻게……" 윌이 저도 모르게 입을 열었다.

그러나 아버지가 안심한 듯 작게 속삭였다. "저기 보렴."

윌은 아까보다 희미하게 밝아진 문 쪽으로 다가갔다.

'달이다! 하느님, 감사합니다.'

언덕 위로 달이 떠오르고 있었다.

"경찰에 신고해요……?"

"그럴 시간이 없다. 앞으로 몇 분밖에 남지 않았어. 지금 우리가 신경써야 하는 건 세 사람인데……"

"기인들도 있잖아요!"

"세 사람이면 돼, 윌. 첫째는 짐이고, 둘째는 전기의자에 붙들려 있는 쿠거. 셋째는 다크와 그의 문신 속 괴물들이야. 짐을 구하고 나머지 둘을 지옥으로 걷어차버리면 다른 기인들도 처치될 거다. 준비됐지, 윌?"

윌은 문 뒤에서 천막과 어둠, 새로운 빛으로 희끄무레해진 하늘을 바라보았다.

"축복받으세요, 달님."

둘은 손을 잡고 문을 나섰다.

그들을 맞이하듯 바람이 불어와 비늘 덮인 날개를 단 거대한 선사시대의 연처럼 천막을 펄럭였다.


# 51


그들은 지린내 풍기는 그림자 속을, 얼음 냄새가 나는 달빛 속을 달렸다.

증기오르간이 휘파람을 불면서 떨리는 소리로 연주했다.

'저 음악! 거꾸로 연주되는 걸까, 아니면 똑바로?'

"어느 쪽으로 가면 되지?" 아버지가 속삭였다.

"저길 지나면 돼요!" 윌이 손가락으로 가리켰다.

90미터쯤 떨어진 천막들의 언덕 너머로 푸른 불길과 불꽃이 튀어오르다 잦아들고 다시 어둠이 내렸다.

'전기 사나이야! 놈들이 전기 사나이를 옮기고 있어. 분명해! 회전목마에 태워서 치료하든가 아예 죽이려는 걸 거야! 만약 치료에 성공한다면, 아, 큰일이야, 전기 사나이와 다크 씨는 아빠와 나에게 화가 잔뜩 나 있을 텐데! 짐은? 그래, 짐은 누구 편을 들까? 어떤 날은 이쪽이고, 또다른 날은 저쪽이고…… 오늘밤은? 오늘밤은 누구 편일까? 물론 우리 편일 거야! 우린 오랜 친구 사이니까! 당연해!' 하지만 윌은 자꾸 불안해졌다. '친구 사이가 영원할 수 있을까? 우리가 영원히 따뜻하고 편안하고 멋진 친구로 지낼 수 있을까?'

윌은 왼쪽을 흘끗 보았다.

난쟁이가 천막 문에 몸을 반쯤 가리고 꼼짝 않고 서서 무언가를 기다리고 있었다.

"아빠, 저기 좀 보세요." 윌이 나지막이 말했다. "해골 사나이예요."

난쟁이의 등뒤로 대리석 뼈대에 파피루스 옷을 입힌 양 바짝 마르고 키 큰 남자가 고목처럼 서 있었다.

"저들이…… 왜 우릴 막지 않는 거죠?"

"겁을 먹었어."

"우리한테요?"

월의 아버지는 텅 빈 우리 옆에 웅크린 채 실눈을 뜨고 주위를 살폈다.

"아무튼 몸을 사리고 있는 것 같아. 마녀가 어떻게 되었는지 똑똑히 봤으니. 아마 내 말이 맞을 거다. 저 모습을 보렴."

드넓은 초원 곳곳에 천막 기둥처럼 흩어진 기인들이 그림자에 숨어 기다리고 있었다. 뭘 기다리는 걸까? 월은 긴장해서 마른침을 삼켰다. 어쩌면 숨어 있는 게 아니라 공격을 위해 일정한 간격을 두고 서 있는 건지도 모른다. 그러다 때가 되어 다크가 신호하면…… 사방에서 원을 그리며 좁혀올 것이다. 아직 때가 아닌지 다크는 보이지 않지만, 할일을 끝내고 나면 신호할 것이 분명하다. 어쨌든 지금은 아무런 명령도 하지 않은 듯 보였다.

월의 발이 마른 풀을 가르며 앞으로 나아갔다.

월의 아버지도 뒤따랐다.

기인들은 달의 안경을 쓴 눈으로 둘이 지나가는 모습을 멀뚱히 쳐다보았다.

증기오르간 소리가 갑자기 달라졌다. 서글프고 아름다운 곡조가 어둠의 강물처럼 천막 사이를 누비며 흘렀다.

'지금은 바로 돌고 있어.' 월은 생각했다 '아까는 거꾸로 돌았는데, 잠깐 멈췄다가 이번에는 바로 돌기 시작한 거야! 다크는 뭘 어쩌려는 거지?'

"짐!" 월이 소리쳐 불렀다.

"쉿!" 아버지가 말렸다.

월의 입에서 그 이름이 튀어나온 건 회전목마가 인생의 황금기를 노래하는 소리를 들었기 때문이다. 어딘가에서 혼자 헤매던 짐이 떠오르는 태양 같은 그 곡조에 이끌려 열여섯, 열일곱, 열여덟 살이 되어 키가 커지고, 좀더 나아가, 아, 열아홉이 되고, 그리고 가장 멋진 나이인 스무 살이 된 모습이 머릿속에 떠올랐기 때문이다. 시간의 거대한 바람이 증기오르간의 놋쇠 파이프를 타고 올라가 달콤하고 흥겨운 여름의 곡조를 뽑아내면서 원하는 것을 모두 이뤄주겠다고 약속했다. 멀리서 듣고 있던 윌에게마저 햇볕에 잘 익은 복숭아나무 같은 그 음악을 따라 회전목마로 달려가고 싶은 충동을 불러일으켰다.

'안 돼!'

그 대신 윌은 두려움이라는 감정으로 발을 디디고 그 노래를 숨죽여 목 안에서 읊조렸다. 비명 같은 그 소리가 두개골을 흔들며 귓속에서 증기오르간 연주를 몰아냈다.

"저것 봐!" 아버지가 나지막이 말했다.

천막 사이에서 기이한 퍼레이드가 펼쳐지고 있었다. 체격이 다양한 어둠의 괴물들이 어깨에 의자를 가마처럼 짊어지고 걸었다. 그 위에 탄 암흑의 술탄이 어쩐지 낯이 익었다.

윌 아버지의 목소리를 듣자 퍼레이드는 뚝 멈춰 서더니 의자를 바닥에 두고 그대로 달아났다!

"전기 사나이예요!" 윌이 외쳤다.

그들은 전기 사나이를 회전목마로 데려가는 중이었다!

기인들이 순식간에 모습을 감추었다.

퍼레이드 자리와 두 사람 사이에는 천막 하나가 서 있었다.

"여길 돌면 제대로 보일 거예요!" 윌이 아버지를 잡아끌며 달려나갔다.

증기오르간이 달콤한 음악을 연주했다. 짐을 유혹하는 걸까?

만약 전기 사나이를 태운 퍼레이드가 저곳에 도착했다면 어떻게 됐을까?

음악은 곧장 거꾸로 연주되고 회전목마도 역방향으로 바뀌었을 것이다. 전기 사나이의 몸에서 늙은 피부를 벗겨내고 젊음을 주기 위해!

윌이 발을 헛디디며 넘어져서 아버지가 일으켰다.

그리고 그때……

귀를 찌르는 비명과 포효가 끓어올랐다. 수많은 사람들이 한꺼번에 목이 막힌 것처럼 신음하고 헐떡이고 몸서리치면서 한숨을 토하는 소리였다.

"짐! 놈들이 짐을 붙잡았어요!"

"아니다……" 찰스 핼러웨이는 이상할 만큼 침착하게 대꾸했다. "짐을…… 아니면 우리를…… 잡으려는 거야."

둘은 마지막 천막을 돌아 앞으로 나왔다.

바람이 그들의 얼굴을 때리며 먼지가 훅 끼쳤다.

윌은 재빨리 손으로 코를 막았다. 대지에 스며든 고대의 향신료 냄새, 불에 태운 낙엽처럼 코를 찌르는 냄새가 났다. 먼지는 거대한 그림자를 부풀리며 온 천막을 뒤덮었다.

찰스 핼러웨이가 크게 재채기를 했다. 그러자 천막과 회전목마 사이에 내던져진 검은 물체 옆에서 몇몇 그림자가 튀어나와 허둥지둥 도망쳤다.

그 물체는 전기의자였다. 옆으로 쓰러져서 나무 팔걸이와 다리 쪽 끈이 늘어져 덜렁거리고 꼭대기의 금속 모자도 축 처져 있었다.

"전기 사나이는…… 쿠거 씨는 어디 있을까요?" 윌이 말했다.

"저게 바로 그놈일 거다."

"저거요?"

그러나 그 대답은 조금 전의 바람 속에 있었다. 둘이 천막을 돌아 나갈 때 먼지를 가득 품고 소용돌이치던 바람…… 불탄 가을 향신료의 냄새 속에.

쿠거는 생사의 갈림길에 있었다. 찰스 핼러웨이는 잠시 상상했다. 영안실의 폐기물, 녹슨 쇳조각, 아무리 바람을 불어도 불씨를 살릴 수 없는 석탄덩어리 같은 그를 되살리려는 노력 끝에, 기인들은 마지막 방법을 위해 전선을 자른 전기의자에 고대의 먼지 같은 쿠거를 앉히고 풀밭을 가로지른 것이리라. 지난 이십사 시간 동안 온갖 방법을 시도했을 것이다. 그러나 조금만 숨을 불어넣어도 고대 미라나 다름없는 쿠거의 몸이 산산조각나버릴 위험이 있기에 몇 번이고 중간에서 그만둬야 했다. 그래서 일단 전기의자에 앉혀 전시해놓고 다음을 기약했다. 그리고 불이 꺼지고 관객들이 어둠으로 도망치고 나자 쿠거를 회전목마로 옮기려 했다. 총알에 새긴 미소에 모두 겁을 먹은 지금 그들은 불길처럼 붉은 머리카락에 땅을 뒤흔드는 힘을 지닌 쿠거의 존재가 절실했다. 그런데 십 초, 이십 초 전에 쿠거의 몸을 지탱하던 마지막 접착제가, 생명의 마지막 기둥이 먼지처럼 바스라지면서 장난감 미라 같던 전기 인간은 한

줌 연기가 되어 11월의 마른 풀처럼 바람을 타고 퍼지며 생명력을 잃고 말았다. 마지막 추수와 탈곡을 거친 쿠거는 이제 몇억 개의 양피지 조각이 되어 사해문서처럼 초원 곳곳에 흩어졌다. 태곳적 곡물을 담고 있던 저장고가 폭발해서 먼지가 되어 사라진 것이다.

"아, 안 돼, 안 돼, 안 돼." 탄식하는 소리가 들렸다.

찰스 핼러웨이가 윌의 팔을 잡으며 위로했다.

윌은 여전히 "안 돼, 안 돼" 하고 탄식했다. 몇 분 사이 윌도 아버지와 같은 생각을 한 것이다. 의자에 앉아 실려가던 쿠거, 순식간에 흩어진 뼛가루, 그 무기물의 세례를 받은 초원……

이제 남은 건 텅 빈 전기의자와 운모 조각, 끈을 감아둔 특수한 피막의 반짝이는 조각뿐이었다. 기괴한 시체를 실어나르던 기인들은 하나같이 그림자 속으로 숨어버렸다.

'저들이 달아난 건 우리 때문이지만 그전에…… 전기의자를 떨어뜨린 건 다른 사람 때문이야!'

그렇다, 다른 사람 때문이었다.

윌은 눈을 크게 떴다.

아무도 태우지 않은 텅 빈 회전목마는 자신의 특별한 시간대를 앞으로 감으며 돌고 있었다.

그런데 내버려진 전기의자와 회전목마 사이에 누군가가 서 있었다. 기인인가? 아니다……

"짐!"

윌은 소리쳤다가 아버지가 팔꿈치로 찌르는 바람에 입을 다물었다.

'짐이다, 저건 짐이야.'

그렇다면 다크는 지금 어디 있을까?

어딘가 근처에 있을 것이다. 회전목마를 작동시킨 게 그일 테니까. 찰스와 윌을 유인하기 위해, 짐을 유인하기 위해, 그리고 또? 아니, 이런 생각을 할 때가 아니다, 왜냐하면……

짐이 바닥에 버려진 전기의자에 등을 돌리고 무료 놀이기구 쪽으로 걸어가고 있었으니까.

짐은 꼭 한번 가보고 싶었던 곳으로 향하고 있었다. 바람이 많이 부는 계절의 풍향계처럼 비틀거리며, 빛나는 지평선과 온기에 머뭇거리다, 이윽고 빛나는 파이프와 여름 행진곡에 이끌려 몽유병자처럼 몽롱하게 걸음을 옮겼다. 다른 데는 눈길도 주지 않았다.

한 발, 또 한 발, 짐은 회전목마로 다가갔다.

"가서 짐을 잡아라, 윌."

아버지의 말에 윌이 나섰다.

짐이 오른손을 들어올렸다.

번득이는 놋쇠 기둥이 피부를 시럽처럼 빨아당기고 뼈를 태피 사탕처럼 늘이며 미래로 나아갔다. 황금빛 금속의 광채에 짐의 얼굴이 하얘지고 눈동자에 불꽃이 튀었다.

짐이 손을 뻗었다. 놋쇠 기둥이 손톱을 스치고 지나가는 소리가 증기오르간 연주에 더해졌다.

"짐!"

한밤에 떠오른 태양 같은 놋쇠 기둥이 빠르게 돌아갔다.

맑은 분수처럼 음악이 높이 치솟았다.

이이이이이이이이이이.

짐도 같은 소리를 내질렀다.

"이이이이이이이이이이!"

"짐!" 월이 달려가며 외쳤다.

짐의 손바닥이 기둥에 닿았지만 기둥은 바람을 가르며 그대로 지나갔다.

짐이 다음 기둥으로 손을 뻗었다. 이번에는 손바닥이 기둥에 착 달라붙었다.

손목, 손가락, 팔, 어깨, 몸통이 뒤를 이었다. 몽유병자처럼 걷던 짐의 발도 땅에서 떨어졌다.

"짐!"

월이 손을 내밀었지만 짐의 발을 스치는 게 고작이었다.

거대하고 어두운 여름의 원반 위에서 짐은 통곡하는 밤을 둥글게 가르며 돌기 시작했다. 월은 그 뒤를 쫓아 달렸다.

"짐, 내려와! 나 혼자 여기 두지 마!"

짐은 원심력을 버티기 위해 한 손으로 기둥을 잡고 몸을 기울이고 마지막 남은 본능에 따르듯 다른 손을 바깥쪽으로 늘어뜨려 바람을 훑었다. 그 자신과 분리된 작고 하얀 일부분은 아직 둘의 우정을 기억하고 있었다.

"짐, 내려와!"

월은 그 손을 잡으려다 앞으로 고꾸라질 뻔했다. 첫 바퀴는 실패다. 짐이 한 바퀴를 혼자 도는 동안 월은 그 자리에 서서 목마가 질주해오기를, 조금은 소년티를 벗어버린 짐이 다시 돌아오기를

기다렸다······

"짐! 짐!"

짐이 눈을 떴다! 반 바퀴쯤 돌았을 때 그의 얼굴은 7월의 색으로 빛나다 이윽고 12월의 색으로 물들었다. 짐은 기둥을 잡은 채 절규했다. 이러기를 원하는 마음과 원하지 않는 마음이 충돌했다. 열기를 품은 바람줄기와 금속의 빛 속에서, 과숙해서 떨어진 열매 같은 공기를 발로 구르며 회전하는 7월과 8월의 질주 속에서, 소망하다 거절하고 다시 열렬하게 소망했다. 눈이 충혈되고 악문 이 사이로 좌절의 한숨이 흘러나왔다.

"짐! 어서 내려! 아빠, 멈춰주세요!"

찰스 핼러웨이는 주위를 돌아보고 15미터쯤 앞에서 회전목마 제어장치를 발견했다.

"짐! 네가 필요해! 돌아와!" 윌은 옆구리에 찌르는 듯한 통증을 느꼈다.

점점 빨라지는 회전목마의 저 앞쪽에서 짐은 자신의 양손, 놋쇠 기둥, 바람을 가르는 공허한 여행, 성장의 밤, 빙빙 도는 별들 사이에서 고뇌했다. 손에서 기둥을 놓았다가 곧 다시 붙잡았다. 그러나 오른손은 여전히 바깥쪽을 향한 채 윌이 마지막으로 도와주기를 바라며 위아래로 흔들리고 있었다.

"짐!"

짐을 태운 회전판이 다시 윌 앞으로 다가왔다. 저 아래, 편칭한 탑승권을 휘날리며 기차가 영원히 멀어진 검은 밤의 역에서 윌, 윌리, 윌리엄 핼러웨이의 모습이 보였다. 어린 친구는 이 여행이 끝날 때쯤이면 훨씬 어리게 보일 것이다. 아니, 어릴 뿐 아니라 아예 얼굴도 모르는 사람이 되어 몇 년이 지나면 희미한 기억으로만 남을 것이다…… 그런데 지금 저 소년은, 저 어린 친구는 기차를 따라 달리며 손을 내밀고 있다. 태워달라는 뜻일까? 아니면 내리라는 걸까? 어느 쪽이지?

"짐! 나 모르겠어?"

윌이 있는 힘껏 외쳤다. 손가락과 손가락이 닿고, 손바닥과 손바닥이 닿았다.

창백하게 질린 짐의 얼굴이 아래를 가만히 내려다보았다.

윌은 빙빙 도는 기계를 따라 달렸다.

'아빠는 어디 계시지? 왜 멈추지 않는 거야?'

짐의 손은 여전히 따뜻했다. 익숙하고 편안했다. 그리고 바로 앞에 있었다. 윌이 그 손을 움켜쥐며 소리쳤다.

"짐, 제발 내려!"

그러나 회전목마에 탄 짐과 그에게 매달리다시피 해 미친듯이 달리는 윌의 여행은 여전히 이어졌다.

"제발!"

윌이 손을 잡아당겼다. 짐도 잡아당겼다. 짐의 손에서 윌의 손으로 7월의 열기가 전해졌다. 그 손이 애정으로 길들여진 짐승처럼 짐에게 붙들려 앞날의 세월 속을 함께 돌았다. 만약 이대로 여행이 계속된다면 손은 그 자신과 동떨어진 채, 밤이면 침대에 누워 상상만 하던 것들을 알게 될 것이다. 열네 살 소년에 열다섯 살의 손! 짐은 그 손을 꽉 잡고 놓지 않았다. 짐의 얼굴이 왠지 나이들어

보였다. 이제 열다섯 살, 아니, 곧 열여섯 살이 되는 걸까?

월이 다시 짐의 손을 당기고, 짐도 힘껏 잡아당겼다.

월이 끌려올라와 회전판 위에 쓰러졌다.

둘은 밤의 여행을 시작했다.

이제 짐과 함께하는 건 월의 손만이 아니었다.

"짐! 아빠!"

어차피 짐을 끌어내릴 수 없다면 이대로 같이 타는 것도 좋지 않을까. 그저 올라탄 채 기분좋게 몸을 맡기기만 하면 된다! 온몸의 피가 뜨거워지고, 시야가 어두워지고, 귀가 먹먹해지고, 사타구니는 전기가 오른 듯 저릿했다……

짐이 소리쳤다. 월도 소리쳤다.

따뜻한 어둠 속을 기분좋게 반년쯤 돌았을 때 월은 짐의 팔을 꽉 잡고서 너무나 감미로운 약속과 미래의 시간들을 뒤로하고 같이 뛰어내리려 했다. 그러나 짐은 기둥을 놓지 않았다. 그는 이 여행을 포기할 수 없었다.

"그만해, 월!"

양손에 각각 회전목마 기둥과 친구를 잡은 짐이 비명처럼 외쳤다.

옷자락, 아니, 피부가 찢기는 듯한 느낌이 들었다.

짐의 눈이 조각상처럼 하얘졌다.

회전목마가 마구 돌아갔다.

짐이 비명을 지르며 회전목마 밖으로 튕겨져나갔다.

월이 황급히 잡아주려 했으나 짐은 이미 바닥에 나동그라져 쓰러진 채 아무 소리도 내지 않았다.

찰스 핼러웨이가 회전목마 제어장치를 주먹으로 내리쳤다.

아무도 타지 않은 회전목마가 점차 속도를 줄였다. 목마들은 한밤의 어둠을 한동안 유유히 나아갔다.

찰스 핼러웨이와 아들은 짐 옆에 무릎 꿇고 앉아 맥박을 확인하고 가슴에 귀를 댔다. 허옇게 뒤집힌 눈은 하늘의 별을 향한 채 움직이지 않았다.

"맙소사, 죽은 거예요?" 윌이 울먹였다.


## 52


"죽었냐고……?"

찰스는 짐의 차가운 얼굴과 가슴에 손을 댔다.

"그런 것 같지는 않은데……"

멀리서 누군가 도움을 요청하는 소리가 들렸다.

둘은 고개를 들어 그쪽을 보았다.

한 소년이 다급히 달려오고 있었다. 매표소에 몸을 부딪히고 천막의 밧줄에 걸려 넘어질 뻔하면서도 연신 등뒤를 살폈다.

"도와주세요! 누가 쫓아와요!" 소년이 울부짖었다. "무시무시한 남자가 쫓아와요! 집에 가고 싶어요!"

가까이 다가온 소년이 윌 아버지의 손을 잡아끌었다.

"저 좀 도와주세요. 길을 잃었어요. 여기 너무 무서워요, 집에 가고 싶어요. 저기서 문신한 남자가 쫓아와요!"

"다크 씨다!" 윌이 놀라서 외쳤다.

"맞아요! 그 사람이 오고 있어요. 아, 빨리 쫓아주세요!" 소년이 숨쉴 틈도 없이 말했다.

윌의 아버지가 일어났다. "윌, 짐을 돌봐주렴. 인공호흡을 해보고. 애야, 가자."

소년이 빠른 걸음으로 앞장섰다. "이쪽이에요!"

찰스 핼러웨이는 제정신이 아닌 듯한 소년을 뒤따라가며 그 머리 모양과 체격, 척추에서 이어지는 골반의 움직임 따위를 유심히 살폈다.

짐이 쓰러진 데서 6미터쯤 떨어진 회전목마 근처에서 찰스가 말을 걸었다. "애야, 이름이 뭐니?"

"그런 얘기 할 시간 없어요!" 소년이 외쳤다. "제 이름은 제드예요. 얼른 와요, 얼른!"

찰스 핼러웨이는 걸음을 멈추었다.

"제드." 소년이 부르는 소리에 초조한 듯 멈춰 서서 팔꿈치를 긁으며 뒤돌아보았다. "나이는 몇 살이지, 제드?"

"아홉 살요! 아이 참, 시간 없다니까요, 아저씨……"

"시간은 충분해, 제드." 찰스 핼러웨이가 말했다. "아홉 살이라고? 무척 어리구나. 나는 그렇게 어렸던 적이 없었는데."

"미치겠네!" 소년이 성질을 냈다.

"그럴 것 없어." 찰스가 손을 내밀자 소년이 뒷걸음쳤다. "네가 두려워하는 건 딱 한 사람이지, 제드. 바로 나야."

"아저씨를요?" 소년은 계속 뒷걸음쳤다. "무슨 소리예요! 내가 왜요?"

"때로는 선량한 인간이 강하고 사악한 것이 약한 법이니까. 아무리 치밀한 속임수도 통하지 않을 때가 있지. 누군가를 함정에 빠뜨리려 해도 성공하지 못할 때가 있어. 오늘밤에는 통하지 않을 거다, 제드. 나를 어디로 데려갈 생각이지? 사자 우리라도 준비해놨니? 아니면 거울 미로 같은 곁들이 쇼? 마녀 같은 능력이 있는 사람에게로? 어떠냐, 제드. 뭐라고 변명하고 싶거든 오른쪽 소매를 걷어보겠니?"

월장석처럼 빛나는 소년의 눈이 찰스 핼러웨이를 매섭게 노려보았다.

소년이 뒤로 물러섰지만 찰스가 더 빨랐다. 소년의 팔을 낚아채고 소매를 걷는 대신 아예 셔츠를 찢어버렸다.

"봐라, 제드." 찰스 핼러웨이가 무표정하게 말했다. "내 생각대로야."

"너, 너 이 자식!"

"그래, 하지만 지금은 나 말고 너를 먼저 봐."

소년이 자신의 몸을 내려다보았다.

작은 손등과 손가락에 손목까지 푸른 뱀이, 푸른 독을 품은 독사의 눈이, 주위를 배회하는 푸른 전갈들이 자리잡고 있었다. 그리고 뺨부터 턱 아래에, 가슴 위아래에, 자그마한 몸통에, 작디작은 소년의 몸에, 차갑게 식어서 떠는 몸뚱이 구석구석에 우글대는 괴물들을 전부 잡아먹어도 시원찮다는 듯 상어들이 굶주린 입을 쩍 벌리고 있었다.

"예술작품이 따로 없구나, 제드."

"이 자식!" 소년이 주먹을 뻗었다.

"옳지." 찰스 핼러웨이가 얼굴로 날아온 작은 주먹을 꽉 잡고 비틀었다.

"안 돼!" 소년이 외쳤다.

"안 되기는." 찰스는 다친 왼손을 옆으로 늘어뜨리고 성한 오른손만으로 소년을 제압했다. "그래, 제드. 어디 한번 날뛰어봐라! 좋은 아이디어였어. 나를 따로 불러 제압해놓고 돌아와 윌을 붙잡을 속셈이었겠지. 경찰이 들이닥친다 해도 뭐, 그들 눈에 너는 아홉 살이나 열 살 아이로만 보일 테니, 이 카니발과 아무 관계도 없다면서 빠져나갈 수 있겠지. 가만히 좀 있어라, 제드. 왜 이리 버둥거리는 거니? 어쨌든 경찰은 단장이 이미 도망치고 사라졌다고 생각할 거야. 그럴싸한 탈출 방법이지. 안 그렇냐, 제드?"

"넌 나한테 손대지 못해!" 소년이 악을 썼다.

"우습군. 내 생각은 다른데."

찰스 핼러웨이는 사랑스러운 아이를 다루듯 소년을 꽉 끌어당겨 안았다.

"살인자!" 소년이 울부짖었다.

"죽일 생각은 없다, 제드, 아니, 다크, 어떤 이름이든 간에 너는 스스로 자멸할 거야. 나 같은 사람과 이렇게 가까이 오랫동안 붙어있는 걸 견디지 못할 테니."

"악마! 넌 악마야!" 소년은 온몸을 비틀며 신음했다.

"악마라고?" 윌의 아버지가 웃음을 터뜨렸다. 그 웃음소리에 소년은 말벌에 쏘인 듯, 가시나무에 찔린 듯 부르르 떨며 더욱 격하게 발버둥쳤다. "악마?" 찰스의 양손이 파리잡이 끈끈이처럼 소년의 작은 몸뚱이를 꽉 붙들었다. "너한테 그런 말을 듣다니 기분이 묘하구나, 제드. 하긴 선도 악으로 보일 때가 있겠지. 너한테 사악한 짓을 할 생각은 아니란다. 그저 이렇게 붙잡고 네가 스스로 목숨을 끊는 모습을 지켜볼 거야. 짐을 구할 수 있는 방법을 알려준다면 나쁜 짓을 하지 않을게. 제드, 다크 씨, 카니발 단장님, 어서 짐을 깨워. 자유롭게 풀어줘. 살려내!"

"못해…… 난 못해……" 소년의 목소리가 깊은 내면의 우물로 점점 떨어져갔다. "못해……"

"안 하겠다는 뜻이냐?"

"할 수가 없어……"

"좋아, 그러면 이렇게 있자꾸나. 여기서 이렇게 안고……"

누가 보면 오랫동안 떨어져 있다 만나서 반갑게 부둥켜안은 부자처럼 보일 것이다. 나이든 남자가 다친 손을 들어 고통스러워하는 소년의 얼굴을 부드럽게 쓰다듬었다. 몸 위에 가득한 괴물들이 부르르 떨며 찰스를 공격하려 했으나 곧 소용없다는 걸 알고 단념했다. 거칠게 희번덕거리는 소년의 눈이 남자의 입을 바라보았다. 마녀를 시복諡福하는 것처럼 기묘하고도 자애로운 미소가 그 입에 퍼져 있었던 것이다.

찰스 핼러웨이는 소년을 좀더 꽉 끌어안으며 생각했다. '악마는 자신을 공격하는 힘만 이용할 수 있어. 그러나 나는 네게 아무 공격도 하지 않을 거다. 그저 받아낼 뿐이야. 그러니 이대로 말라죽

어라. 소멸해라.'

공포에 질린 소년의 두 눈 속 성냥불이 꺼졌다.

소년과, 치명상을 입고 반쯤 눈이 멀어버린 괴물 무리가 고통스럽게 땅에 쓰러졌다.

산사태 같은 포효가 일어나도 이상할 게 없었으나 종이로 만든 제등이 흙바닥에 떨어지듯 작게 바스락거리는 소리가 났을 뿐이었다.


## 53


찰스 핼러웨이는 허파가 뻐근하도록 숨을 깊이 들이마시며 한참 동안 서서 시신을 내려다보았다. 천막 사이에서 그림자들이 꿈틀대는가 싶더니, 두려움과 죄악의 형상을 한 온갖 괴물과 기인들이 기둥 뒤에 숨어서 지켜보다가 그 믿을 수 없는 광경에 신음을 내뱉었다. 해골 사나이가 어딘가에서 달빛 아래로 걸어나왔다. 난쟁이도 문득 자신이 누구인지 기억난 듯 동굴에서 나오는 게처럼 허둥지둥 뛰쳐나와 눈을 깜빡이며 짐에게 인공호흡을 하는 윌을 바라본 뒤, 꼼짝 않고 늘어져 있는 소년의 시신을 굽어보는 윌의 아버지를 보았다. 그사이 회전목마는 서서히 속도를 줄이며 바람에 물결치는 초원의 나룻배처럼 흔들리다 마침내 완전히 멈춰 섰다.

그림자들이 하나둘 모여서 불타는 눈길로 회전목마 주위를 응시했다. 카니발은 석탄을 긁어모아 불을 붙인 어둡고 거대한 난로

와도 같았다.

달빛 속에 한때 다크라고 불렸던, 문신한 소년이 누워 있었다.

참수당한 용, 무너진 탑, 녹슨 동전으로 변해버린 창세기의 괴물, 무의미한 고대의 전쟁에서 복엽기처럼 박살나버린 익룡, 세월의 썰물이 빠져나간 흰 모래사장에 버려진 에메랄드색 갑각류 따위의 모든 문신들도 작은 몸이 식어감에 따라 모양이 바뀌고 색깔이 달라지며 오그라들었다. 배꼽 부분에서 음란하게 윙크하던 눈알이 그림자 속으로 움츠러들고, 마스토돈의 홍채를 이루던 양쪽 유두는 눈이 멀어 비탄을 쏟아냈다. 키 큰 다크의 몸을 채우고 있던 모든 그림이 작은 화폭에 맞게, 테니스채만한 소년의 골격에 맞게 축소되어 보이지 않게 되었다.

수많은 영혼과의 싸움에서 패배한 얼굴의 기인들이 몇 명 더 그림자 밖으로 걸어나와, 찰스 핼러웨이와 그가 내려놓은 시신 주위에 회전목마처럼 빙 둘러섰다.

윌은 짐을 되살리려고 가슴께를 꾹 눌렀다 놓기를 반복하다가 절망에 휩싸여 중단했다. 어둠 속에서 지켜보는 이들의 시선이 두려워서가 아니었다. 그런 생각을 할 시간조차 없었다. 게다가 기인들은 몇 년 만에 접한 맑은 밤공기를 들이마시느라 여념이 없는 듯했다!

찰스 핼러웨이의 눈과, 조금 멀리서 도깨비불처럼 빛나고 바닷가재처럼 축축하고 가래처럼 텁텁한 눈들이 쳐다보는 동안, 한때 다크였던 소년의 몸뚱이는 점점 더 차갑게 식어갔다. 죽음이 악몽의 대들보를 걷어내자, 주름투성이로 오그라든 푸른 문신들이 비참한 패전의 깃발처럼 나부끼며 바닥에 늘어진 소년의 작은 몸에서 하나씩 사라졌다.

스무 명 남짓한 기인들은 하늘의 달이 별안간 사방을 환히 비추기라도 한 듯 두려움에 떨며 사방을 흘끔거렸다. 쇠사슬에서 풀려난 듯 손목을 쓸고, 구부정한 어깨에서 무거운 짐이 떨어져나간 듯 목덜미를 문질렀다. 오랫동안 닫혀 있던 탓에 입을 열지는 못하고 그저 눈만 껌뻑이며, 힘을 다하고 멈춰 선 회전목마 주위에 널브러진 자신들의 비참한 운명을 믿을 수 없다는 듯 멍하니 바라보았다. 용기만 있었다면 다가가서 갑작스럽게 죽음에 정복당한 딱딱한 입술과 차가운 눈꺼풀을 떨리는 손으로 만져보았을 것이다. 그러나 초상화 속 인물처럼 묵묵하게 지켜보는 사이, 그들이 품어온 탐욕과 원한과 죄책감을 말해주는 치명적인 증거가, 자업자득으로 멀어버린 눈이, 상처받은 입이, 변형된 몸뚱이의 에머랄드색 그림이 무의미한 눈더미에서 하나하나 녹아 사라져갔다. 방금 해골 사나이가 녹았다! 가재처럼 옆으로 종종걸음치던 난쟁이도! 이어서 검은 옷을 입은 런던 부두의 사형집행인이 사라지고, 용암을 마시는 자가 녹아내리고, 열기구 인간, 풍선 인간, 엄청나게 무거운 인간도 맑은 가을공기 속으로 사라졌다. 그뒤로도 죽음이 칠판을 닦아내는 것처럼 기인들이 잇따라 모습을 감추었다.

이제 바닥에는 아무런 문신도 없는 평범한 소년의 시신만이 남아 공허한 눈으로 하늘의 별을 올려다볼 뿐이었다.

"아아……"

그림자 속 기묘한 군중이 입을 모아 한숨을 내쉬었다.

아마 증기오르간이 마지막 지시를 내렸거나, 잠잠하던 천둥이 구름 속에서 뒤척였는지도 모른다. 별안간 모든 것이 어지러울 만큼 소용돌이쳤다. 천막과 카니발 단장과 법칙에서 해방되고 이어서 자기 자신에게도 해방된 기인들이 흰 돼지처럼, 엄니 빠진 멧돼지처럼, 폭풍우에 시달리는 나무 들보처럼 동서남북 모든 방향으로 우르르 흩어졌다.

달아나면서 그들은 천막의 밧줄을 잡아당기고 말뚝을 뽑아냈다.

천막이 무너지자 하늘이 치명적인 호흡을 내뱉으며 흔들리고, 무너지는 어둠이 덜걱거리며 구슬프게 절규했다.

꼬였다가 풀린 밧줄이 미친듯이 흔들리며 코브라처럼 쉭쉭대는가 싶더니 뚝 끊어지면서 그 반동으로 마른 풀을 거칠게 채찍질했다.

대형 무대가 있던 중심 천막의 밧줄도 부르르 떨리더니 브론토사우루스 같은 큰 기둥에서 중간 기둥으로, 이어서 작은 기둥으로 진동이 전해지며 뒤흔들렸다. 그리고 한꺼번에 맥없이 주저앉았다.

야생동물용 천막은 어두운색의 스페인식 부채처럼 순식간에 오그라들었다.

초원에 망토 걸친 사람처럼 늘어서 있던 작은 천막들도 바람이 이끄는 대로 풀썩 주저앉았다.

마지막 남은 기인 쇼 천막이 잠시 망설이다 파충류인지 새인지 모를 짐승처럼 구슬프게 울며, 나이아가라 강줄기처럼 눈부신 공기를 빨아들인 후, 목을 옭아맨 삼백 마리 뱀들을 풀어냈다. 측면 기둥이 우지끈 갈라지며 키클롭스의 이빨처럼 흩어졌다. 천막은 수 에이커에 달하는 썩은 날개로 공기를 가르며 연처럼 날아오르려 했으나 지독히 간단한 중력의 법칙에 굴복해 그대로 땅에 내리꽂히고 말았다.

가장 거대했던 기인 쇼 천막이 뜨끈하고 생생한 땅의 숨결을 토해내고, 베네치아의 수로가 파이기 전부터 존재했던 종잇조각과 피로에 지친 깃털목도리처럼 축 늘어진 분홍색 솜사탕을 뱉어냈다. 이어서 천막의 피부가 찢어졌다. 살점이 떨어져나가는 순간 비통하게 울부짖고, 마지막으로 박물관에 쓸쓸히 전시된 괴물의 등뼈만한 커다란 기둥이 대포 세 발이 연달아 발사된 듯한 요란한 소리와 함께 무너졌다.

증기오르간은 금방이라도 폭발할 듯 바람을 빨아들이며 둔탁한 소리를 냈다.

기차는 버려진 장난감처럼 초원에서 꼼짝하지 않았다.

깃발에 그려진 기인들의 유화가 마지막 순간까지 손뼉을 쳤지만 그 기둥도 곧 땅으로 곤두박질쳤다.

기인들 중 마지막까지 남아 있던 해골 사나이가 허리를 굽히고 도자기처럼 하얀 소년 다크의 시신을 안아올리고는 초원 저멀리로 향했다.

윌이 다시 고개를 들었을 때, 해골 사나이와 시신은 사방으로 달아난 기인들이 남긴 발자국 사이를 지나 언덕을 넘어가고 있었다.

순식간에 일어난 소란과 죽음, 달아난 기인들의 모습을 떠올리며 윌은 주위를 둘러보았다. '쿠거 씨, 다크 씨, 해골 사나이, 피뢰침 장수였던 난쟁이 아저씨! 도망가지 말고 돌아와요! 폴리 선생님, 어디 계세요? 크로세티 아저씨! 다 끝났어요! 이제 괜찮아요!

조용해졌어요! 그러니까 어서 돌아와요!'

하지만 바람은 풀 위에 남은 그들의 발자국을 잇따라 지워갔다. 그들은 스스로에게서 벗어나기 위해 달리고 또 달릴 뿐이었다.

윌은 다시 짐의 위에 올라타 가슴을 꾹 눌렀다 떼기를 반복하고, 떨리는 손으로 소중한 친구의 뺨을 만졌다.

"짐……?"

짐은 삽으로 파낸 흙처럼 차갑기만 했다.

## 54

냉기 너머로 희미하게 온기가 돌았고, 하얀 피부에 약간의 붉은색이 남아 있었다. 그러나 윌이 손목을 잡아보아도 맥박이 잡히지 않았고, 가슴에 귀를 대보아도 심장이 뛰지 않았다.

"죽었어요!"

찰스 핼러웨이는 아들과 아들의 친구 옆에 무릎을 꿇고, 고요한 목과 미동 없는 흉곽에 손을 갖다댔다.

"확실하진 않은 것 같다만……" 찰스가 망설이며 말했다.

"죽었다고요!"

윌의 눈에서 눈물이 왈칵 쏟아졌다. 하지만 다음 순간 누군가가 세게 붙잡고 흔드는 바람에 정신을 차렸다.

"울지 마! 정말 짐을 살리고 싶은 거냐?" 윌의 아버지였다.

"너무 늦었어요, 아빠!"

"뚝 그쳐! 내 말 들어라!"

월은 울음을 멈추지 않았다.

다시 한번 아버지가 월을 잡아 흔들며 왼쪽 뺨을 한 번, 오른쪽 뺨을 한 번 찰싹 때렸다.

그러는 통에 눈물이 쏙 들어가버렸다.

"월!" 아버지가 아들과 짐의 몸을 번갈아가며 손가락으로 찌르면서 소리쳤다. "알겠니, 지금 네 행동은 딱 다크와 그 일당이 좋아할 만한 짓이란 말이다! 그들은 울음을 사랑하고 눈물이라면 환장을 해! 네가 울면 울수록 놈들은 네 턱의 소금기를 핥으며 기뻐할 테고, 훌쩍이면 고양이처럼 네 숨결을 빨아들일 거야. 자, 일어서라! 땅에서 무릎을 떼고 일어나! 어서! 펄쩍펄쩍 뛰어! 함성을 지르고 신나게 소리쳐! 고함치고, 노래를 불러! 가장 중요한 건 웃는 거야, 알겠니? 크게 웃는 거야!"

"못해요!"

"해야 돼! 우리가 가진 무기는 웃음뿐이니까! 나는 안다, 왜 도서관에서 마녀가 내 웃음소리를 듣고 그렇게 정신없이 달아났는지! 그리고 내 웃음이 새겨진 총알로 마녀를 죽였지. 밤의 종족이 견디지 못하는 건 웃음이야. 웃음은 태양을 품고 있어. 그리고 그들은 태양을 싫어하지. 놈들에게는 다른 방법이 통하지 않아, 월!"

"하지만……"

"하지만이고 뭐고 할 것 없어! 너도 거울 미로에서 봤잖니? 그 거울은 나를 반쯤 무덤으로 밀어넣었어. 주름이 자글자글한 노인을 보여주며 협박했지. 폴리 선생님도 그 협박에 넘어가 놈들의 끝없는 대행진에, 모든 것을 갖고 싶어하는 어리석은 자들의 대열에 끼고 만 거야! 그만큼 어리석은 짓이 또 있을까? 가엾은 멍청이들. 연못에 비친 뼈다귀를 잡으려고 입에 문 뼈다귀를 놓쳐버린 개처럼 허상에 사로잡히고 말았어. 윌, 너도 그 거울이 해빙기의 얼음처럼 남김없이 무너져내리는 걸 봤잖니? 나는 돌멩이도 총도 칼도 쓰지 않았어. 순전히 이와 혀와 폐만으로 그 거울에 순수한 경멸을 쏘아넣었지. 몇백만의 겁먹은 바보들을 거꾸러뜨리고 진정한 한 명의 인간으로 일어난 거야. 자, 이제 네가 일어날 차례다, 윌!"

"그치만 짐이……" 윌은 여전히 울먹였다.

"그래, 반쯤은 죽은 상태지. 짐은 항상 그랬어. 현재에 만족하지 못했으니까. 지금은 좀더 죽음 쪽에 가까워졌고, 어쩌면 돌이킬 수 없을지도 모른다. 하지만 짐은 스스로를 구하려고 싸웠잖니? 회전목마에서 벗어나려고 네게로 손을 뻗었잖아. 그러니 이제 우리가 도와줘야 해. 어서!"

윌은 비틀비틀 일어서려다 다시 주저앉았다.

"얼른!"

윌은 또 코를 훌쩍였다. 아버지가 뺨을 찰싹 때렸다. 눈물이 별똥별처럼 날아갔다.

"한 발로 뛰어봐라! 팔짝팔짝! 소리지르면서!"

아버지는 윌을 붙잡아 일으키고 마주본 채 같이 뛰면서 주머니를 뒤지다가 반짝반짝 빛나는 물건을 끄집어냈다.

하모니카였다.

아버지가 화음을 불었다.

월은 멈춰서 짐을 내려다보았다.

아버지가 그의 머리를 콩 때렸다.

"뛰어! 짐은 그만 쳐다보고!"

월이 겨우 한 발을 뗐다.

아버지는 또다른 화음을 불면서 월의 팔꿈치를 하나씩 잡아당겼다.

"노래 불러!"

"뭘요?"

"어서, 아무거나 부르렴!"

하모니카가 서툰 음으로 〈머나먼 저곳 스와니강〉을 연주하기 시작했다.

"아빠." 마지못해 움직이던 월이 울상이 되어 고개를 저었다. "바보 같아요……!"

"그래, 우리가 원하는 게 바로 그거다! 바보 같은 짓! 서투른 하모니카! 엉터리 음정이 필요해!"

아버지가 와 하고 함성을 질렀다. 춤추는 두루미처럼 제자리에서 빙빙 돌았다. 이 정도로는 아직 부족했다. 좀더 미친듯이 날뛰어야 했다. 이 위기를 넘겨야 했다!

"월, 더 크게, 더 웃기게 노래해라! 놈들이 네 눈물을 마시고 더 원하도록 만들어선 안 돼! 월! 네가 울면 놈들은 거꾸로 웃을 거야! 죽음이 네 슬픔을 나들이옷으로 삼을 거란 말이다! 놈들에게 한 조각도 넘겨줘서는 안 돼. 자, 힘을 빼고 숨을 크게 들이마시고! 내뱉어라!"

그는 꼼짝 않는 윌의 머리를 잡고 흔들었다.

"웃긴 일이…… 없잖아요……"

"없기는! 나! 너! 짐! 우리 모두! 이렇게 우습지 않니! 자, 보려무나!"

찰스 핼러웨이는 얼굴을 일그러뜨리고, 눈을 동그랗게 뜨고, 코를 짓누르고, 윙크를 하고, 침팬지처럼 뛰어다니고, 바람을 타고 왈츠를 추고, 먼지가 일도록 탭댄스를 추고, 고개를 젖혀 달을 향해 소리치면서 윌을 잡아끌었다.

"죽음 따위 별것 아냐! 허리를 살짝 굽히고, 둘, 셋. 윌, 소프트 탭댄스를 추자. 머나먼 저곳 스와니 강물…… 다음 가사가 뭐였지, 윌? 그래, ……그리워라! 윌, 듣기 싫은 목소리 좀 내봐! 여자애 소프라노처럼. 빈 깡통 속 참새처럼. 어서, 애야!"

윌은 위로 펄쩍 뛰었다. 양볼이 빨개지고 목구멍에 레몬이 걸린 듯 찌릿했다. 가슴속에서 풍선이 부풀어오르는 느낌이었다.

아버지가 은색 하모니카를 불었다.

"날 사랑하는 부모형제……" 윌이 노래했다.

"이 몸을 기다려!" 아버지가 뒤이었다.

발을 끌다가 탁 찍고, 뛰어올랐다가 다시 탁 찍었다.

짐은 어디 있지? 어느새 잊어버렸다.

아버지가 윌의 옆구리를 간지럽혔다.

"경마장의 아가씨들이 노래를 부르네!"

"두―다! 두―다!" 윌이 음정을 가다듬고 노래를 불렀다. 가슴속 풍선이 점점 커지고 목구멍이 간질거렸다.

"경주로의 길이가 8킬로미터나 되네!"

"오, 두―다 데이!"

어른과 소년은 미뉴에트를 추었다.

그러다 중간까지 왔을 때 드디어 그것이 나타났다.

월의 가슴속 풍선이 커다랗게 부풀고,

웃음이 터져나온 것이다.

"뭐지?" 이를 드러내며 웃는 월을 보고 아버지가 깜짝 놀랐다.

월은 킥킥거리다가 피식 웃었다.

"뭐라고 했니?" 아버지가 물었다.

따뜻한 풍선이 터지며 웃음이 입을 크게 벌리고 고개를 뒤로 젖혔다.

"아빠! 아빠!"

월은 소리치며 껑충껑충 뛰었다. 아버지의 손을 잡고 미친듯이 뛰며 소리를 질렀다. 오리처럼, 닭처럼 꽥꽥거렸다. 들썩이는 무릎을 손바닥으로 때렸다. 신발 바닥에서 먼지가 풀풀 일었다.

"오, 수재너!"

"오, 노래……"

"……부르자!"

"멀고 먼 앨라배마……"

"나의 고향은 그곳……"

"밴조를 매고 나는 너를……"

둘은 입을 모았다. "찾아왔노라!"

하모니카가 이에 부딪혀 쌕쌕거렸다. 아버지는 우스꽝스럽게 눈을 질끈 감고 제자리에서 빙글 돌다가 펄쩍펄쩍 뛰며 멋진 화음을 냈다.

"하!" 둘은 춤추며 서로 부딪치고, 반쯤 주저앉고, 팔꿈치를 부딪치고, 박치기를 했다. 입에서 나오는 숨소리가 점점 가빠졌다. "하! 세상에, 윌! 아이고, 그만하자! 이제 그만!"

둘의 깔깔대는 웃음이 퍼져나가던 그때……

인기척이 났다.

찰스와 윌은 고개를 돌려 소리가 난 쪽을 바라보았다.

저 달빛 비치는 땅에 누워 있는 건 누구지?

짐? 그래, 짐 나이트셰이드다.

방금 움직인 건가? 입이 벌어지고, 눈꺼풀이 떨렸나? 두 뺨이 분홍색으로 물들었나?

쳐다보면 안 돼! 아버지가 윌을 돌려세우고 계속 원을 그리며 릴 댄스를 추었다. 이어서 등을 맞대고 돌면서 양손을 펼쳐 도시도 춤을 추었다. 찰스가 하모니카를 아무렇게나 불면서 황새처럼 다리를 쭉 뻗고 칠면조처럼 팔을 흔들었다. 둘은 짐의 몸뚱이가 풀밭의 돌멩이쯤 되는 것처럼 몇 번이고 뛰어넘었다.

"누군가 주방에 다이나와 함께 있네! 누군가 주방에……"

"…… 난 알지. 오—오—오!"

짐의 입술 사이로 혀가 쏙 비어져나왔다.

둘은 보지 못했다. 보았더라도 혹시 그걸로 끝이면 어쩌나 싶어 일부러 무시했을 것이다.

짐이 드디어 결정적인 움직임을 보였다. 두 눈을 뜬 것이다. 그리고 바보처럼 춤추는 두 사람을 보았다. 믿기지 않았다. 오랜 여행 끝에 돌아왔는데 아무도 그에게 "어서 와!"라고 말해주지 않았다. 눈앞의 두 사람은 그저 삼보*처럼 지그 춤을 추고 있었다. 원래라면 서러워서 눈물이 찔끔 나왔겠지만 지금은 입가에 웃음이 먼저 번졌다. 희미한 웃음소리가 새어나왔다. 윌과 도서관 수위인 그의 아버지가 어리둥절한 얼굴로 고릴라처럼 펄쩍펄쩍 뛰면서 초원의 먼지를 일으키는 모습이 너무도 우스웠기 때문이다. 둘은 짐을 향해 넘어질듯 다가와 손뼉을 치고 귀를 씰룩거리며 밝은 웃음을 강물처럼 쏟아냈다. 하늘이 무너지고 땅이 꺼져도 멈추지 않을 웃음소리가 짐을 더욱 부추기며 도화선 역할을 해 급기야 웃음보를 터뜨렸다. 레이디핑거 쿠키만한 불꽃이 10센티미터 포砲의 불길로, 이어서 거대한 대포에서 솟아나는 환희의 폭죽으로 번졌다!

온몸의 힘을 빼고서 신나고 기분좋게 춤추던 윌은 짐을 내려다보며 생각했다. '짐은 방금까지 죽어 있었다는 걸 기억 못해. 그러니 우리도 말하지 말아야지. 언젠가는 말할 날이 오겠지만 지금은 아니야…… 두—다! 두—다!'

둘은 "안녕, 짐"이라든가 "같이 춤추자"라고 말하지 않았다. 그저 아수라장에서 춤추다 넘어진 친구에게 그러듯 손을 내밀고 잡아 일으켰다. 짐이 가볍게 일어나 함께 춤추기 시작했다.

윌은 따뜻한 손을 잡고 춤추면서 뱃속에서부터 소리를 지르며

---

* 스코틀랜드 출신 동화작가 헬렌 배너먼의 1899년 작품 『꼬마 검둥이 삼보』의 주인공.

노래하고, 살아 있는 피가 온몸에 흐르는 걸 느꼈다. 윌과 아버지
는 짐을 갓난아기처럼 끌어안고는 등을 두드리고, 폐를 때리고, 보
이는 곳마다 환희의 숨결을 불어넣었다.

윌의 아버지가 웅크리자 윌이 껑충 뛰어넘었다. 이번에는 윌이
웅크리고 아버지가 아들의 등을 껑충 뛰어넘었다. 그러고는 둘 다
웅크린 채 쌕쌕 가쁜 숨을 내쉬며 기분좋은 피로감 속에서 짐을 기
다렸다. 짐은 침을 꿀꺽 삼킨 후 전속력으로 달려왔다. 그러나 짐
이 찰스의 등을 반쯤 넘었을 때 셋 다 한꺼번에 넘어지며 풀밭 위
를 굴렀다. 큰부엉이와 당나귀처럼, 금관악기와 심벌즈처럼 요란
하게. 천지창조의 첫해, 에덴동산에서 쫓겨나기 전 환희의 광경이
아마 이랬을 것이다.

이윽고 셋은 비틀대며 일어나 서로 어깨동무를 하고 무릎을 가
까이 붙인 채 얼싸안고서 몸을 흔들었다. 그리고 행복 가득한 얼굴
로 마치 와인에 취한 듯 서로를 조용히 바라보았다.

빛나는 횃불 같은 서로의 얼굴을 바라보던 셋은 마침내 미소를
거두고 초원을 둘러보았다.

찢어지고 흩어진 죽은 천막들이 거대한 검은 장미 꽃잎처럼 휘
날렸다. 시커먼 기둥은 코끼리 무덤의 뼈처럼 이곳저곳에 흩어져
있었다.

모두가 잠든 세상에서 세 사람만이, 보기 드문 수고양이 삼총사
만이 달빛을 만끽했다.

"무슨 일 있었어요?" 짐이 물었다

"일은 무슨 일!" 윌의 아버지가 말했다.

그들은 다시 웃음을 터뜨렸다. 윌이 별안간 짐을 와락 끌어안고 물을 흘렸다.

"야…… 왜 그래." 짐이 당황한 듯 낮게 물었다.

"아, 짐, 우리는 영원히 친구야."

"웅, 물론이지." 짐이 좀더 나지막이 말했다.

"이젠 괜찮으니 조금 울어도 된단다." 윌의 아버지가 말했다. "위기는 벗어났으니까. 집으로 가는 길에는 더 크게 웃자꾸나."

윌이 짐을 품에서 놓았다.

둘은 똑바로 일어서서 마주보았다. 윌이 자랑스러운 눈빛으로 아버지를 바라보았다.

"아빠, 아빠가 해냈어요, 정말 대단해요!"

"아니, 우리가 함께 해낸 거다."

"하지만 아빠가 없었으면 못했을 거예요. 지금까지 아빠를 잘 몰랐는데, 이제는 확실히 알겠어요."

"그러니, 윌?"

"그럼요!"

습기를 머금은 빛무리 속에서 서로의 얼굴이 희미하게 반짝였다.

"그렇다면 좋다, 아들아. 우리 정식으로 인사하자."

아버지가 손을 내밀었다. 윌이 그 손을 잡고 흔들었다. 둘은 큰 소리로 웃으며 눈가에 맺힌 눈물을 닦은 후, 이슬 맺힌 언덕에 흩어진 발자국으로 시선을 옮겼다.

"아빠, 그들이 돌아올까요?"

"돌아올 수도 있고, 아닐 수도 있지." 아버지가 하모니카를 주머니에 넣었다. "우리가 만난 자들이 또 오진 않을 거다. 그들과 비슷한 자들이 올 수는 있겠지. 꼭 카니발이 아니더라도. 어떤 모습으로 찾아올지는 아무도 몰라. 내일 해 뜰 무렵, 정오, 늦어도 해질 무렵에는 나타날 거야. 그들은 이미 길을 나섰으니."

"네? 설마요!"

"정말이야. 우리는 앞으로도 계속 그들을 경계하며 살아야 한단다. 싸움은 이제 막 시작된 셈이야."

그들은 회전목마 주변을 천천히 돌았다.

"만약에 또 찾아온다면 어떤 모습일까요? 어떻게 알아보죠?"

"글쎄, 어쩌면 이미 와 있는지도 모르지." 아버지가 평온하게 대답했다.

두 소년은 재빨리 사방을 둘러보았다.

하지만 보이는 건 초원과 회전목마, 그들 셋뿐이었다.

윌의 시선이 짐에게서 아버지에게로, 이어서 자기 몸뚱이와 손으로 내려갔다가 다시 아버지를 향했다.

아버지는 엄숙하게 고개를 한 번 끄덕인 후 회전목마를 향해 다시 끄덕였다. 그러고는 회전판에 올라서서 놋쇠 기둥을 잡았다.

윌이 아버지 옆으로 올라섰다. 짐도 윌의 옆으로 올라섰다.

짐이 말갈기를 손으로 쓰다듬었다. 윌은 말의 어깨를 토닥였다.

거대한 기계가 밤의 물결 속에서 살짝 기울어졌다.

'그래, 딱 세 바퀴만 앞으로 돌면.' 윌이 생각했다.

'맞아, 딱 네 바퀴만 앞으로 돌면.' 짐이 생각했다.

'맙소사, 딱 열 바퀴만 뒤로 돌면.' 찰스 핼러웨이가 생각했다.

세 사람은 서로의 눈을 바라보며 속내를 읽었다.

'쉬운 일인데.' 윌이 생각했다.

'이번 한 번만.' 짐이 생각했다.

그러나 찰스 핼러웨이의 생각은 달랐다. '한번 타본 사람은 계속 돌아오게 될 거야. 한 바퀴만 더, 한 바퀴만 더, 하면서. 그리고 친구들에게도 권하겠지. 점점 많은 친구들이 모여들다 결국에는……'

잠시 정적이 흐르는 동안 같은 생각이 두 소년의 머릿속을 스쳤다.

'……결국에는 이 회전목마의 주인이 되고, 기인들의 관리자가 되어…… 어둠의 카니발 쇼를 이끌고 영원히 유랑하고 싶어지겠지……'

'어쩌면 그들은 이미 여기 와 있는지도 몰라.' 세 사람의 눈은 그렇게 말했다.

회전목마 제어장치 쪽으로 물러선 찰스 핼러웨이가 렌치를 집어들고 플라이휠과 톱니바퀴를 힘껏 때렸다. 아이들을 내려보내고 제어장치를 한 번, 두 번 내리쳤다. 부품이 망가지면서 푸른 불꽃이 발작적으로 뿜어져나왔다.

"굳이 이렇게까지 망가뜨릴 필요는 없을지도 몰라. 동력이 될 기인이 없다면 움직일 수 없을 테니까. 하지만……" 그는 마지막으로 한번 더 제어장치를 내리친 후 렌치를 저만치 집어던졌다. "밤이 늦었구나. 자정이 다 됐겠어."

그 말이 떨어지기가 무섭게 시청의 시계를 시작으로 침례교회 시계, 감리교회 시계, 감독교회 시계, 가톨릭 성당 시계 등 마을의 모든 시계가 일제히 자정을 알렸다. 바람이 그 시간을 사방으로 퍼뜨렸다.

"그린 건널목 신호기에 꼴찌로 오는 사람이 쪼그랑할머니다!"

소년들이 그 말을 신호로 총알처럼 튀어나갔다.

월의 아버지는 잠시 망설였다. 가슴에 희미한 통증이 느껴졌다. '지금 같이 달리면 어떻게 될까? 죽음이라는 게 그토록 중요한 문제일까? 아니, 중요한 건 죽음에 앞서 일어나는 모든 일들이야. 그리고 오늘밤은 모든 것이 잘 끝났어. 죽음이 이 밤을 망치진 못할 거야. 그러니 저 앞에서 달려가는 아이들을…… 따라가지 않을 이유는…… 없지 않을까?'

그는 달려나갔다.

이럴 수가! 갑자기 닥쳐온 크리스마스 아침 같은 어둠 속에서, 서늘한 들판에 맺힌 이슬에 그들의 생명이 또렷하게 흔적을 남기는 듯했다. 소년들은 조랑말처럼 나란히 달렸다. 곧 둘 중 하나가 먼저 신호기에 도착하고 다른 하나는 두번째로 도착하거나 아예 도착하지 못할 수도 있다는 걸 그들은 알았다. 그러나 새로운 아침을 맞은 지금 이 순간, 이 하루, 이 아침에 패배자는 없었다. 지금은 서로의 얼굴을 살피며 누가 더 나이를 먹었고 누가 아직 젊은지를 판단할 때가 아니다. 매년 돌아오는 10월의 어느 날일 뿐이지만, 한 시간 전까지만 해도 이렇게 기분이 좋아지리라고는 생각지 못했다. 달과 별은 지구의 장대한 자전에 따라 피할 수 없는 새벽을 향해 나아갔다. 월은 웃고 노래하고 짐의 물음에 하나하나 답하며 초원의 파도를 가르면서, 앞으로 몇 년은 더 길 건너 서로의 방을 보면서 살아갈 집을 향해 달렸다. 그리고 둘의 뒤에서, 한 중년 남자가 때로는 심각한, 때로는 쾌활한 생각에 잠긴 채 천천히 달려왔다.

　어쩌면 소년들이 속도를 늦추었을 수도 있다. 하지만 그들 자신은 자각하지 못했다. 어쩌면 찰스 핼러웨이가 속도를 높였을 수도 있다. 하지만 그 자신도 정확하게는 알지 못했다.

　어느새 남자는 소년들과 나란히 달리며 결승점에 다다랐다.

　윌이, 짐이, 아버지가 동시에 신호기를 손으로 쳤다.

　셋은 의기양양한 환호성을 바람에 실어보냈다.

　그리고 달이 지켜보는 가운데, 황량한 초원을 뒤로하고 마을로 들어섰다.

# 짧은 후기

　이 소설의 헌사에 영화배우 겸 감독이며 제작자인 진 켈리의 이름을 쓴 것이 어떤 분들에게는 이상하게 보일지도 모르겠습니다만, 이 소설을 탄생시킨 촉매는 다름아닌 진 켈리의 영화와 우정이었습니다.

　제가 1950년에 『화성 연대기』를 출간하고 얼마 지나지 않은 어느 날 저녁, 사이 곰버그라는 친구가 저와 아내 매기를 진 켈리의 집으로 데려갔습니다. 그후로 꽤 여러 번 진 켈리와 그 친구들은 저희 부부를 비롯해 작곡가 해럴드 알렌과 작사가 입 하버그 등을 저녁에 초대해서 자신들이 출연한 영화와 브로드웨이 뮤지컬에 나오는 노래들을 부르곤 했습니다. 특히 진은 제가 영화사에서 최고로 꼽는 뮤지컬 〈사랑은 비를 타고〉에 나오는 노래를 부르고 춤을 추었습니다. 무려 SF 뮤지컬의 노래를 말이죠!

　그게 어째서 SF 뮤지컬이냐고요? 이런, 빨리도 물어보시는군요.

우선, 무성영화가 음향기술에 힘입어 유성영화로 전환되는 과정을 보여주는 작품이니까요. 구상을 현실로 탄생시켰죠. 맞습니다! 픽션으로 시작해 과학으로 끝맺은 작품이었습니다.

그후 여러 가지 일들을 겪으면서 진 켈리는 제 친구가 되었고, 제 작품의 탄생에 일조했습니다.

1955년, 진은 자신이 감독 및 주연을 맡은 〈무도회의 초대〉라는 영화의 개인 시사회를 MGM 스튜디오에서 열고 저희 부부를 초대했습니다. 이어지는 줄거리 없이 뮤지컬 댄스만으로 이뤄진 작품인데, 진 켈리와 만화 속 쥐 캐릭터인 제리가 서로 춤 실력을 겨루는 장면도 있습니다.

시사회가 끝나고 아내와 함께 걸어서 집으로 돌아오는 길에(그해 저희 부부는 아직 자가용이 없었습니다) 저는 진 켈리와 함께 작업할 수만 있다면 내 팔의 절반과 영혼의 일부를 내놓겠다고 몇 번이고 말했습니다.

그러자 아내가 말하더군요. "그럼 당신이 그동안 모아놓은 파일들을 들춰봐요. 수십 가지 아이디어들을 넣어뒀잖아요. 이거다 싶은 걸 찾아서 시나리오를 쓰고 진 켈리에게 전해요."

저는 아내의 충고를 따랐습니다. 스토리를 구성하기 위해 사오십 가지 이야기들과 아이디어들을 살펴보다가 열 쪽 분량밖에 안되는 「검은 대관람차」라는 원고를 찾았는데, 괴상한 축제와 두 소년, 새벽이 오지 않는 밤에 관한 이야기였습니다. 그로부터 사오주간 저는 그 이야기를 발전시켜 팔십 쪽짜리 대본 초안을 작성한 후 진에게 직접 가져갔습니다.

다음날 진에게 전화가 걸려왔습니다. "바로 이거야. 다음에 내가 감독할 영화는 바로 이거라고. 다음주에 파리와 런던에 가서 필요한 투자를 받아보려는데, 이 대본을 가져가도 괜찮겠나?"

"물론입니다!"

그런데 한 달 후 진은 좋지 않은 소식을 들고 귀국했습니다. 그 대본에 자본을 대려는 이가 없다고 하더군요.

"미안하게 됐네."

"미안하다뇨? 무슨 그런 말씀을 하십니까. 영화화를 시도해준 것만으로도 가슴 벅찹니다!"

당시 저는 그 대본 초안에 '어둠의 축제'라는 제목을 붙였는데, 한동안 그 초안을 바라보다가 손보기 시작해 오 년 만에 장편소설로 다시 썼고, 1962년 '사악한 것이 온다'라는 제목으로 출간했습니다.

그로부터 십오 년 후, 그 소설은 파라마운트와 20세기폭스의 제작자와 감독을 겨냥해 몇 차례 영화 시나리오로 각색되었으나 매번 영화화가 무산되고 잊혔습니다. 그러다 마침내 샘 페킨파 감독이 영화화를 맡기로 하고 계약을 했습니다.

"어떻게 하실 생각입니까, 샘?" 제가 물었습니다.

"작가님의 책에서 페이지를 뜯어내 카메라에 고스란히 집어넣으려고 합니다."

"바로 그겁니다." 소설을 읽어보면 여러분도 각 장면들을 눈앞에 그리듯 볼 수 있을 것입니다. 시각적인 효과가 큰 소설이니까요.

마침내 소설은 잭 클레이튼 연출, 디즈니 제작의 영화로 만들어졌습니다. 제가 개인 시사회에서 진 켈리의 〈무도회의 초대〉를 보고 삼십여 년이 지난 후에야 비로소 영화화가 성사된 것입니다.

제가 진 켈리의 그 시사회에 초대받지 않았다면 이 소설은 탄생하지 않았을 것입니다. 그리고 1962년도에 이 소설이 출간되었을 때, 진 켈리가 제일 첫 권을 받아들었습니다.

옮긴이 **공보경**
고려대학교 영어영문학과를 졸업했다. 현재 전문 번역가로 활동하고 있다. 옮긴 책으로
『아크라 문서』『벤자민 버튼의 시간은 거꾸로 간다』『메이즈 러너』『테메레르』『양들의
침묵』 등이 있다.

문학동네 세계문학
사악한 것이 온다

초판 인쇄 2022년 5월 6일 | 초판 발행 2022년 5월 13일

지은이 레이 브래드버리 | 옮긴이 공보경
책임편집 양수현 | 편집 고선향
디자인 이효진 유현아 | 저작권 박지영 형소진 이영은 김하림
마케팅 정민호 이숙재 한민아 김혜연 이가을 박지영 안남영 김수현 정경주
브랜딩 함유지 함근아 김희숙 정승민
제작 강신은 김동욱 임현식 | 제작처 상지사

펴낸곳 (주)문학동네 | 펴낸이 김소영
출판등록 1993년 10월 22일 제2003-000045호
주소 10881 경기도 파주시 회동길 210
전자우편 editor@munhak.com | 대표전화 031) 955-8888 | 팩스 031) 955-8855
문의전화 031) 955-3578(마케팅) 031) 955-2684(편집)
문학동네카페 http://cafe.naver.com/mhdn | 트위터 @munhakdongne
북클럽문학동네 http://bookclubmunhak.com

ISBN 978-89-546-8652-5 03840

잘못된 책은 구입하신 서점에서 교환해드립니다.
기타 교환 문의 031-955-2661, 3580

**www.munhak.com**